les Intégrales de philo

W0289320

Collection dirigée par Denis HUISMAN

ROUSSEAU

Discours sur l'origine et les fondements de l'inégalité parmi les hommes

Notes et commentaires de

Jean-Jacques BRAUNSTEIN
Professeur agrégé de philosophie

Préface de

Jean DEPRUN
Professeur à l'Université de Paris-I-Sorbonne

Avec la collaboration de

Christine THUBERT

Nathan

Sommaire

ISBN 978-2-09-188199-7

Préface

Comparé au *Discours sur les sciences et les arts,* le *Discours sur l'origine et les fondements de l'inégalité parmi les hommes* marque un progrès assorti d'une rupture : la perspective historique s'élargit, l'analyse anthropologique s'approfondit, en même temps qu'un Rousseau « romantique », antisocial au sens propre du terme, succède au Rousseau « romain » du premier *Discours*, citoyen imaginaire d'une Rome héroïque, rustique et unanime. Nous voici transportés sur un nouveau versant où la vie à plusieurs, avec son instrument majeur : le langage, devient un accident historique. La perfectibilité, qui distingue l'homme des autres espèces animales, a pour rançon l'ensemble des tares liées à l'industrie, au commerce, aux luttes intestines, à la guerre. L'oscillation entre ces deux perspectives se poursuivra et Jean-Jacques, après avoir fait dans le *Contrat social* la théorie de l'unanimité retrouvée, achèvera sa vie dans l'autisme heureux du *Promeneur solitaire.* Quel Rousseau faut-il croire ?

Autre gêne, autre obstacle à l'accord du lecteur : la fresque historique que nous offre le second *Discours* est une reconstitution pratiquée, Jean-Jacques lui-même l'avoue, après avoir « écarté tous les faits ». Or les faits, ou le peu que nous croyons aujourd'hui en connaître, nous mettent en présence d'un homme socialisé dès l'origine, d'un primitif ligoté dès le départ par les rites et les interdits. Mieux – ou pire – encore : ce que nous savons du langage des abeilles, des rites pratiqués par les espèces animales les plus diverses, dément la lettre de cette histoire conjecturale. Langage, hiérarchie, conflits existèrent avant l'origine, dans les profondeurs de la vie pré-humaine. Le premier homme qui borna un champ et dit : « ceci est à moi » suivit, sans plus, l'exemple de l'animal marquant son territoire. Le second *Discours* doit-il être passé aux profits et pertes d'une science historique tâtonnante, être tenu pour l'un des essais et l'une des erreurs par lesquels il fallait passer pour aller plus loin ? Bref, que reste-t-il aujourd'hui de tout cela ?

Il reste, croyons-nous, beaucoup et, en un sens, tout ici est vrai. L'homme de la nature que Rousseau nous décrit n'est autre (les *Dialogues* nous en assurent) que Jean-Jacques « tel qu'il se voyait lui-même ». Cet homme primitif est en fait un « type idéal » projeté imaginairement et mythiquement dans le passé : origine permanente et recours toujours disponible, modèle permettant de jauger notre décadence, mais aussi d'orienter nos efforts ; principe de diagnostic et de régénération. Les catégories mises sur orbite dans le second *Discours* (« sentiment de l'existence », distinction de l'amour-propre et de l'amour de soi, critique des contrats fallacieux) y resteront tout au long de l'œuvre de Jean-Jacques. Le « type idéal » de l'homme naturel sera le principe de la famille fondée sur la transparence des aveux (*Nouvelle Héloïse*), de l'éducation restitutive (*Émile*), de la cité contractuelle où « l'art perfectionné réparera les maux que l'art commencé fit à la nature ». Le second *Discours* a la vérité des mythes. Il jauge et juge nos écarts et nos errances. Sachons le lire comme on lit une Genèse.

Jean Deprun
Professeur à l'université de Paris-I.

Biographie de Rousseau

(1712-1778)

De la mondanité à la solitude

1. Les années de bonheur

Jean-Jacques Rousseau est né à Genève, le 28 juin 1712. Sa mère meurt à sa naissance. Il est élevé par son père, qui lit avec lui des romans et les œuvres de Plutarque. À dix ans, son père étant contraint à l'exil après une querelle, il est placé en pension chez un pasteur, à la campagne, où il passe deux années heureuses. Celles qui suivirent le furent moins : son apprentissage chez un graveur lui fut si pénible qu'il décida, en mars 1728, à 16 ans, de quitter Genève.

Il est alors recueilli par un curé qui l'envoie à une dame charitable chargée de le convertir au catholicisme, Mme de Warens. Rousseau rencontre le 21 mars cette « gracieuse » Mme de Warens, auprès de qui il passera sa jeunesse, et qu'il appellera Maman. Elle l'envoie dans un hospice à Turin, où il abjure le protestantisme ; puis il séjourne quelque temps dans cette ville et y occupe une place de laquais. Il quitte cette place pour le plaisir de faire un voyage à pied avec un de ses amis. De retour à Annecy, il retrouve Mme de Warens qui, après avoir essayé de le faire entrer au séminaire, lui trouve un emploi chez le maître de chapelle de la cathédrale. Rousseau ne s'intéresse qu'à la musique. Après d'autres voyages à pied dans la région, après diverses aventures et expériences musicales, Rousseau s'installe en 1736 aux Charmettes, à la porte de Chambéry, avec Mme de Warens, qui avait décidé de le « traiter en homme ». Rousseau y vit dans un bonheur parfait ; il décide aussi de s'instruire et lit beaucoup. Il sera ensuite précepteur à Lyon chez les Mably, puis il se rend à Paris en 1741, à 29 ans, après un dernier séjour chez Mme de Warens, auprès de qui il a été remplacé.

2. Le « funeste tournant »

À Paris, il tentera d'abord sa chance avec un projet de nouvelle notation musicale : mais ce projet est refusé par l'Académie. Rousseau arrive cependant, comme son ami Diderot, à se faire des relations dans la meilleure société. Il obtient ainsi une place de secrétaire de l'ambassadeur de France à

Venise en 1743. Revenu à Paris dès 1744, il compose un opéra, *Les Muses galantes,* qu'il arrive à faire représenter. À la même époque commence sa liaison avec une lingère, Thérèse Le Vasseur, liaison qui durera toute sa vie. Leur premier enfant est déposé, comme les suivants, aux Enfants Trouvés, en 1746. Après cette jeunesse aventureuse et instable, la vie de Rousseau va connaître un « funeste tournant » avec la composition du *Discours sur les sciences et les arts,* en réponse à une question de l'Académie de Dijon : le *Discours* est couronné en 1750, ses thèses paradoxales provoquent une intense polémique, Rousseau est désormais célèbre, il a 38 ans.

Emporté par la logique de ses thèses hostiles au culte du progrès, Rousseau va dès lors entreprendre une « réforme morale », et se détourner des mondanités, de la ville, et, non sans contradiction et hésitations, des arts et des lettres. Il s'explique sur cette attitude dans la Préface de *Narcisse,* en 1752. Le *Discours sur l'inégalité,* première œuvre philosophique de Rousseau, donnera les fondements théoriques de cette « réforme », de cette tentative de retrouver en soi-même ce qui est encore naturel, non altéré par la société. Rousseau se retire donc à la campagne, après être symboliquement retourné dans la Genève républicaine et avoir repris la religion calviniste. Il s'installe chez Mme d'Épinay, à l'Ermitage, où il s'éprend de Mme d'Houdetot. Puis, après sa brouille avec Mme d'Épinay et les Encyclopédistes, il réside à Montmorency, chez le comte de Luxembourg. C'est là qu'il compose simultanément ses trois grandes œuvres, *La Nouvelle Héloïse,* l'*Émile* et le *Contrat social,* qui paraissent en 1761 et 1762. Un immense succès accueille *La Nouvelle Héloïse,* mais l'*Émile* est condamné par le parlement de Paris, en raison des idées religieuses de la *Profession de foi du vicaire savoyard.* Rousseau est décrété de « prise de corps ». Après ces dix années laborieuses, une période d'errance solitaire s'ouvre pour Rousseau, âgé alors de 50 ans.

3. Errance et confession

Pour ne pas être arrêté, il s'enfuit vers la Suisse en juin 1762, et séjourne d'abord sur le territoire de Berne, puis à Môtiers. Mais là aussi il est pourchassé, le *Contrat* a été condamné à Genève. Il réplique aux attaques des pasteurs suisses dans les *Lettres écrites de la montagne,* et entreprend de se justifier en donnant un récit détaillé et sincère de sa vie dans *Les Confessions.* Lapidé par les habitants de Môtiers alors qu'il s'adonnait à la botanique, il part pour l'Angleterre à l'invitation du philosophe David Hume. Mais il accuse aussitôt Hume de faire partie du « complot » qu'il voit se tramer autour de lui. Il revient en France, où il continue son errance, et épouse Thérèse à Bourgoin, en 1768. Il a 56 ans.

Ses dernières années, de 1770 à 1778, se passeront à Paris, où il connaîtra un relatif apaisement. Il rédige, à la demande du comte Wielhorsky, des *Considérations sur le gouvernement de Pologne,* comme il avait écrit, quelques années auparavant, un *Projet de constitution pour la Corse.* Il se fait aussi juge de lui-même dans les *Dialogues, Rousseau juge de Jean-Jacques,* et il entreprend de revivre son bonheur passé dans les *Rêveries du promeneur solitaire* qui resteront inachevées. Il meurt à Ermenonville le 2 juillet 1778, à 66 ans.

Portrait de Jean-Jacques Rousseau par Mauzaisse.
À l'âge de 40 ans, Rousseau décide d'entreprendre une réforme complète de sa façon de vivre.
« Je quittai le monde et ses pompes, je renonçais à toute parure, plus d'épée, plus de montre, plus de bas blancs, de dorure, de coiffure, une perruque toute simple, un bon gros habit de drap, et mieux que tout cela, je déracinai de mon cœur les cupidités et les convoitises qui donnent du prix à tout ce que je quittais. »
Rousseau, *Rêveries du promeneur solitaire*, troisième promenade.

Repères chronologiques

Vie de Rousseau

1712 Naissance de Rousseau à Genève.

1725 En apprentissage chez un graveur.

1728 Rencontre de Mme de Warens. Conversion au catholicisme.

1736 Installation aux Charmettes avec Mme de Warens. Nombreuses lectures.

1741 Séjour à Paris.

1743 Secrétaire de l'ambassadeur de France à Venise.

1744 Rencontre de Thérèse Le Vasseur. Rousseau fréquente Diderot, Condillac, Voltaire.

1750 Le *Discours sur les sciences et les arts*, en réponse à une question de l'Académie de Dijon, obtient le premier prix.

1752 Rousseau entreprend une « réforme morale ».

1754 Retour au protestantisme. Rousseau redevient « citoyen de Genève ».

Littérature, sciences, philosophie

1712 Berkeley, *Dialogues entre Hylas et Philonous.*

1714 Leibniz. *Monadologie.*

1721 Montesquieu, *Lettres persanes*

1730 Marivaux, *Le Jeu de l'amour et du hasard.*

1734 Montesquieu, *Considérations sur les causes de la grandeur des Romains et de leur décadence.*

1739 Hume, *Traité de la nature humaine.*

1746 Diderot, *Pensées philosophiques.* Condillac, *Essai sur l'origine des connaissances humaines.*

1747 Voltaire, *Zadig.* Découverte du principe du paratonnerre par Franklin.

1749 Condillac, *Traité des systèmes.* Diderot, *Lettre sur les aveugles.* Buffon, *Histoire naturelle, t. I-III.*

1751 Premier tome de l'*Encyclopédie.*

1754 Condillac, *Traité des sensations.*

1755 Condillac, *Traité des animaux.*

1756 Voltaire, *Poème sur le désastre de Lisbonne.*

Événements historiques

1713 Naissance de Diderot.

1715 Mort de Louis XIV.
1715-1723 Régence de Philippe d'Orléans.
1723-1774 Règne de Louis XV.
1726-1743 Ministère Fleury.

1737 Guerre civile à Genève.

1740 Avènement de Frédéric II de Prusse.
1740-1748 Guerre de succession d'Autriche.

1744 Révolte des canuts de Lyon contre Vaucanson.

1749 Tentative de création d'un impôt sur tous les revenus.

1755 Tremblement de terre de Lisbonne.
1756 Début de la guerre de Sept Ans entre l'Angleterre et la Prusse.

Œuvres de Rousseau

1742 Projet de notation musicale.

1745 *Les Muses galantes,* opéra.

1750 *Discours sur les sciences et les arts.*

1752 *Narcisse. Le Devin du village.*
1753 *Lettre sur la musique française.*

1755 *Discours sur l'origine de l'inégalité...*
1756 *Lettre à Voltaire sur la Providence.*

Repères chronologiques

Vie de Rousseau

1757 Brouille avec Diderot et les Encyclopédistes.

1762 L'*Émile* est condamné par le parlement de Paris. Rousseau est décrété de « prise de corps ».

1764 Décide d'écrire *Les Confessions.*

1766-1767 Séjour en Angleterre, sur l'invitation de Hume. Brouille avec Hume, et retour en France.

1768 Rousseau épouse Thérèse Le Vasseur.

1770 Intérêt pour la botanique.

1778 Mort de Rousseau.

Littérature, sciences, philosophie

1757 Diderot, Le *Fils naturel.*

1759 Voltaire, *Candide.*

1762 Diderot, *Le Neveu de Rameau.*

1763 Voltaire, *Traité sur la tolérance.*

1764 Voltaire, *Dictionnaire philosophique.*

1767 Expériences de Watt sur la machine à vapeur.

1769 Diderot, *Le Rêve de d'Alembert.*

1770 Fin de la publication de l'*Encyclopédie.*

1771 Diderot, *Jacques le fataliste* (rédaction).

1774 Goethe, *Werther.*

1775 Travaux de Lavoisier, Priestley et Scheele sur l'oxygène. Beaumarchais, *Le Barbier de Séville.*

1776 Smith, *Richesse des nations.*

1778 Buffon, *Époques de la nature.*

Événements historiques

1758 Choiseul secrétaire d'État.
1759 Condamnation de l'*Encyclopédie*.
1762 Avènement de Catherine II de Russie.
1764 Expulsion des Jésuites de France. Début de l'agitation dans les colonies anglaises d'Amérique.
1766 La Lorraine annexée à la France.
1770 Disette.
1772 Premier partage de la Pologne.
1774-1792 Règne de Louis XVI.
1774-1776 Réformes de Turgot.
1776 Déclaration d'indépendance des colonies anglaises d'Amérique.
1776-1781 Réformes de Necker.
1778 Mort de Voltaire.
1784 Mort de Diderot.

Œuvres de Rousseau

1758 *Lettre à d'Alembert sur les spectacles.*
1761 *Julie ou la Nouvelle Héloïse. Essai sur l'origine des langues.*
1762 *Émile. Du contrat social.*
1763 *Projet de constitution pour la Corse.*
1764 *Lettres de la montagne.* Début de la rédaction des *Confessions.*
1767 *Dictionnaire de musique.*
1770 Fin de la rédaction des *Confessions.*
1772 *Considérations sur le gouvernement de Pologne.*
1772-1775 Rédaction des *Dialogues.*
1776-1778 Rédaction des *Rêveries du promeneur solitaire.*

Avant de commencer la lecture

Brève histoire de l'œuvre

1. Circonstances de la publication

En 1753, Rousseau est un auteur célèbre, depuis la publication du *Discours sur les sciences et les arts*. Quand il apprend le sujet du nouveau concours de l'Académie de Dijon : « Quelle est l'origine de l'inégalité parmi les hommes, et si elle est autorisée par la loi naturelle ? », il sera surpris que l'Académie eût osé proposer cette question qui rejoint ses propres préoccupations. Pour méditer sur ce sujet, il va entreprendre un voyage dans la forêt de Saint-Germain, en novembre 1753. La première partie du *Discours* est tout entière dominée par l'image de la solitude dans la forêt. Au lieu d'être l'image de l'hostilité de la nature, la forêt est pour Rousseau à la fois un refuge contre les hommes et le lieu où il peut écouter la voix de sa conscience. Elle symbolise pour lui la liberté, la vertu et le bonheur.

Rousseau ne compte pas être entendu par l'Académie. Il envoie le résultat de ses méditations tout en sachant qu'il n'aura pas le prix. Il ne le reçut effectivement pas, mais le *Discours* était destiné par Rousseau à un plus large public, au « genre humain [1] » tout entier. Rey, libraire et ami de Rousseau, se chargea de le faire imprimer à Amsterdam en avril 1755 ; il sera mis en vente à Paris, au milieu de l'année.

2. Cohérence du projet de Rousseau

Le point de départ de la réflexion philosophique de Rousseau est le double constat de la corruption des mœurs et de l'inégalité qui règne parmi les hommes. Devant un tel état des lieux, Rousseau ne sombre pas dans le pessimisme, mais forme un double projet : réformer l'homme et réformer la société.

Le *Discours sur les sciences et les arts* avait constaté que « les mœurs ont dégénéré chez tous les peuples du monde à mesure que le goût de l'étude et des lettres s'est étendu parmi eux [2] ». La vertu a cédé la place à l'amour-propre, être et paraître sont scindés. Mais Rousseau n'en reste pas à un simple constat : dans le *Discours sur l'origine de l'inégalité*, il prétend découvrir les causes de cette dégradation, en montrant que ces vices « n'appartiennent pas

1. *Discours*, p. 53.
2. Préface de *Narcisse*, *Œuvres complètes*, t. II, p. 965.

tant à l'homme qu'à l'homme mal gouverné[1] ». L'homme est naturellement bon, le mal n'apparaît qu'avec la société.

L'objet propre du *Discours sur l'origine de l'inégalité* est d'établir les modalités du passage entre l'état de nature et l'état social. Pour trouver les intermédiaires, Rousseau va proposer diverses conjectures. Il donne ainsi un des premiers exemples de ce que pourra être une sociologie historique.

Le *Discours sur l'origine de l'inégalité* est donc dans le prolongement du *Discours sur les sciences et les arts*, tout en étant une préparation au *Contrat social* et à *Émile*. En montrant quelles sont les mauvaises organisations politiques, Rousseau commence à définir quelle doit être une bonne organisation politique, quel est le seul contrat social légitime, thèmes qu'il explicitera en détail dans le *Contrat social*. Et en décrivant en détail l'homme naturel, il se donne une norme, une référence utile pour l'éducation de l'homme qu'il désire entreprendre dans *Émile*.

Le projet philosophique de Rousseau, dans lequel le *Discours* occupe une place centrale, présente donc une forte cohérence. Ce projet est à la fois moral et politique car « celui qui voudra séparer morale et politique ne comprendra jamais rien ni à l'une ni à l'autre[2] ». Ainsi dans le *Discours*, la critique de la société et de son produit, l'homme social, est à la fois morale et politique.

3. Les sources de Rousseau

Depuis 1743, année de son séjour à l'ambassade de France à Venise, Rousseau a entrepris de lire les classiques de la philosophie politique. Outre Platon, Aristote, Machiavel, Spinoza et Montesquieu, il lit de près les juristes de l'école de droit naturel : le Hollandais Grotius et son continuateur l'Allemand Pufendorf, dont les ouvrages réfutent la théorie du droit divin. Rousseau lit aussi avec un intérêt croissant le philosophe matérialiste anglais Hobbes, qui se sert de l'hypothèse de l'état de nature pour justifier l'absolutisme. Un autre auteur souvent cité dans le *Discours sur l'origine de l'inégalité* est l'Anglais Locke : son *Essai sur le gouvernement civil* inspire les Encyclopédistes dans leur lutte contre le despotisme.

Rousseau a également recours à une documentation scientifique pour confirmer *a posteriori* ses conjectures, l'*Histoire naturelle* de Buffon étant sa source principale. Avec la différence essentielle que Rousseau applique à l'homme primitif les traits que Buffon attribue à l'animal. Les récits de voyages jouent aussi un grand rôle dans le *Discours* : si l'homme sauvage décrit dans ces récits n'est pas l'homme primitif, il peut aider à le connaître car il en est moins éloigné que nous. Enfin, les descriptions classiques des origines de l'humanité (Lucrèce) et des sauvages (Montaigne) offrent à Rousseau une inspiration et toute une problématique.

1. Préface de *Narcisse*, Œuvres complètes, t. II, p. 969.
2. *Émile*, livre IV, *Œuvres complètes*, t. IV, p. 524 ; GF Flammarion, p. 306.

Problématiques essentielles

La méthode utilisée par Rousseau

Commençons donc par écarter tous les faits, car ils ne touchent point à la question. Il ne faut pas prendre les recherches, dans lesquelles on peut entrer sur ce sujet, pour des vérités historiques, mais seulement pour des raisonnements hypothétiques et conditionnels ; plus propres à éclaircir la nature des choses, qu'à en montrer la véritable origine, et semblables à ceux que font tous les jours nos physiciens sur la formation du monde[1].

1. Une méthode hypothétique

Comment Rousseau procède-t-il pour décrire l'état de nature et l'homme naturel, pour expliquer le passage de l'état de nature à l'état social ? Étant donné que l'état de nature n'existe plus, Rousseau est contraint de faire des conjectures. Mais ces hypothèses ne sont pas purement imaginaires et fantaisistes, « elles deviennent des raisons quand elles sont les plus probables qu'on puisse tirer de la nature des choses et les seuls moyens de découvrir la vérité[2] ». En revanche, les conclusions que Rousseau en déduit concernant la société et l'homme social sont de l'ordre de la certitude.

2. Retrouver l'homme naturel par une méditation intérieure

Pour décrire l'état de nature, Rousseau ne peut pas partir de l'homme social, sous peine de tomber, comme Hobbes, dans une illusion rétrospective et d'attribuer à l'homme naturel des caractères qui n'appartiennent qu'à l'homme social. Rousseau récuse toute méthode régressive, procédant par soustraction progressive. Il ne suffit pas de dépouiller l'homme tel que nous le connaissons de certaines qualités pour obtenir l'homme naturel, il faut se placer d'emblée face à l'homme naturel. Ce face-à-face est possible par un retour sur soi-même, une méditation qui permet à Rousseau de retrouver ce qui subsiste de l'homme naturel en lui.

1. *Discours*, p. 52.
2. *Op. cit.*, p. 80.

D'où la retraite à Saint-Germain (voir p. 12) ; c'est une retraite symbolique pour Rousseau car la forêt fut le dernier refuge de l'homme primitif devant le progrès de la culture des terres et de l'inégalité.

3. Examiner les faits par le droit

Concernant la description du passage de l'état de nature à l'état social, Rousseau ne se contente pas d'un récit historique, mais il entend « examiner les faits par le droit[1] ». Rousseau examine donc la légitimité du pacte social. Il refuse la méthode inverse, celle de Grotius, qui consiste à légitimer ce qui est, car cette méthode est des « plus favorables aux tyrans[2] ». Pour Rousseau, l'origine ne se confond pas avec le fondement, et ce qui est n'est pas nécessairement conforme à ce qui doit être. Ainsi dans les dernières pages du *Discours*, Rousseau critique avec une très grande violence l'état de fait existant.

4. L'état de nature, un outil de travail

Quel est donc le rôle que Rousseau fait jouer à l'état de nature dans sa critique de la société ? L'état de nature n'explique pas la formation de la société civile. C'est une simple hypothèse, comparable aux hypothèses des physiciens, et dont la valeur est démontrée par l'accord entre ses conséquences et les faits. Elle permet d'éclairer la véritable nature de l'état social. L'état de nature fournit la référence, le pôle de comparaison qui permet de connaître l'état social. Chez Buffon, l'animal joue le même rôle pour faire comprendre ce qu'est l'homme[3]. L'état de nature est aussi un critère qui permet de mesurer le degré d'éloignement de l'homme social par rapport à une origine hypothétique. Enfin il peut jouer le rôle de norme, qui permet de juger, d'un point de vue moral, la dégradation de l'homme social.

Cette réflexion abstraite est vérifiée par Rousseau *a posteriori* par des références à Buffon et aux récits de voyages.

On peut enfin noter que l'histoire vraisemblable de l'humanité décrite dans le *Discours* n'est pas une pure invention de son esprit : Rousseau n'a pas écarté tous les faits pour la reconstituer. Elle correspond à peu près aux étapes de l'humanité que nous connaissons actuellement par l'archéologie préhistorique. L'âge des cabanes, décrites p. 85 à 89, que Rousseau définit par la chasse et la cueillette, correspond au paléolithique ; et la révolution introduite par l'agriculture, décrite p. 89 à 91, correspond au néolithique.

1. *Discours*, p. 99.
2. *Contrat social*, livre 1, chap. II, *Œuvres complètes*, t. III, p. 353 ; Nathan, p. 33.
3. Voir **documents** : texte de Buffon, p. 173.

L'état de nature

Toute la première partie du *Discours* est consacrée à la description de l'état de nature, état dans lequel se trouve l'homme avant l'institution de la société. Depuis Hobbes, le recours à cette hypothèse pour expliquer l'origine, et par là même le fondement de la société est un lieu commun de la philosophie politique : « Les philosophes qui ont examiné les fondements de la société ont tous senti la nécessité de remonter jusqu'à l'état de nature[1]. » Mais cet état de nature n'a pas la même définition, ni la même fonction, chez Rousseau et chez ses prédécesseurs.

1. Critique des conceptions antérieures de l'état de nature

Dans le *Léviathan*, Hobbes décrit l'état de nature comme un état instable et de misère. L'homme n'est naturellement ni raisonnable ni social : au contraire, il obéit à ses instincts, et est avide et orgueilleux. Son instinct de conservation le conduit à lutter contre les autres hommes. Ainsi prend naissance une « guerre naturelle de chacun contre tous » [2]. Par crainte de la mort qui résulterait de cet état de guerre permanent, les hommes vont conclure entre eux une série de pactes au profit d'un tiers, doté d'un pouvoir absolu, car il n'est pas partie prenante dans ces contrats qui ne l'engagent donc à rien. Chez Hobbes, l'état de nature a ainsi pour fonction de légitimer l'absolutisme.

Pour les juristes du droit naturel, en particulier Pufendorf *(Droit de la nature et des gens)*, les hommes sont libres et égaux dans l'état de nature[3]. Aucun homme n'est doté d'un pouvoir de commander aux autres ; l'autorité politique n'a donc pas une origine naturelle, elle dérive d'une convention, d'un contrat, par lequel les hommes se dépouillent, volontairement ou par force, d'une partie de leur souveraineté au profit d'un tiers. L'école du droit naturel ruine ainsi la doctrine du droit divin qui faisait émaner l'autorité politique de Dieu (« Il n'est point de pouvoir qui ne vienne de Dieu », Épître de Paul aux Romains, XIII, 1). Rousseau reprend cet acquis.

Mais pour Pufendorf, les hommes à l'état de nature sont doués de raison et sociables, et c'est pourquoi ils s'unissent pour sortir de cet état, malheureux et inhumain.

Pour Pufendorf, comme pour Locke *(Second traité du gouvernement civil)*, les hommes dans l'état de nature sont soumis à la loi naturelle, assimilée aux maximes de la raison. Ils peuvent ainsi réfuter la théorie de Hobbes qui fait de l'état de nature un état de guerre.

1. *Discours*, p. 52.
2. Voir **documents** : texte de Hobbes, p. 175.
3. Voir **documents** : texte de Pufendorf, p. 176.

Locke considère aussi que certains droits existent déjà dans l'état de nature, tel le droit de propriété. Et les hommes entreraient, selon lui, en société pour garantir ces droits.

Rousseau refuse ces diverses conceptions de l'état de nature. Pour lui l'homme naturel n'est ni entraîné par son égoïsme, ni sociable et doué de raison. Hobbes, Pufendorf et Locke ont le tort d'attribuer à l'homme naturel des qualités – passions, sociabilité, raison – qui ne sont apparues qu'avec la société ; ils « [...] ont transporté à l'état de nature des idées qu'ils avaient prises dans la société[1]. » Ce faisant, ils ont commis une erreur symétrique : ils ont décrit l'état de nature de telle manière qu'il semble appeler nécessairement l'institution de la société.

2. La conception rousseauiste de l'état de nature

Au contraire, toute la première partie du *Discours* insiste sur la distance, le fossé qu'il y a entre l'état de nature et l'état social. L'homme naturel est dépouillé de toutes les qualités de l'homme social. Et rien dans cet état de nature indique qu'il faille en sortir : c'est un état de bonheur et d'équilibre qui se suffit à lui-même, immuable et dépourvu d'histoire. Dans cet état « l'inégalité est à peine sensible[2] », car il n'y a pas de dépendance entre les hommes. Chacun se suffit à soi-même, donc se soucie peu des autres. La loi du plus fort étant inutile, l'homme est libre à l'égard de toute autorité humaine.

Plus encore, cet état ne peut pas annoncer l'état social, car il est extérieur à l'histoire elle-même. Rousseau souligne que cet état n'a pas d'existence historique : c'est un état « qui n'existe plus, qui n'a peut-être point existé, qui n'existera probablement jamais[3] ».

Il convient enfin de remarquer que, malgré sa critique violente de la société, Rousseau n'invite pas à un retour à l'état de nature. « Quoi donc ? Faut-il détruire les sociétés, anéantir le tien et le mien, et retourner vivre dans les forêts avec les ours ? Conséquence à la manière de mes adversaires, que j'aime autant prévenir que de leur laisser la honte de la tirer[4]. » C'est impossible, car la nature humaine ne peut pas retourner en arrière. En quittant l'état de nature, l'homme est entré dans l'histoire, où il ne peut que persévérer. Modifié par la société, l'homme a changé de nature. La nature humaine n'est donc pas immuable, il existe plusieurs genres humains selon les âges de l'humanité ; mais une fois qu'un état a été modifié, il est impossible de le retrouver. La solution aux maux de la civilisation ne sera donc pas à rechercher du côté de l'état de nature mais du côté d'une meilleure civilisation.

1. *Discours*, p. 52.
2. *Op. cit.*, p. 80.
3. *Op. cit.*, p. 45.
4. *Op. cit.*, p. 122, note *i*.

◀ Jérôme Bosch, *Le Jardin des délices* : « Le paradis », musée du Prado, Madrid. Rousseau propose un récit mythique de l'état de nature, mais sa valeur est celle d'une hypothèse de travail, semblable à celle des physiciens.

« L'état d'innocence, de béatitude spirituelle de l'homme avant la chute, du mythe paradisiaque, devient dans le mythe du bon sauvage, l'état de pureté, de liberté et de béatitude de l'homme exemplaire au milieu d'une Nature maternelle et généreuse. Mais on reconnaît sans peine dans cette image de la Nature primordiale les caractéristiques d'un paysage paradisiaque. »

Mircéa Éliade, *Mythes, rêves et mystères*, Gallimard, p. 40

Goya, « Avec ou sans raison », eau-forte de la série *Les Désastres de la guerre*, 1810-1823, B.N

L'état de nature est un état de paix et d'harmonie. L'état de guerre ne surgit qu'avec l'apparition de la propriété, chacun désirant s'approprier le bien d'autrui.

« Les plus honnêtes gens apprirent à compter, parmi leurs devoirs, celui d'égorger leurs semblables ; on vit enfin les hommes se massacrer par milliers sans savoir pourquoi ; et il se commettait plus de meurtres en un seul jour de combat et plus d'horreurs à la prise d'une seule ville qu'il ne s'en était commis dans l'état de nature durant des siècles entiers sur toute la face de la terre. »

Rousseau, *Discours*, p. 96.

▼

La critique de la société

La seconde partie du *Discours* est une description de la dégradation de l'homme. L'homme a chuté de l'état de nature, mais qui en est responsable ? L'homme est-il lui-même responsable de son propre malheur ? La réponse de Rousseau est catégorique : ce n'est pas tant l'homme qui est à accuser que l'homme mal gouverné, c'est-à-dire la société. Le mal est bien l'ouvrage de l'homme, mais des hommes en société et pas de l'individu. L'homme est naturellement bon, c'est la société qui le déprave et le pervertit. La critique sévère que Rousseau fait de la société porte sur trois points essentiels : d'une part, au niveau individuel, la société altère l'âme humaine au point qu'elle est devenue méconnaissable ; d'autre part, au niveau collectif, l'apparition de la société a pour conséquence inévitable le développement de l'inégalité ; et enfin, la critique de la société correspond à une critique des progrès de la civilisation.

1. La société pervertit l'âme humaine

« L'homme est naturellement bon, je crois l'avoir démontré ; qu'est-ce donc qui peut l'avoir dépravé à ce point sinon les changements survenus dans sa constitution, les progrès qu'il a faits et les connaissances qu'il a acquises ? Qu'on admire tant qu'on voudra la société humaine, il n'en sera pas moins vrai qu'elle porte nécessairement les hommes à s'entre-haïr à proportion que leurs intérêts se croisent, à se rendre mutuellement des services apparents et à se faire en effet tous les maux imaginables [1]. »

Dans l'état de nature, l'homme est gouverné par deux principes, l'amour de soi et la pitié. L'amour de soi est l'amour naturel que chacun porte à sa propre personne afin de se préserver. Cet amour est bon et n'interdit pas à l'homme d'être un être moral et altruiste, car il ne le pousse pas à l'égoïsme. Mais cet amour de soi se transforme en amour-propre, sous l'influence néfaste de la société. L'amour-propre est aussi l'amour que l'individu porte à lui-même mais c'est un amour exclusif. L'homme se prend comme fin et cherche à avoir l'avantage sur les autres auxquels il se compare. C'est un sentiment relatif, qui ne peut jamais être satisfait et dépend de l'opinion des autres. L'amour-propre asservit l'individu et est d'autant plus difficile à combattre qu'il vient de l'homme lui-même. C'est un principe de servitude, de malheur et de méchanceté.

Or la société est responsable de cette modification de l'amour de soi en amour-propre. Prenons l'exemple du chant et de la danse (voir *Discours*, p. 87) ; ce sont d'innocents loisirs qui développent chez l'homme l'esprit de comparaison. Tous ne peuvent pas chanter également bien, une égale per-

1. *Discours*, p. 118, note *i*.

fection entre les hommes étant impossible. Chacun va donc se comparer aux autres et être jaloux de tous ceux qui chantent mieux que lui. L'amour-propre donne ainsi une réalité à l'inégalité naturelle.

2. L'inégalité est une conséquence de la vie en société

« L'inégalité, étant presque nulle dans l'état de nature, tire sa force et son accroissement du développement de nos facultés et des progrès de l'esprit humain et devient enfin stable et légitime par l'établissement de la propriété et des lois [1]. »

Si la société est responsable de la dénaturation de l'individu, elle est aussi responsable du développement de l'inégalité. À l'état de nature, il existe certes une inégalité physique de corps et d'esprit, mais cette inégalité est sans importance car elle n'a aucun effet. Un homme peut être plus beau qu'un autre mais, comme il n'y a personne pour l'admirer, sa beauté ne lui procure aucune supériorité. En revanche, la société donne non seulement une effectivité à l'inégalité physique, mais elle crée aussi l'inégalité politique. La grande révolution rendue possible par l'état social est la division du travail, qui a pour corollaire l'apparition de la propriété. Or ce progrès est un mal car il a entraîné la formation de deux classes d'hommes, les riches et les pauvres, qui sont liés entre eux par un rapport de domination et de servitude. Celui qui travaille mieux et plus devient plus riche et tient ainsi sous sa domination ceux qui travaillent moins bien, l'inégalité physique engendrant ainsi une inégalité sociale. De plus, la propriété anéantit l'égalité fondamentale des hommes devant la jouissance des biens de la terre, égalité qui est conforme au droit naturel : « [...] les fruits sont à tous, et [...] la terre n'est à personne [2] ». Cette inégalité économique, sans légitimité naturelle, est d'autant plus intolérable qu'elle engendre la servitude du plus grand nombre. Et c'est encore la société, par l'établissement du droit de propriété, qui est responsable de la légitimation de cette inégalité.

3. La critique de la société : une critique de la civilisation

La critique de la société prend place dans une critique plus globale des accomplissements de la civilisation. « De la société et du luxe qu'elle engendre, naissent les arts libéraux et mécaniques, le commerce, les lettres ; et toutes ces inutilités, qui font fleurir l'industrie, enrichissent et perdent les États [3]. » Contrairement aux Encyclopédistes – Diderot, d'Alembert et Voltaire –, Rousseau n'a pas une confiance absolue dans le progrès car il ne partage pas leur foi dans la raison humaine. Ainsi le pacte des riches, décrit dans

1. *Discours*, p. 110.
2. *Op. cit.*, p. 82.
3. *Op. cit.*, p. 121, note *i*.

le *Discours*, pp. 93 et suivantes, est présenté comme le « projet le plus réfléchi qui soit jamais entré dans l'esprit humain [1] ». Or ce contrat a institutionnalisé l'inégalité de richesse en la transformant en inégalité politique. L'usage de la raison n'a donc pas pour conséquence nécessaire un progrès moral. De même, l'invention de la métallurgie et de l'agriculture n'est pas jugée positivement par Rousseau : elle a été la cause des malheurs des hommes en produisant la division du travail, créant ainsi une dépendance mutuelle entre les individus. Rousseau reconnaît le développement des sciences et des techniques, mais pour lui ce progrès n'est pas qualifié positivement. En effet, il n'y a pas de corrélation entre ce progrès et le progrès moral et politique. Le rapport serait plutôt inverse : à mesure que les sciences et les arts progressent, l'inégalité augmente et le luxe, l'oisiveté, la corruption se développent.

Ainsi, le plus grand reproche que Rousseau adresse à la société est de développer l'inégalité parmi les hommes, ce qui est selon lui le plus grand mal : c'est transformer les hommes en esclaves. Le despotisme est présenté à la fin du *Discours* comme « le dernier terme de l'inégalité [2] ». Or Rousseau a défini la liberté comme un don de la nature, dont l'homme peut jouir mais dont il n'a pas le droit de se défaire et que nul n'a le droit de lui ôter. La société, en faisant des hommes des esclaves de leur amour-propre, des autres et de leur bien-être, est donc bien la grande coupable.

Remarque : lire la note de Rousseau (note *i*) , pp. 117-123, qui porte sur ce thème.

L'inégalité

1. Inégalité physique et/ou inégalité naturelle ?

La question proposée par l'Académie de Dijon invite à rechercher la cause de l'inégalité parmi les hommes. L'existence de cette inégalité n'est pas mise en doute, elle est admise comme un fait. Mais de quelle sorte d'inégalité s'agit-il ? Afin de préciser l'objet de sa recherche, Rousseau distingue d'emblée deux types d'inégalité : l'inégalité naturelle et l'inégalité morale.

L'inégalité naturelle, ou physique, « est établie par la nature [3] ». Elle concerne les différences de beauté, de force, de santé et d'intelligence. Il est parfaitement inutile de rechercher l'origine de cette inégalité car il est évident qu'elle est due à la nature, au hasard.

L'inégalité morale, ou politique, « dépend d'une sorte de convention, [...] elle est établie, ou du moins autorisée par le consentement des hommes [4] ».

1. *Discours*, p. 94.
2. *Op. cit.*, p. 107.
3. *Op. cit.*, p. 51.
4. *Ibid.*

Elle concerne les différences de richesse, d'honneur et de puissance. Elle n'existe pas dans l'état de nature.

Rousseau refuse de rechercher si il y a un lien entre ces deux inégalités, une telle question étant pour lui une question d'esclaves. En effet « ce serait demander [...] si ceux qui commandent valent nécessairement mieux que ceux qui obéissent[1] ». L'inégalité physique est due à la nature, les hommes n'en sont pas responsables et ne peuvent pas l'éviter. Mais la supériorité intellectuelle ou physique d'un homme ne lui donne pas le droit de soumettre les autres à son autorité. Chacun est capable de se diriger soi-même. Ce sont donc les hommes qui créent l'inégalité morale ; elle n'est ni nécessaire ni inévitable, et ils peuvent la modifier. Chercher une liaison entre ces deux types d'inégalités équivaudrait à se demander s'il est naturel que certains commandent à d'autres, et à se résigner à l'inégalité morale.

Rousseau va donc s'intéresser seulement au développement de l'inégalité morale. Ce développement est lié à l'apparition de la société. Dans la seconde partie du *Discours*, Rousseau présente l'histoire hypothétique des gouvernements, qui correspond à un progrès nécessaire de l'inégalité et de la servitude. Cette histoire est celle de la dénaturation de l'homme qui perd son égalité et sa liberté naturelle.

Il y a trois étapes dans l'histoire des gouvernements, auxquelles correspondent trois degrés dans l'inégalité.

2. Les trois degrés de l'inégalité morale

La première étape est le contrat du riche qui établit la loi et le droit de propriété. La distinction du tien et du mien est une imposture car la terre appartient à tous à l'origine. L'institution de la propriété donne une réalité à l'inégalité naturelle et instaure une inégalité artificielle : la distinction du riche et du pauvre. Cette inégalité économique entraîne une servitude inévitable, le pauvre dépendant du riche pour sa subsistance.

La deuxième étape est l'institution de la magistrature, qui donne naissance à l'État. Le pouvoir exécutif et le pouvoir législatif sont établis : il y a d'un côté les gouvernants, de l'autre les gouvernés. L'inégalité politique, avec la distinction des puissants et des faibles, correspond à cette seconde étape. Cette inégalité accentue l'inégalité sociale car « les distinctions politiques amènent nécessairement les distinctions civiles[2] ». La cause de ce développement de l'inégalité sociale est due à l'ambition et à l'amour-propre des individus. « L'inégalité s'étend sans peine parmi des âmes ambitieuses et lâches, toujours prêtes à courir les risques de la fortune et à dominer ou servir presque indifféremment selon qu'elle leur devient favorable ou contraire[3]. » Les

1. *Discours*, p. 51.
2. *Op. cit.*, p. 104.
3. *Op. cit.*, p. 105.

hommes acceptent d'être dominés si ils peuvent dominer à leur tour. Cette inégalité sociale concerne la richesse, la noblesse, la puissance et le mérite personnel. Mais la richesse étant utile pour le bien-être et facile à transmettre, c'est elle qui permet de devenir illustre, puissant et d'avoir la réputation d'être vertueux. L'inégalité sociale est une imposture car elle dépend essentiellement de la taille du portefeuille de chacun.

Enfin, la troisième étape du cycle des gouvernements est l'apparition du despotisme. Le pouvoir devient arbitraire et entraîne le dernier terme de l'inégalité : l'état de maître et d'esclave. Tous sont soumis à la volonté d'un seul, leurs biens, leur vie dépendent du despote : le peuple est dans un état de servitude absolue.

3. L'acceptation d'une inégalité morale proportionnelle

Au terme de cette description, on peut se demander pourquoi Rousseau la désigne comme une inégalité morale. Cette qualification a sans doute pour objectif de souligner que cette inégalité a pour conséquence la dénaturation de l'homme. Plaçant l'homme dans une situation misérable, elle étouffe en lui la pitié naturelle, l'incite à devenir méchant, envieux, calculateur, et fait de lui un esclave.

Si Rousseau critique violemment la société parce qu'elle est la source de l'inégalité morale qu'il présente comme le plus grand mal, il ne préconise pas pour autant une égalité absolue. Au contraire, il admet une certaine inégalité morale si elle est proportionnelle à l'inégalité naturelle. Ainsi dans la *Dédicace* (page 34), il loue la République de Genève pour avoir su concilier l'égalité qui règne dans l'état de nature et l'inégalité sociale. Rousseau refuse une conception distributive de la justice. La justice distributive tient compte des mérites de chacun pour la répartition des distinctions civiles mais elle revient à « laisser au magistrat le moyen de faire une application presque arbitraire de la loi [1] », et place ainsi les citoyens dans une entière dépendance à l'égard du magistrat. Rousseau préconise donc plutôt une justice qui s'en tient aux services réels des citoyens, l'appréciation des mérites étant laissée à l'opinion populaire.

1. *Discours*, p. 138.

Courbet, *Les Casseurs de cailloux*, 1849.

Courbet se définit lui-même comme un peintre réaliste ; il refuse le principe de « l'art pour l'art » et pense au contraire que l'art a un rôle social à remplir. C'était un ami de Proudhon – l'auteur de la formule « La propriété, c'est le vol » – dont il partageait les théories socialistes.

« Il [l'art] ne nous a pas été donné pour nous repaître de chimères, nous enivrer d'illusions, nous tromper et nous induire à mal avec des mirages, comme l'entendent les classiques et tous les sectateurs d'un vain idéal ; mais pour nous délivrer de ces illusions pernicieuses, en les dénonçant. »
Proudhon, *Du principe de l'art et de sa destination sociale.*

« [...] le travail devint nécessaire et les vastes forêts se changèrent en des campagnes riantes qu'il fallut arroser de la sueur des hommes, et dans lesquelles on vit bientôt l'esclavage et la misère germer et croître avec les moissons. »
Rousseau, *Discours*, p. 89.

Résumé - Guide de lecture

Dédicace (p. 34 à 43)

- C'est un hommage adressé à l'ensemble des citoyens de Genève. La république de Genève est l'exemple du meilleur gouvernement possible.
- Rousseau dresse un tableau de l'État idéal (p. 35 à 38). C'est un État :
  - de petite taille ;
  - doté d'un gouvernement démocratique où tous sont soumis aux lois ;
  - assez ancien pour que tous les citoyens soient habitués à la liberté ;
  - indépendant et sans désir de conquête ;
  - où le droit de faire les lois est partagé en commun par tous : les magistrats, élus, proposent les lois, et les citoyens les votent.
- Rousseau exhorte ses concitoyens à conserver leur république et à cultiver les vertus politiques (p. 38 à 43).

Préface (p. 44 à 49)

1. L'étude de l'homme (p. 44 à 47)

- Pour connaître la source de l'inégalité parmi les hommes, il faut d'abord connaître les hommes.
  - Il faut distinguer ce qui vient de la nature et ce qui vient de la société.
  - C'est d'autant plus difficile que les progrès des hommes les ont éloignés de leur état naturel.
- Première cause de l'inégalité : les changements dans l'espèce humaine, qui sont dus à la société.
- La connaissance de l'homme naturel est indispensable pour définir le droit naturel. Preuve : par absence de cette connaissance, les théoriciens du droit se contredisent, et proposent une définition de la loi naturelle fondée sur des caractéristiques de l'homme social.

2. La loi naturelle (p. 47 à 49)

- Deux conditions au sujet de la loi naturelle :
  - la volonté de l'homme doit pouvoir y obéir en connaissance de cause ;
  - il faut qu'elle parle par la voix de la nature.
- Méthode pour la définir : fermer tous les livres et méditer sur l'homme.
- Découverte de deux principes fondamentaux : l'amour de soi et la pitié. Le droit naturel dérive de ces deux principes seulement, et ni de la sociabilité ni de la raison.
- Avantage : l'homme peut connaître ses devoirs envers autrui avant d'être sage.

- Conclusion : l'étude de l'homme naturel permet non seulement de définir la loi naturelle, mais aussi d'étudier la société de façon critique et de distinguer entre ce qui est l'œuvre de la nature et ce qui est l'œuvre des hommes.

Discours

Exorde (p. 51 à 53)

- Il existe deux sortes d'inégalité : l'inégalité physique et l'inégalité morale ou politique. L'objet du *Discours* est de marquer le moment où la société, avec l'inégalité politique, succède à l'état de nature.
- Critique des diverses conceptions que les philosophes antérieurs avaient de l'état de nature.
- Avertissement : l'état de nature n'est pas un fait historique ; c'est une hypothèse méthodologique.
- En conclusion, Rousseau s'adresse au genre humain pour lui annoncer sa dépravation, tout en remarquant que les qualités primitives de l'homme ne sont pas complètement détruites.

Première partie : l'homme naturel (p. 54 à 81)

1. Description d'un point de vue physique (p. 54 à 60)

- C'est un animal bien organisé. N'ayant pas d'instinct propre, il se les approprie tous. Il est plus robuste et plus agile que l'homme civilisé.
- L'homme naturel n'est pas craintif. Il ne redoute ni l'enfance ni la vieillesse, et il n'est pas sujet aux maladies, qui sont des conséquences de la vie en société.
- L'absence de vêtements et d'habitations n'est pas un manque pour lui.
- Il est solitaire, oisif. Son seul souci est sa propre conservation.

2. Description d'un point de vue métaphysique (p. 60 à 71)

- Qu'est-ce qui différencie l'homme de l'animal ?
  - la liberté : l'homme est un agent libre, tandis que l'animal est gouverné par son instinct (en revanche, la raison leur est commune) ;
  - la faculté de se perfectionner : seul l'homme évolue, l'animal étant d'emblée achevé. Cette faculté est l'origine de tous ses maux.
- À l'état de nature, la raison n'est pas encore développée dans l'homme, car son développement est corrélatif de celui des passions, qui naissent elles-mêmes des besoins.

  Or, la stabilité et la modicité des besoins dans l'état de nature empêchent de comprendre le passage des sensations à la raison, et de l'état de nature à la société.

- Illustration de cette difficulté par le problème de l'origine des langues : l'invention du langage ne peut être comprise qu'en présupposant la société et la pensée, qui ne peuvent se comprendre que par le langage.
- Remarques :
  – la nature a peu préparé les hommes à la sociabilité ;
  – l'homme n'est pas malheureux dans l'état de nature.

3. Description d'un point de vue moral (p. 71 à 78)

- Sans relation avec autrui, l'homme naturel est dans un état d'innocence prémorale : il n'a aucune notion de bien et de mal, il n'est donc ni bon ni méchant.
- Critique de Hobbes : l'homme naturel n'est pas méchant. Le principe de conservation de soi est tempéré par la faiblesse des passions et par la pitié.
- C'est l'amour-propre qui pousse les hommes à se faire du mal, mais il ne se développe qu'avec la raison, donc avec la société.
- L'examen de l'amour donne une preuve du calme des passions : dans l'état de nature, l'amour n'est que physique, il correspond au désir sexuel ; il n'est ni exclusif ni dominé par le souci de paraître, et n'est donc pas néfaste.

4. Conclusion : l'état de nature n'appelle pas le passage à l'état social (p. 78 à 81)

- L'inégalité est faible et sans conséquences dans l'état de nature. C'est l'éducation qui crée des différences.
- Les hommes étant indépendants, la loi du plus fort est vaine. Il n'y a ni esclaves ni maîtres.
- Sans l'intervention de causes étrangères, la raison et les vertus sociales ne se seraient jamais développées, et les hommes seraient restés éternellement dans l'état de nature. Le passage de l'état de nature à l'état social sera donc décrit sous la forme d'une histoire hypothétique.

Deuxième partie : « l'homme de l'homme » (p. 82 à 108)

A - L'état de nature historique (p. 82 à 93)

Il s'agit encore de l'état de nature, mais soumis à une histoire.

1. Les commencements (p. 82 à 85)

- L'institution de la propriété a eu pour conséquence la sortie de l'état de nature et l'apparition de la société civile. Mais cette idée de propriété, qui est une imposture, a été préparée par beaucoup d'idées antérieures.
- Sous l'effet des difficultés naturelles, l'homme fait des inventions techniques et ses facultés se développent. Il apprend à se comparer aux espèces animales, ce qui fait naître en lui l'orgueil.

- L'homme n'est plus solitaire : il s'associe parfois à ses semblables en vue d'un intérêt présent et ponctuel.

2. La société commencée (p. 85 à 89)

- Ces premiers progrès poussent l'homme à en faire encore d'autres. L'esprit et l'industrie se développent parallèlement.
- Une première révolution : la construction d'abris. Cette révolution a eu pour conséquence l'apparition de la famille et le développement de l'amour.
- Ayant une vie plus facile avec plus de loisirs, les hommes inventent des commodités. C'est le premier joug que l'homme s'est imposé, se créant ainsi de nouveaux besoins.
- Dans cette société naissante, l'estime publique acquiert un prix. La danse et le chant poussent les hommes à se comparer : c'est le premier pas vers l'inégalité et le vice.
- La bonté naturelle ne suffit plus pour régler les relations entre les hommes, le besoin de justice se fait sentir.
- Cette période est l'état le meilleur pour l'homme. C'est un juste milieu entre l'état de nature, où l'homme est indolent, et la société actuelle, où règne l'amour-propre. Tous les progrès ultérieurs ont eu pour effet la décrépitude de l'espèce et le développement de l'inégalité.

3. L'état de guerre (p. 89 à 93)

- Les hommes sont restés libres tant que le travail était individuel. Mais la division du travail, due à l'apparition de la métallurgie et de l'agriculture, entraîne une dépendance mutuelle.
- Avec l'agriculture, la propriété apparaît. Une nouvelle sorte de droit, le droit de propriété, se met en place ; ce droit n'est pas le droit naturel.
- À ce stade, l'inégalité naturelle n'est plus sans effets comme dans l'état de nature, mais elle crée des inégalités sociales.
- L'homme devient dépendant de ses semblables ; le paraître est plus important que l'être.
- La pitié naturelle étant étouffée et la justice étant encore trop faible, les usurpations des riches et les brigandages des pauvres entraînent un état de guerre.

B - L'état social (p. 93 à 108)

1. Le pacte d'association (p. 93 à 97)

- Devant une situation si misérable, les riches forment le projet d'institutions plus favorables pour eux que le droit naturel.
- Ce pacte d'association qui oblige tout le monde met en place un pouvoir suprême. Tous l'acceptent, pensant protéger ainsi leur liberté.

- Ce contrat des riches détruit en réalité la liberté naturelle, légitime la propriété et transforme les hommes en esclaves.
- Les sociétés se multiplient ; elles restent entre elles à l'état de nature et se font la guerre.
- Critique des autres conceptions de l'origine du pacte d'association : l'origine légitime n'est ni dans le droit de conquête, ni dans l'union des faibles, ni dans la servitude volontaire, mais dans le pacte des riches qui avaient tout intérêt à mettre en place un système protégeant leurs biens.

2. Le pacte de gouvernement (p. 97 à 104)

Examen des faits par le droit : quelle forme de gouvernement est légitime ?

- La première forme du gouvernement n'a pas pu être un pouvoir arbitraire :
  - car les peuples se sont donné des chefs pour défendre leur liberté, pas pour les asservir ;
  - car le pouvoir politique ne dérive pas de l'autorité paternelle ;
  - car un tel contrat qui n'oblige qu'une des parties est sans validité ;
  - car la liberté est un don de la nature dont il n'est pas permis de se dépouiller.
- Le seul fondement légitime du gouvernement est un contrat entre le peuple et les chefs. Le peuple ne se dépouille d'une partie de sa liberté naturelle que sous certaines conditions.
- La religion donne à ce contrat un caractère sacré et inviolable.
- Les diverses formes de gouvernement existantes (monarchie, aristocratie et démocratie) dépendent du nombre d'hommes riches et puissants au moment du choix du gouvernement.

3. L'histoire des gouvernements (p. 104 à 108)

- Dans l'évolution des sociétés, on peut distinguer trois périodes auxquelles correspondent trois degrés dans l'inégalité :
  - établissement de la loi et de la propriété = état de riche et de pauvre ;
  - institution de la magistrature = état de fort et de faible ;
  - pouvoir arbitraire = état de maître et d'esclave.
- Ce progrès est nécessaire car les mêmes vices demeurent malgré les lois, et l'inégalité s'étend facilement dans des esprits ambitieux et lâches.
- Le despotisme est le dernier terme de l'inégalité : tous redeviennent égaux. C'est un retour à un nouvel état de nature où règne la loi du plus fort et où toute notion de justice a disparu.

Conclusion (p. 108 à 110)

- Comparaison entre l'homme naturel et l'homme social : l'homme a changé irrémédiablement de nature ; il est devenu artificiel.

– l'homme naturel est libre et tranquille, il vit pour lui-même ;
– l'homme social est toujours actif, il est esclave de l'opinion des autres.

- Réponse finale à la question de l'Académie : l'inégalité physique ne se développe qu'avec la société ; et l'inégalité morale n'est légitime que selon le droit positif – et pas selon le droit naturel –, elle ne peut être acceptable que si elle est proportionnelle à l'inégalité physique.

Abolition de l'esclavage grâce à l'action de la presse.
Bas relief formant le socle de la statue de Gutenberg,
Imprimerie nationale de Paris.
« Les jurisconsultes qui ont gravement prononcé que l'enfant d'une esclave naîtrait esclave ont décidé en d'autres termes qu'un homme ne naîtrait pas homme. » Rousseau, *Discours*, p. 101.

Discours sur l'origine de l'inégalité

FRISE DE L'HISTOIRE HYPOTHÉTIQUE DE L'HUMANITÉ

Rupture de l'état de nature sous l'effet de causes extérieures (climat, végétation)

La grande révolution : la division du travail, due à la métallurgie et à l'agriculture, naissance de la propriété, développement de l'inégalité

État de guerre

Le despotisme

dernier terme de l'inégalité

Un nouvel état de nature

(droit du plus fort)

Première période	**Seconde période** **Âge d'or de l'humanité**	**Troisième période** **La décadence**	
État de nature : un état stable L'homme de la nature Solitaire, présociable, sans pensée et sans langage, avec peu de besoins et deux passions seulement : amour de soi et pitié. *Différence avec l'animal* : liberté et perfectibilité Il n'y a pas d'inégalité entre les hommes	**État de nature historique** L'homme naturel *2 étapes* *1re révolution* la construction de maisons 1. Inventions techniques, début du langage 2. Naissance famille, loisirs, sentiments = l'état des sociétés primitives	**État social : règne de l'apparence** L'homme social domination de l'amour propre ⇒ pour sortir de l'état de guerre, pacte d'association des riches : institution de la loi, de la propriété *Trois degrés dans l'inégalité :* riche/pauvre puissant/faible maître/esclave	**Solutions dans le *Contrat social* et *Émile*** créer une nouvelle nature pour l'homme avec une nouvelle liberté et proposer un contrat social légitime

DISCOURS

SUR L'ORIGINE ET LES FONDEMENS DE L'INEGALITÉ PARMI LES HOMMES.

Par JEAN JAQUES ROUSSEAU

CITOYEN DE GENÈVE.

Non in depravatis, ſed in his quæ bene ſecundum naturam ſe habent, conſiderandum eſt quid ſit naturale. ARISTOT. Politic. L. 2.

A AMSTERDAM,

Chez MARC MICHEL REY.

MDCCLV.

Frontispice de l'édition originale du *Discours* (1755)

Discours sur l'origine et les fondements de l'inégalité parmi les hommes

ROUSSEAU

* Les notes de Rousseau sont placées à la fin du texte (p. 111), conformément à son vœu. Ce sont les notes de l'édition originale de 1735.
– Les notes de bas de page sont également de Rousseau : ce sont les notes pour l'édition de 1782

DISCOURS SUR L'ORIGINE ET LES FONDEMENTS DE L'INÉGALITÉ PARMI LES HOMMES

par
JEAN-JACQUES ROUSSEAU
citoyen de Genève[1]

Non in depravatis, sed in his quae bene secundum naturam se habent, considerandum est quid sit naturale[2].
Aristote, *Politic., 1.2.*

À LA RÉPUBLIQUE DE GENÈVE[3].

MAGNIFIQUES, TRÈS HONORÉS,
ET SOUVERAINS SEIGNEURS,

Convaincu qu'il n'appartient qu'au citoyen vertueux de rendre à sa patrie des honneurs qu'elle puisse avouer, il y a trente ans que je travaille à mériter de vous offrir un hommage public ; et cette heureuse occasion suppléant en partie à ce que mes efforts n'ont pu faire, j'ai cru qu'il me serait permis de consulter ici le zèle qui m'anime, plus que le droit qui devrait m'autoriser. Ayant eu le bonheur de naître parmi vous, comment pourrais-je méditer sur l'égalité que la nature a mise entre les hommes et sur l'inégalité qu'ils ont instituée, sans penser à la profonde sagesse avec laquelle l'une et l'autre, heureusement combinées dans cet État[4] concourent de la manière la plus approchante de la loi naturelle et la plus favorable à la société, au maintien de l'ordre public et au bonheur des particuliers ? En recherchant les meilleures maximes que le bon sens puisse dicter sur la constitution d'un gouvernement, j'ai été si frappé de les voir toutes en exécution dans le vôtre que même sans être né dans vos murs, j'aurais cru ne pouvoir me dispenser d'offrir ce tableau de la société humaine à celui de tous les peuples qui me paraît en posséder les plus grands avantages, et en avoir le mieux prévenu les abus.

1. Le titre de « citoyen » est mis en avant par Rousseau avec d'autant plus de fierté qu'il vient de reprendre la religion protestante pour être réintégré dans sa citoyenneté genevoise. Son séjour à Genève l'a livré à l'« enthousiasme républicain » (*Confessions,* livre VIII, *Œuvres complètes,* t. I, p. 392).

2. « Il faut étudier ce qui est naturel non dans les êtres dépravés, mais dans ceux qui se comportent conformément à la nature. »

3. Rousseau dédie son livre à l'ensemble des « citoyens » et « bourgeois » de Genève au lieu de s'adresser au Petit Conseil (ou Conseil des Vingt-Cinq) qui détient la réalité du pouvoir. Il n'ignore pas qu'il y a là une certaine audace.
Pour Rousseau, la république de Genève est l'exemple du meilleur gouvernement possible.

4. **Voir problématiques essentielles** : L'inégalité, p. 21. Voir aussi fin du *Discours,* p. 110.
Rousseau ne met pas en question, dans la Dédicace, la discrimination qui interdit aux « habitants » (étrangers autorisés à résider dans la ville) et aux « natifs » (descendants d'habitants) de participer aux affaires politiques à Genève : or ils constituent les trois quarts de la population.

Si j'avais eu à choisir le lieu de ma naissance[1], j'aurais choisi une société d'une grandeur bornée par l'étendue des facultés humaines, c'est-à-dire par la possibilité d'être bien gouvernée, et où chacun suffisant à son emploi, nul n'eût été contraint de commettre à d'autres les fonctions dont il était chargé : un État où tous les particuliers se connaissant entre eux, les manœuvres *obscures* du vice ni la modestie de la vertu n'eussent pu se dérober aux regards et au jugement du public, et où cette douce habitude de se voir et de se connaître, fît de l'amour de la patrie l'amour des citoyens plutôt que celui de la terre[2].

J'aurais voulu naître dans un pays où le souverain et le peuple ne pussent avoir qu'un seul et même intérêt, afin que tous les mouvements de la machine ne tendissent jamais qu'au bonheur commun ; ce qui ne pouvant se faire à moins que le peuple et le souverain ne soient une même personne, il s'ensuit que j'aurais voulu naître sous un gouvernement démocratique, sagement tempéré[3].

J'aurais voulu vivre et mourir libre, c'est-à-dire tellement soumis aux lois que ni moi ni personne n'en pût secouer l'honorable joug ; ce joug salutaire et doux, que les têtes les plus fières portent d'autant plus docilement qu'elles sont faites pour n'en porter aucun autre[4].

J'aurais donc voulu que personne dans l'État n'eût pu se dire au-dessus de la loi, et que personne au-dehors n'en pût imposer que l'État fût obligé de reconnaître. Car quelle que puisse être la constitution d'un gouvernement, s'il s'y trouve un seul homme qui ne soit pas soumis à la loi, tous les autres sont nécessairement à la discrétion de celui-là[5] et s'il y a un chef national, et un autre chef étranger, quelque partage d'autorité qu'ils puissent faire, il est impossible que l'un et l'autre soient bien obéis et que l'État soit bien gouverné.

Je n'aurais point voulu habiter une République de nouvelle institution, quelques bonnes lois qu'elle pût avoir ; de peur que le gouvernement autrement constitué peut-être qu'il ne faudrait pour le moment, ne convenant pas aux nouveaux citoyens, ou les citoyens au nouveau gouvernement, l'État ne fût sujet à être ébranlé et détruit presque dès sa naissance. Car il en est de la liberté comme de ces aliments solides et succulents, ou de ces vins généreux, propres à nourrir et fortifier les tempéraments robustes qui en ont l'habitude, mais qui accablent, ruinent et enivrent les faibles et délicats qui n'y sont point

1. Rousseau dresse ici un tableau de l'État idéal.

2. Le modèle de la cité selon Rousseau est la cité grecque – en particulier Sparte – où les actions de chaque citoyen sont exposées au regard des autres citoyens.

3. Rousseau affirme d'emblée son idéal démocratique, et critique implicitement l'absolutisme français. **Voir concepts clés** : le contrat, fondement légitime, p. 147.

4. **Voir glossaire** : loi positive.

5. Voir note *a* de Rousseau, p. 111. Illustration de cette idée par un exemple historique.

faits. Les peuples une fois accoutumés à des maîtres ne sont plus en état de s'en passer[1]. S'ils tentent de secouer le joug, ils s'éloignent d'autant plus de la liberté que prenant pour elle une licence effrénée qui lui est opposée, leurs révolutions les livrent presque toujours à des séducteurs qui ne font qu'aggraver leurs chaînes. Le peuple romain lui-même, ce modèle de tous les peuples libres, ne fut point en état de se gouverner en sortant de l'oppression des Tarquins. Avili par l'esclavage et les travaux ignominieux qu'ils lui avaient imposés, ce n'était d'abord qu'une stupide populace qu'il fallut ménager et gouverner avec la plus grande sagesse, afin que s'accoutumant peu à peu à respirer l'air salutaire de la liberté, ces âmes énervées ou plutôt abruties sous la tyrannie, acquissent par degrés cette sévérité de mœurs et cette fierté de courage qui en firent enfin le plus respectable de tous les peuples. J'aurais donc cherché pour ma patrie une heureuse et tranquille république dont l'ancienneté se perdît en quelque sorte dans la nuit des temps ; qui n'eût éprouvé que des atteintes propres à manifester et affermir dans ses habitants le courage et l'amour de la patrie, et où les citoyens, accoutumés de longue main à une sage indépendance, fussent, non seulement libres, mais dignes de l'être.

J'aurais voulu me choisir une patrie, détournée par une heureuse impuissance du féroce amour des conquêtes, et garantie par une position encore plus heureuse de la crainte de devenir elle-même la conquête d'un autre État : une ville libre placée entre plusieurs peuples dont aucun n'eût intérêt à l'envahir, et dont chacun eût intérêt d'empêcher les autres de l'envahir eux-mêmes, une république, en un mot, qui ne tentât point l'ambition de ses voisins et qui pût raisonnablement compter sur leur secours au besoin. Il s'ensuit que dans une position si heureuse, elle n'aurait rien eu à craindre que d'elle-même, et que si ses citoyens s'étaient exercés aux armes, c'eût été plutôt pour entretenir chez eux cette ardeur guerrière et cette fierté de courage qui sied si bien à la liberté et qui en nourrit le goût que par la nécessité de pourvoir à leur propre défense.

J'aurais cherché un pays où le droit de législation fût commun à tous les citoyens ; car qui peut mieux savoir qu'eux sous quelles conditions il leur convient de vivre ensemble dans une même société ? Mais je n'aurais pas

1. Idée importante selon laquelle la dégradation politique et morale est irréversible.
Voir grandes thèses : Morale et politique sont indissociables, p. 156.

approuvé des plébiscites semblables à ceux des Romains où les chefs de l'État et les plus intéressés à sa conservation étaient exclus des délibérations dont souvent dépendait son salut, et où par une absurde inconséquence les magistrats étaient privés des droits dont jouissaient les simples citoyens.

Au contraire, j'aurais désiré que pour arrêter les projets intéressés et mal conçus, et les innovations dangereuses qui perdirent enfin les Athéniens, chacun n'eût pas le pouvoir de proposer de nouvelles lois à sa fantaisie ; que ce droit appartînt aux seuls magistrats[1], qu'ils en usassent même avec tant de circonspection, que le peuple de son côté fut si réservé à donner son consentement à ces lois, et que la promulgation ne pût s'en faire qu'avec tant de solennité, qu'avant que la constitution fût ébranlée on eût le temps de se convaincre que c'est surtout la grande antiquité des lois qui les rend saintes et vénérables, que le peuple méprise bientôt celles qu'il voit changer tous les jours, et qu'en s'accoutumant à négliger les anciens usages sous prétexte de faire mieux, on introduit souvent de grands maux pour en corriger de moindres.

J'aurais fui surtout, comme nécessairement mal gouvernée, une république où le peuple, croyant pouvoir se passer de ses magistrats ou ne leur laisser qu'une autorité précaire, aurait imprudemment gardé l'administration des affaires civiles et l'exécution de ses propres lois ; telle dut être la grossière constitution des premiers gouvernements sortant immédiatement de l'état de nature, et tel fut encore un des vices qui perdirent la république d'Athènes.

Mais j'aurais choisi celle où les particuliers se contentant de donner la sanction aux lois, et de décider en corps et sur le rapport des chefs les plus importantes affaires publiques, établiraient des tribunaux respectés, en distingueraient avec soin les divers départements ; éliraient d'année en année les plus capables et les plus intègres de leurs concitoyens pour administrer la justice et gouverner l'État ; et où la vertu des magistrats portant ainsi témoignage de la sagesse du peuple, les uns et les autres s'honoreraient mutuellement. De sorte que si jamais de funestes malentendus venaient à troubler la concorde publique, ces temps mêmes d'aveuglement et d'erreurs fussent marqués par des témoignages de modération, d'estime réciproque, et d'un commun respect

1. À Genève, depuis l'édit de médiation de 1738, l'initiative des lois est réservée au Conseil des Vingt-Cinq, qui propose ces lois au Conseil des Deux-Cents, puis au Conseil général, qui réunit « citoyens et bourgeois ».

pour les lois ; présages et garants d'une réconciliation sincère et perpétuelle.

Tels sont, MAGNIFIQUES, TRÈS HONORÉS, ET SOUVERAINS SEIGNEURS, les avantages que j'aurais recherchés dans la patrie que je me serais choisie. Que si la providence y avait ajouté de plus une situation charmante, un climat tempéré, un pays fertile, et l'aspect le plus délicieux qui soit sous le ciel, je n'aurais désiré pour combler mon bonheur que de jouir de tous ces biens dans le sein de cette heureuse patrie, vivant paisiblement dans une douce société avec mes concitoyens, exerçant envers eux, et à leur exemple, l'humanité, l'amitié et toutes les vertus, et laissant après moi l'honorable mémoire d'un homme de bien, et d'un honnête et vertueux patriote.

Si, moins heureux ou trop tard sage, je m'étais vu réduit à finir en d'autres climats une infirme et languissante carrière, regrettant inutilement le repos et la paix dont une jeunesse imprudente m'aurait privé, j'aurais du moins nourri dans mon âme ces mêmes sentiments dont je n'aurais pu faire usage dans mon pays, et pénétré d'une affection tendre et désintéressée pour mes concitoyens éloignés, je leur aurais adressé du fond de mon cœur à peu près le discours suivant.

Mes chers concitoyens ou plutôt mes frères, puisque les liens du sang ainsi que les lois nous unissent presque tous, il m'est doux de ne pouvoir penser à vous, sans penser en même temps à tous les biens dont vous jouissez et dont nul de vous peut-être ne sent mieux le prix que moi qui les ai perdus. Plus je réfléchis sur votre situation politique et civile, et moins je puis imaginer que la nature des choses humaines puisse en comporter une meilleure. Dans tous les autres gouvernements, quand il est question d'assurer le plus grand bien de l'État, tout se borne toujours à des projets en idées, et tout au plus à de simples possibilités. Pour vous, votre bonheur est tout fait, il ne faut qu'en jouir, et vous n'avez plus besoin pour devenir parfaitement heureux que de savoir vous contenter de l'être[1]. Votre souveraineté acquise ou recouvrée à la pointe de l'épée, et conservée durant deux siècles à force de valeur et de sagesse, est enfin pleinement et universellement reconnue. Des traités honorables fixent vos limites, assurent vos droits et affermissent votre repos. Votre constitution est excellente, dictée par la plus sublime raison, et garantie par des puissances amies et res-

1. La constitution de Genève est l'exemple de la meilleure constitution « possible ». Il convient cependant d'éviter qu'elle ne dégénère.

pectables ; votre État est tranquille, vous n'avez ni guerres ni conquérants à craindre ; vous n'avez point d'autres maîtres que de sages lois que vous avez faites, administrées par des magistrats intègres qui sont de votre choix ; vous n'êtes ni assez riches pour vous énerver par la mollesse et perdre dans de vains délices le goût du vrai bonheur et des solides vertus, ni assez pauvres pour avoir besoin de plus de secours étrangers que ne vous en procure votre industrie ; et cette liberté précieuse qu'on ne maintient chez les grandes nations qu'avec des impôts exorbitants, ne vous coûte presque rien à conserver.

Puisse durer toujours pour le bonheur de ses citoyens et l'exemple des peuples une république si sagement et si heureusement constituée ![1] Voilà le seul vœu qui vous reste à faire, et le seul soin qui vous reste à prendre. C'est à vous seuls désormais, non à faire votre bonheur, vos ancêtres vous en ont évité la peine, mais à le rendre durable par la sagesse d'en bien user. C'est de votre union perpétuelle, de votre obéissance aux lois ; de votre respect pour leurs ministres que dépend votre conservation. S'il reste parmi vous le moindre germe d'aigreur ou de défiance, hâtez-vous de le détruire comme un levain funeste d'où résulteraient tôt ou tard vos malheurs et la ruine de l'État. Je vous conjure de rentrer tous au fond de votre cœur et de consulter la voix secrète de votre conscience. Quelqu'un parmi vous connaît-il dans l'univers un corps plus intègre, plus éclairé, plus respectable que celui de votre magistrature ? Tous ses membres ne vous donnent-ils pas l'exemple de la modération, de la simplicité de mœurs, du respect pour les lois et de la plus sincère réconciliation : rendez donc sans réserve à de si sages chefs cette salutaire confiance que la raison doit à la vertu ; songez qu'ils sont de votre choix, qu'ils le justifient, et que les honneurs dus à ceux que vous avez constitués en dignité retombent nécessairement sur vous-mêmes. Nul de vous n'est assez peu éclairé pour ignorer qu'où cessent la vigueur des lois et l'autorité de leurs défenseurs, il ne peut y avoir ni sûreté ni liberté pour personne. De quoi s'agit-il donc entre vous que de faire de bon cœur et avec une juste confiance ce que vous seriez toujours obligés de faire par un véritable intérêt, par devoir, et pour la raison ? Qu'une coupable et funeste indifférence pour le maintien de la constitution, ne vous fasse jamais négliger au besoin les sages avis des plus éclairés et des plus zélés d'entre vous.

1. Rousseau exhorte ses concitoyens à conserver leur république et à cultiver les vertus politiques.

Mais que l'équité, la modération, la plus respectueuse fermeté, continuent de régler toutes vos démarches et de montrer en vous à tout l'univers l'exemple d'un peuple fier et modeste, aussi jaloux de sa gloire que de sa liberté. Gardez-vous, surtout et ce sera mon dernier conseil, d'écouter jamais des interprétations sinistres et des discours envenimés dont les motifs secrets sont souvent plus dangereux que les actions qui en sont l'objet. Toute une maison s'éveille et se tient en alarmes aux premiers cris d'un bon et fidèle gardien qui n'aboie jamais qu'à l'approche des voleurs ; mais on hait l'importunité de ces animaux bruyants qui troublent sans cesse le repos public, et dont les avertissements continuels et déplacés ne se font pas même écouter au moment qu'ils sont nécessaires[1].

Et vous MAGNIFIQUES ET TRÈS HONORÉS SEIGNEURS ; vous dignes et respectables magistrats d'un peuple libre ; permettez-moi de vous offrir en particulier mes hommages et mes devoirs. S'il y a dans le monde un rang propre à illustrer ceux qui l'occupent, c'est sans doute celui que donnent les talents et la vertu, celui dont vous vous êtes rendus dignes, et auquel vos concitoyens vous ont élevés. Leur propre mérite ajoute encore au vôtre un nouvel éclat, et choisis par des hommes capables d'en gouverner d'autres, pour les gouverner eux-mêmes, je vous trouve autant au-dessus des autres magistrats qu'un peuple libre, et surtout celui que vous avez l'honneur de conduire, est par ses lumières et par sa raison au-dessus de la populace des autres États.

Qu'il me soit permis de citer un exemple dont il devrait rester de meilleures traces, et qui sera toujours présent à mon cœur. Je ne me rappelle point sans la plus douce émotion la mémoire du vertueux citoyen de qui j'ai reçu le jour, et qui souvent entretint mon enfance du respect qui vous était dû. Je le vois encore vivant du travail de ses mains, et nourrissant son âme des vérités les plus sublimes. Je vois Tacite, Plutarque et Grotius[2], mêlés devant lui avec les instruments de son métier. Je vois à ses côtés un fils chéri recevant avec trop peu de fruits les tendres instructions du meilleur des pères[3]. Mais si les égarements d'une folle jeunesse me firent oublier durant un temps de si sages leçons, j'ai le bonheur d'éprouver enfin que, quelque penchant qu'on ait vers le vice, il est difficile qu'une éducation dont le cœur se mêle reste perdue pour toujours.

1. Tout ce plaidoyer est une critique de ceux des citoyens qui refusaient l'édit de 1738 – imposé par Berne, Zurich et la France. Cet édit avait confirmé le Petit Conseil dans son pouvoir et n'a donné aux « citoyens » et « bourgeois » qu'un droit de « représentation », droit de réclamer et de se plaindre publiquement. Mais le Petit Conseil affirmait son droit de rejeter les représentations.

2. Grotius (1583-1645) est un juriste et un philosophe hollandais ; il a fondé l'école du droit naturel.

3. Tableau incomplet et idéalisé de l'éducation reçue par Rousseau. Avant même les auteurs cités, Rousseau et son père lisaient les romans laissés par la mère de Rousseau (cf. *Confessions*, livre I, *Œuvres complètes*, t. I, p. 8).

Tels sont MAGNIFIQUES ET TRÈS HONORÉS SEIGNEURS, les citoyens et même les simples habitants nés dans l'État que vous gouvernez ; tels sont ces hommes instruits et sensés dont, sous le nom d'ouvriers et de peuple, on a chez les autres nations des idées si basses et si fausses[1]. Mon père, je l'avoue avec joie, n'était point distingué parmi ses concitoyens ; il n'était que ce qu'ils sont tous, et tel qu'il était, il n'y a point de pays où sa société n'eût été recherchée, cultivée, et même avec fruit, par les plus honnêtes gens. Il ne m'appartient pas, et grâce au ciel, il n'est pas nécessaire de vous parler des égards que peuvent attendre de vous des hommes de cette trempe, vos égaux par l'éducation, ainsi que par les droits de la nature et de la naissance ; vos inférieurs par leur volonté, par la préférence qu'ils devaient à votre mérite, qu'ils lui ont accordée, et pour laquelle vous leur devez à votre tour une sorte de reconnaissance. J'apprends avec une vive satisfaction de combien de douceur et de condescendance vous tempérez avec eux la gravité convenable aux ministres des lois, combien vous leur rendez en estime et en attentions ce qu'ils doivent d'obéissance et de respects ; conduite pleine de justice et de sagesse, propre à éloigner de plus en plus la mémoire des événements malheureux qu'il faut oublier pour ne les revoir jamais : conduite d'autant plus judicieuse que ce peuple équitable et généreux se fait un plaisir de son devoir, qu'il aime naturellement à vous honorer, et que les plus ardents à soutenir leurs droits sont les plus portés à respecter les vôtres.

Il ne doit pas être étonnant que les chefs d'une société civile en aiment la gloire et le bonheur, mais il l'est trop pour le repos des hommes que ceux qui se regardent comme les magistrats, ou plutôt comme les maîtres d'une patrie plus sainte et plus sublime, témoignent quelque amour pour la patrie terrestre qui les nourrit[2]. Qu'il m'est doux de pouvoir faire en notre faveur une exception si rare, et placer au rang de nos meilleurs citoyens ces zélés dépositaires des dogmes sacrés autorisés par les lois, ces vénérables pasteurs des âmes, dont la vive et douce éloquence porte d'autant mieux dans les cœurs les maximes de l'Évangile qu'ils commencent toujours par les pratiquer eux-mêmes ! Tout le monde sait avec quel succès le grand art de la chaire est cultivé à Genève ; mais, trop accoutumés à voir dire d'une manière et faire d'une autre, peu de gens savent jusqu'à quel point l'esprit du

1. Réaction contre le mépris dans lequel le peuple est tenu dans la France de l'Ancien régime. La situation était effectivement bien différente à Genève, où artisans et ouvriers étaient instruits, lisaient des livres « républicains ».

2. Rousseau reproche au christianisme de détourner les hommes de l'observance des lois du pays dans lequel ils vivent. On ne peut être à la fois « dévot et citoyen ». Rousseau dira même du christianisme romain : « Je ne connais rien de plus contraire à l'état social » (*Contrat social*, livre IV, chap. VIII, *Œuvres complètes*, t. III, pp. 460-469, Nathan, pp. 135-144.

christianisme, la sainteté des mœurs, la sévérité pour soi-même et la douceur pour autrui, règnent dans le corps de nos ministres. Peut-être appartient-il à la seule ville de Genève de montrer l'exemple édifiant d'une aussi parfaite union entre une société de théologiens et de gens de lettres. C'est en grande partie sur leur sagesse et leur modération reconnues, c'est sur leur zèle pour la prospérité de l'État que je fonde l'espoir de son éternelle tranquillité ; et je remarque avec un plaisir mêlé d'étonnement et de respect combien ils ont horreur pour les affreuses maximes de ces hommes sacrés et barbares dont l'Histoire fournit plus d'un exemple, et qui, pour soutenir les prétendus droits de Dieu, c'est-à-dire leurs intérêts, étaient d'autant moins avares du sang humain qu'ils se flattaient que le leur serait toujours respecté.

Pourrais-je oublier cette précieuse moitié de la république qui fait le bonheur de l'autre, et dont la douceur et la sagesse y maintiennent la paix et les bonnes mœurs ? Aimables et vertueuses citoyennes, le sort de votre sexe sera toujours de gouverner le nôtre. Heureux ! quand votre chaste pouvoir, exercé seulement dans l'union conjugale, ne se fait sentir que pour la gloire de l'État et le bonheur public. C'est ainsi que les femmes commandaient à Sparte, et c'est ainsi que vous méritez de commander à Genève. Quel homme barbare pourrait résister à la voix de l'honneur et de la raison dans la bouche d'une tendre épouse ; et qui ne mépriserait un vain luxe, en voyant votre simple et modeste parure, qui par l'éclat qu'elle tient de vous semble être la plus favorable à la beauté ? C'est à vous de maintenir toujours par votre aimable et innocent empire et par votre esprit insinuant l'amour des lois dans l'État et la concorde parmi les citoyens ; de réunir par d'heureux mariages les familles divisées ; et surtout de corriger par la persuasive douceur de vos leçons et par les grâces modestes de votre entretien, les travers que nos jeunes gens vont prendre en d'autres pays, d'où, au lieu de tant de choses utiles dont ils pourraient profiter, ils ne rapportent, avec un ton puéril et des airs ridicules pris parmi des femmes perdues, que l'admiration de je ne sais quelles prétendues grandeurs, frivoles dédommagements de la servitude, qui ne vaudront jamais l'auguste liberté. Soyez donc toujours ce que vous êtes, les chastes gardiennes des mœurs et les doux liens de la paix, et continuez de faire valoir en toute occasion les droits du cœur et de la nature au profit du devoir et de la vertu[1].

Je me flatte de n'être point démenti par l'événement, en fondant sur de tels garants l'espoir du bonheur commun des citoyens et de la gloire de la république. J'avoue qu'avec ces avantages, elle ne brillera pas de cet éclat dont la plupart des yeux sont éblouis et dont le puéril et funeste goût est le plus mortel ennemi du bonheur et de la liberté. Qu'une jeunesse dissolue aille chercher ailleurs des plaisirs faciles et de longs repentirs. Que les prétendus gens de goût admirent en d'autres lieux la grandeur des palais, la beauté des équipages, les superbes ameublements, la pompe des spectacles, et tous les raffinements de la mollesse et du luxe. À Genève, on ne trouvera que des hommes, mais pourtant un tel spectacle a bien son prix, et ceux qui le rechercheront vaudront bien les admirateurs du reste.

Daignez MAGNIFIQUES, TRÈS HONORÉS ET SOUVERAINS SEIGNEURS, recevoir tous avec la même bonté les respectueux témoignages de l'intérêt que je prends à votre prospérité commune. Si j'étais assez malheureux pour être coupable de quelque transport indiscret dans cette vive effusion de mon cœur, je vous supplie de le pardonner à la tendre affection d'un vrai patriote, et au zèle ardent et légitime d'un homme qui n'envisage point de plus grand bonheur pour lui-même que celui de vous voir tous heureux.

Je suis avec le plus profond respect

MAGNIFIQUES, TRÈS HONORÉS

ET SOUVERAINS SEIGNEURS,

Votre très humble et très obéissant serviteur et concitoyen.

À Chambéry, le 12 juin 1754.

JEAN-JACQUES ROUSSEAU.

1. Cet éloge rejoint celui de la « modestie naturelle » aux femmes, dans la *Lettre à d'Alembert* (éd. GF-Flammarion, pp. 175-179). Les exemples de femmes vertueuses y sont aussi tirés de l'Antiquité. Dans toute cette Dédicace, on voit de fréquents rapprochements entre Genève et les cités antiques, modèles de vertu.

PRÉFACE

La plus utile et la moins avancée de toutes les connaissances humaines me paraît être celle de l'homme[1] et j'ose dire que la seule inscription du temple de Delphes[2] contenait un précepte plus important et plus difficile que tous les gros livres des moralistes. Aussi je regarde le sujet de ce Discours comme une des questions les plus intéressantes que la philosophie puisse proposer, et malheureusement pour nous comme une des plus épineuses que les philosophes puissent résoudre. Car comment connaître la source de l'inégalité parmi les hommes, si l'on ne commence par les connaître eux-mêmes ? et comment l'homme viendra-t-il à bout de se voir tel que l'a formé la nature, à travers tous les changements que la succession des temps et des choses a dû produire dans sa constitution originelle, et de démêler ce qu'il tient de son propre fonds d'avec ce que les circonstances et ses progrès ont ajouté ou changé à son état primitif[3]. Semblable à la statue de Glaucus[4] que le temps, la mer et les orages avaient tellement défigurée qu'elle ressemblait moins à un dieu qu'à une bête féroce, l'âme humaine altérée au sein de la société par mille causes sans cesse renaissantes, par l'acquisition d'une multitude de connaissances et d'erreurs, par les changements arrivés à la constitution des corps, et par le choc continuel des passions, a, pour ainsi dire, changé d'apparence au point d'être presque méconnaissable ; et l'on n'y retrouve plus, au lieu d'un être agissant toujours par des principes certains et invariables, au lieu de cette céleste et majestueuse simplicité dont son auteur l'avait empreinte, que le difforme contraste de la passion qui croit raisonner et de l'entendement en délire.

Ce qu'il y a de plus cruel encore, c'est que tous les progrès de l'espèce humaine l'éloignant sans cesse de son état primitif, plus nous accumulons de nouvelles connaissances, et plus nous nous ôtons les moyens d'acquérir la plus importante de toutes, et que c'est en un sens à force d'étudier l'homme que nous nous sommes mis hors d'état de le connaître[5].

Il est aisé de voir que c'est dans ces changements successifs de la constitution humaine qu'il faut chercher

1. Voir note *b* de Rousseau, p. 111. Confirmation de cette idée par une référence à Buffon.

2. « Connais-toi toi-même », précepte repris par Socrate. Se connaître, c'est retrouver ce que l'homme est, au-delà de ce qu'il paraît.

3. L'étude de l'homme est le préalable indispensable pour connaître l'origine de l'inégalité.

4. Dieu marin auquel Platon compare l'âme dans la *République*, X, 611. Il veut ainsi montrer que l'âme est aussi altérée par son union avec le corps, que la statue de Glaucus par son immersion dans la mer. D'après cette image, on peut supposer que, pour Rousseau, l'homme naturel n'est pas tout à fait aboli en nous, ce qui explique la conclusion relativement optimiste de la Préface.

5. **Voir grandes thèses** : Le rapport entre nature et culture, p. 151.

la première origine des différences qui distinguent les hommes, lesquels d'un commun aveu sont naturellement aussi égaux entre eux que l'étaient les animaux de chaque espèce, avant que diverses causes physiques eussent introduit dans quelques-unes les variétés que nous y remarquons. En effet, il n'est pas concevable que ces premiers changements, par quelque moyen qu'ils soient arrivés, aient altéré tout à la fois et de la même manière tous les individus de l'espèce ; mais les uns s'étant perfectionnés ou détériorés, et ayant acquis diverses qualités bonnes ou mauvaises qui n'étaient point inhérentes à leur nature, les autres restèrent plus longtemps dans leur état originel ; et telle fut parmi les hommes la première source de l'inégalité, qu'il est plus aisé de démontrer ainsi en général que d'en assigner avec précision les véritables causes[1].

Que mes lecteurs ne s'imaginent donc pas que j'ose me flatter d'avoir vu ce qui me paraît si difficile à voir. J'ai commencé quelques raisonnements ; j'ai hasardé quelques conjectures, moins dans l'espoir de résoudre la question que dans l'intention de l'éclaircir et de la réduire à son véritable état. D'autres pourront aisément aller plus loin dans la même route, sans qu'il soit facile à personne d'arriver au terme. Car ce n'est pas une légère entreprise de démêler ce qu'il y a d'originaire et d'artificiel dans la nature actuelle de l'homme, et de bien connaître un état qui n'existe plus, qui n'a peut-être point existé, qui probablement n'existera jamais, et dont il est pourtant nécessaire d'avoir des notions justes pour bien juger de notre état présent[2]. Il faudrait même plus de philosophie qu'on ne pense à celui qui entreprendrait de déterminer exactement les précautions à prendre pour faire sur ce sujet de solides observations ; et une bonne solution du problème suivant ne me paraîtrait pas indigne des Aristotes et des Plines de notre siècle. *Quelles expériences seraient nécessaires pour parvenir à connaître l'homme naturel ; et quels sont les moyens de faire ces expériences au sein de la société*[3] ? Loin d'entreprendre de résoudre ce problème, je crois en avoir assez médité le sujet, pour oser répondre d'avance que les plus grands philosophes ne seront pas trop bons pour diriger ces expériences, ni les plus puissants souverains pour les faire ; concours auquel il n'est guère raisonnable de s'attendre surtout avec la persévérance ou plutôt la succession de lumières et de bonne volonté nécessaire de part et d'autre pour arriver au succès.

1. La première cause de l'inégalité réside dans les changements de l'espèce humaine, dus à la société.

2. **Voir problématiques essentielles** : La méthode utilisée par Rousseau, p. 14.

3. Idée classique dans la philosophie sensualiste du XVIIIe siècle, selon laquelle il serait possible de faire une reconstitution expérimentale des origines de la connaissance à travers les origines du langage, de la vision… Marivaux (*La Dispute*, 1744), Maupertuis (*Lettre sur les progrès des sciences*, 1753) proposent de telles expériences. Les exemples d'« enfants sauvages » sont censés les réaliser (cf. Buffon, « Variétés dans l'espèce humaine », *Histoire naturelle*, t. VI, pp. 277-279).

Ces recherches si difficiles à faire, et auxquelles on a si peu songé jusqu'ici, sont pourtant les seuls moyens qui nous restent de lever une multitude de difficultés qui nous dérobent la connaissance des fondements réels de la société humaine. C'est cette ignorance de la nature de l'homme qui jette tant d'incertitude et d'obscurité sur la véritable définition du droit naturel : car l'idée du droit, dit M. Burlamaqui[1], et plus encore celle du droit naturel, sont manifestement des idées relatives à la nature de l'homme. C'est donc de cette nature même de l'homme, continue-t-il, de sa constitution et de son état qu'il faut déduire les principes de cette science.

Ce n'est point sans surprise et sans scandale qu'on remarque le peu d'accord qui règne sur cette importante matière entre les divers auteurs qui en ont traité[2]. Parmi les plus graves écrivains à peine en trouve-t-on deux qui soient du même avis sur ce point. Sans parler des anciens philosophes qui semblent avoir pris à tâche de se contredire entre eux sur les principes les plus fondamentaux, les jurisconsultes romains assujettissent indifféremment l'homme et tous les autres animaux à la même loi naturelle, parce qu'ils considèrent plutôt sous ce nom la loi que la nature s'impose à elle-même que celle qu'elle prescrit ; ou plutôt, à cause de l'acception particulière selon laquelle ces jurisconsultes entendent le mot de loi qu'ils semblent n'avoir pris en cette occasion que pour l'expression des rapports généraux établis par la nature entre tous les êtres animés, pour leur commune conservation. Les modernes ne reconnaissant sous le nom de loi qu'une règle prescrite à un être moral, c'est-à-dire intelligent, libre, et considéré dans ses rapports avec d'autres êtres, bornent conséquemment au seul animal doué de raison, c'est-à-dire à l'homme, la compétence de la loi naturelle ; mais définissant cette loi chacun à sa mode, ils l'établissent tous sur des principes si métaphysiques qu'il y a, même parmi nous, bien peu de gens en état de comprendre ces principes, loin de pouvoir les trouver d'eux-mêmes. De sorte que toutes les définitions de ces savants hommes, d'ailleurs en perpétuelle contradiction entre elles, s'accordent seulement en ceci, qu'il est impossible d'entendre la loi de nature et par conséquent d'y obéir, sans être un très grand raisonneur et un profond métaphysicien. Ce qui signifie précisément que les hommes ont dû employer pour l'établissement de la société des

1. Burlamaqui (1694-1748) est un juriste suisse qui a vulgarisé la doctrine du droit naturel.

2. Examen de la définition de la loi naturelle.

lumières qui ne se développent qu'avec beaucoup de peine et pour fort peu de gens dans le sein de la société même.

Connaissant si peu la nature et s'accordant si mal sur le sens du mot *loi*, il serait bien difficile de convenir d'une bonne définition de la loi naturelle[1]. Aussi toutes celles qu'on trouve dans les livres, outre le défaut de n'être point uniformes, ont-elles encore celui d'être tirées de plusieurs connaissances que les hommes n'ont point naturellement, et des avantages dont ils ne peuvent concevoir l'idée qu'après être sortis de l'état de nature. On commence par rechercher les règles dont, pour l'utilité commune, il serait à propos que les hommes convinssent entre eux ; et puis on donne le nom de loi naturelle à la collection de ces règles, sans autre preuve que le bien qu'on trouve qui résulterait de leur pratique universelle. Voilà assurément une manière très commode de composer des définitions, et d'expliquer la nature des choses par des convenances presque arbitraires.

Mais tant que nous ne connaîtrons point l'homme naturel, c'est en vain que nous voudrons déterminer la loi qu'il a reçue ou celle qui convient le mieux à sa constitution. Tout ce que nous pouvons voir très clairement au sujet de cette loi, c'est que non seulement pour qu'elle soit loi il faut que la volonté de celui qu'elle oblige puisse s'y soumettre avec connaissance, mais qu'il faut encore pour qu'elle soit naturelle qu'elle parle immédiatement par la voix de la nature.

Laissant donc tous les livres scientifiques qui ne nous apprennent qu'à voir les hommes tels qu'ils se sont faits, et méditant sur les premières et plus simples opérations de l'âme humaine[2], j'y crois apercevoir deux principes antérieurs à la raison, dont l'un nous intéresse ardemment à notre bien-être et à la conservation de nous-mêmes, et l'autre nous inspire une répugnance naturelle à voir périr ou souffrir tout être sensible et principalement nos semblables[3]. C'est du concours et de la combinaison que notre esprit est en état de faire de ces deux principes, sans qu'il soit nécessaire d'y faire entrer celui de la sociabilité[4], que me paraissent découler toutes les règles du droit naturel ; règles que la raison est ensuite forcée de rétablir sur d'autres fondements, quand par ses développements successifs elle est venue à bout d'étouffer la nature.

1. **Voir concepts clés** : la loi naturelle, p. 141.

2. **Voir problématiques essentielles** : La méthode utilisée par Rousseau, p. 14.

3. **Voir concepts clés** : les passions, p. 141.

4. L'homme naturel, selon Rousseau, est solitaire ; il n'est pas un être sociable, contrairement à toute une tradition qui remonte à Aristote, pour qui « l'homme est un animal sociable ».

De cette manière, on n'est point obligé de faire de l'homme un philosophe avant que d'en faire un homme ; ses devoirs envers autrui ne lui sont pas uniquement dictés par les tardives leçons de la sagesse ; et tant qu'il ne résistera point à l'impulsion intérieure de la commisération, il ne fera jamais du mal à un autre homme ni même à aucun être sensible, excepté dans le cas légitime où sa conservation se trouvant intéressée, il est obligé de se donner la préférence à lui-même. Par ce moyen, on termine aussi les anciennes disputes sur la participation des animaux à la loi naturelle. Car il est clair que, dépourvus de lumières et de liberté, ils ne peuvent reconnaître cette loi ; mais tenant en quelque chose à notre nature par la sensibilité dont ils sont doués, on jugera qu'ils doivent aussi participer au droit naturel, et que l'homme est assujetti envers eux à quelque espèce de devoirs. Il semble, en effet, que si je suis obligé de ne faire aucun mal à mon semblable, c'est moins parce qu'il est un être raisonnable que parce qu'il est un être sensible ; qualité qui, étant commune à la bête et à l'homme, doit au moins donner à l'une le droit de n'être point maltraitée inutilement par l'autre.

Cette même étude de l'homme originel, de ses vrais besoins et des principes fondamentaux de ses devoirs, est encore le seul bon moyen qu'on puisse employer pour lever ces foules de difficultés qui se présentent sur l'origine de l'inégalité morale, sur les vrais fondements du corps politique, sur les droits réciproques de ses membres, et sur mille autres questions semblables, aussi importantes que mal éclaircies.

En considérant la société humaine d'un regard tranquille et désintéressé, elle ne semble montrer d'abord que la violence des hommes puissants et l'oppression des faibles ; l'esprit se révolte contre la dureté des uns ; on est porté à déplorer l'aveuglement des autres ; et comme rien n'est moins stable parmi les hommes que ces relations extérieures que le hasard produit plus souvent que la sagesse, et qu'on appelle faiblesse ou puissance, richesse ou pauvreté, les établissements humains paraissent au premier coup d'œil fondés sur des monceaux de sable mouvant ; ce n'est qu'en les examinant de près, ce n'est qu'après avoir écarté la poussière et le sable qui environnent l'édifice, qu'on aperçoit la base inébranlable sur laquelle il est élevé, et qu'on apprend à en respecter les fondements. Or sans l'étude sérieuse de l'homme, de ses facultés naturelles, et de leurs développements successifs, on ne viendra jamais à bout de faire ces distinctions, et de séparer dans l'actuelle constitution des choses ce qu'a fait la volonté divine d'avec ce que l'art humain a prétendu faire. Les recherches politiques et morales auxquelles donne lieu l'importante question que j'examine sont donc utiles de toute manière, et l'histoire hypothétique[1] des gouvernements est pour l'homme une leçon instructive à tous égards. En considérant ce que nous serions devenus, abandonnés à nous-mêmes, nous devons apprendre à bénir celui dont la main bienfaisante, corrigeant nos institutions et leur donnant une assiette inébranlable, a prévenu les désordres qui devraient en résulter, et fait naître notre bonheur des moyens qui semblaient devoir combler notre misère[2].

Quem te Deus esse
Jussit, et humanâ quâ parte locatus es in re,
Disce[3].

1. L'« histoire hypothétique » que préconise Rousseau refuse les détails et les « témoignages incertains » des faits, pour s'attacher à la considération des causes des grands événements.

2. Cette conclusion optimiste s'oppose au pessimisme de la fin de l'exorde.

3. « Ce que la divinité a ordonné que tu sois, et quelle place tu occupes dans l'humanité, apprends-le » (Perse, *Satires*, III, 71-73).

QUESTION PROPOSÉE PAR L'ACADÉMIE DE DIJON

Quelle est l'origine de l'inégalité parmi les hommes, et si elle est autorisée par la loi naturelle.

AVERTISSEMENT SUR LES NOTES

J'ai ajouté quelques notes à cet ouvrage selon ma coutume paresseuse de travailler à bâtons rompus. Ces notes s'écartent quelquefois assez du sujet pour n'être pas bonnes à lire avec le texte. Je les ai donc rejetées à la fin du Discours, dans lequel j'ai tâché de suivre de mon mieux le plus droit chemin. Ceux qui auront le courage de recommencer pourront s'amuser la seconde fois à battre les buissons, et tenter de parcourir les notes ; il y aura peu de mal que les autres ne les lisent point du tout[1].

1. Ces notes sont établies à partir d'ouvrages d'histoire naturelle ou de récits de voyages. Elles ne font que confirmer après coup, par des faits, la démonstration rationnelle du texte. Elles débutent, dans la présente édition, à la page 111.

DISCOURS SUR L'ORIGINE, ET LES FONDEMENTS DE L'INÉGALITÉ PARMI LES HOMMES

C'est de l'homme que j'ai à parler, et la question que j'examine m'apprend que je vais parler à des hommes car on n'en propose point de semblables quand on craint d'honorer la vérité. Je défendrai donc avec confiance la cause de l'humanité devant les sages qui m'y invitent, et je ne serai pas mécontent de moi-même si je me rends digne de mon sujet et de mes juges.

Je conçois dans l'espèce humaine deux sortes d'inégalité[1] ; l'une que j'appelle naturelle ou physique, parce qu'elle est établie par la nature, et qui consiste dans la différence des âges, de la santé, des forces du corps, et des qualités de l'esprit, ou de l'âme, l'autre qu'on peut appeler inégalité morale, ou politique, parce qu'elle dépend d'une sorte de convention, et qu'elle est établie, ou du moins autorisée par le consentement des hommes. Celle-ci consiste dans les différents privilèges, dont quelques-uns jouissent, au préjudice des autres, comme d'être plus riches, plus honorés, plus puissants qu'eux, ou même de s'en faire obéir.

On ne peut pas demander quelle est la source de l'inégalité naturelle, parce que la réponse se trouverait énoncée dans la simple définition du mot. On peut encore moins chercher s'il n'y aurait point quelque liaison essentielle entre les deux inégalités ; car ce serait demander, en d'autres termes, si ceux qui commandent valent nécessairement mieux que ceux qui obéissent, et si la force du corps ou de l'esprit, la sagesse ou la vertu, se trouvent toujours dans les mêmes individus, en proportion de la puissance, ou de la richesse : question bonne peut-être à agiter entre des esclaves entendus de leurs maîtres, mais qui ne convient pas à des hommes raisonnables et libres, qui cherchent la vérité.

De quoi s'agit-il donc précisément dans ce Discours[2] ? De marquer dans le progrès des choses le moment où le droit succédant à la violence, la nature fut soumise à la loi ; d'expliquer par quel enchaînement de prodiges le fort put se résoudre à servir le faible, et le peuple à acheter un repos en idée, au prix d'une félicité réelle.

1. **Voir problématiques essentielles** : L'inégalité, p.21.

2. Rousseau explicite l'objet du *Discours* : marquer le moment où la société, avec l'inégalité politique, succède à l'état de nature.

Les philosophes qui ont examiné les fondements de la société ont tous senti la nécessité de remonter jusqu'à l'état de nature, mais aucun d'eux n'y est arrivé. Les uns[1] n'ont point balancé à supposer à l'homme dans cet état la notion du juste et de l'injuste, sans se soucier de montrer qu'il dût avoir cette notion, ni même qu'elle lui fût utile. D'autres[2] ont parlé du droit naturel que chacun a de conserver ce qui lui appartient, sans expliquer ce qu'ils entendaient par appartenir ; d'autres[3] donnant d'abord au plus fort l'autorité sur le plus faible, ont aussitôt fait naître le gouvernement, sans songer au temps qui dut s'écouler avant que le sens des mots d'autorité et de gouvernement pût exister parmi les hommes. Enfin tous, parlant sans cesse de besoin, d'avidité, d'oppression, de désirs, et d'orgueil, ont transporté à l'état de nature des idées qu'ils avaient prises dans la société. Ils parlaient de l'homme sauvage, et ils peignaient l'homme civil. Il n'est pas même venu dans l'esprit de la plupart des nôtres de douter que l'état de nature eût existé, tandis qu'il est évident, par la lecture des Livres Sacrés[4], que le premier homme, ayant reçu immédiatement de Dieu des lumières et des préceptes, n'était point lui-même dans cet état, et qu'en ajoutant aux écrits de Moïse la foi que leur doit tout philosophe chrétien, il faut nier que, même avant le déluge, les hommes se soient jamais trouvés dans le pur état de nature, à moins qu'ils n'y soient retombés par quelque événement extraordinaire. Paradoxe fort embarrassant à défendre, et tout à fait impossible à prouver.

Commençons donc par écarter tous les faits, car ils ne touchent point à la question[5]. Il ne faut pas prendre les recherches, dans lesquelles on peut entrer sur ce sujet, pour des vérités historiques, mais seulement pour des raisonnements hypothétiques et conditionnels ; plus propres à éclaircir la nature des choses, qu'à en montrer la véritable origine, et semblables à ceux que font tous les jours nos physiciens sur la formation du monde[6]. La religion nous ordonne de croire que Dieu lui-même ayant tiré les hommes de l'état de nature, immédiatement après la création, ils sont inégaux parce qu'il a voulu qu'ils le fussent ; mais elle ne nous défend pas de former des conjectures tirées de la seule nature de l'homme et des êtres qui l'environnent, sur ce qu'aurait pu devenir le genre humain, s'il fût resté abandonné à lui-même. Voilà ce qu'on me demande, et ce que je me propose d'examiner

1. Pufendorf et Locke. **Voir problématiques essentielles** : L'état de nature, p. 16. **Voir aussi documents** : texte de Pufendorf, p. 176.

2. Locke, pour qui le droit de propriété est antérieur à la constitution de la société civile.

3. Hobbes, Grotius. **Voir problématiques essentielles** : L'état de nature, p. 16.

4. Cette critique, par la révélation, de ceux qui ont recours à la révélation, est aussi employée, non sans humour, par Buffon (« Preuves de la théorie de la terre », *Histoire naturelle,* t. I).

5. Avertissement de méthode. **Voir problématiques essentielles** : La méthode utilisée par Rousseau, p. 14.

6. Allusion à Buffon et à ses hypothèses sur la « théorie de la terre ». Buffon a réhabilité l'idée d'hypothèse contre un positivisme d'inspiration newtonienne. Mais il s'agit à la fois d'affirmer une prétention scientifique, et de respecter les précautions habituelles à l'époque à l'égard de l'Église ; voir les Réponses de Buffon à la faculté de théologie : il n'est pas interdit de proposer de « pures suppositions philosophiques » (*O.P.* 108A)

dans ce Discours. Mon sujet intéressant l'homme en général, je tâcherai de prendre un langage qui convienne à toutes les nations, ou plutôt, oubliant les temps et les lieux, pour ne songer qu'aux hommes à qui je parle, je me supposerai dans le lycée d'Athènes, répétant les leçons de mes maîtres, ayant les Platons et les Xénocrates[1] pour juges, et le genre humain pour auditeur.

Ô homme, de quelque contrée que tu sois, quelles que soient tes opinions, écoute. Voici ton histoire telle que j'ai cru la lire, non dans les livres de tes semblables qui sont menteurs, mais dans la nature qui ne ment jamais. Tout ce qui sera d'elle sera vrai. Il n'y aura de faux que ce que j'y aurai mêlé du mien sans le vouloir. Les temps dont je vais parler sont bien éloignés. Combien tu as changé de ce que tu étais ! C'est pour ainsi dire la vie de ton espèce que je te vais décrire d'après les qualités que tu as reçues, que ton éducation et tes habitudes ont pu dépraver, mais qu'elles n'ont pu détruire. Il y a, je le sens, un âge auquel l'homme individuel voudrait s'arrêter ; tu chercheras l'âge auquel tu désirerais que ton espèce se fût arrêtée[2]. Mécontent de ton état présent, par des raisons qui annoncent à ta postérité malheureuse de plus grands mécontentements encore, peut-être voudrais-tu pouvoir rétrograder ; et ce sentiment doit faire l'éloge de tes premiers aïeux, la critique de tes contemporains, et l'effroi de ceux qui auront le malheur de vivre après toi.

1. Xénocrate (394-314 avant J.C.) : disciple de Socrate, réputé pour sa vertu.

2. Comparaison entre histoire de l'humanité et évolution de l'individu.

PREMIÈRE PARTIE[1]

Quelque important qu'il soit, pour bien juger de l'état naturel de l'homme, de le considérer dès son origine, et de l'examiner, pour ainsi dire, dans le premier embryon de l'espèce ; je ne suivrai point son organisation à travers ses développements successifs. Je ne m'arrêterai pas à rechercher dans le système animal ce qu'il put être au commencement, pour devenir enfin ce qu'il est ; je n'examinerai pas si, comme le pense Aristote, ses ongles allongés ne furent point d'abord des griffes crochues ; s'il n'était point velu comme un ours, et si marchant à quatre pieds[2] ses regards dirigés vers la terre, et bornés à un horizon de quelques pas, ne marquaient point à la fois le caractère, et les limites de ses idées[3]. Je ne pourrais former sur ce sujet que des conjectures vagues, et presque imaginaires. L'anatomie comparée a fait encore trop peu de progrès, les observations des naturalistes sont encore trop incertaines, pour qu'on puisse établir sur de pareils fondements la base d'un raisonnement solide ; ainsi, sans avoir recours aux connaissances surnaturelles que nous avons sur ce point, et sans avoir égard aux changements qui ont dû survenir dans la conformation, tant intérieure qu'extérieure, de l'homme, à mesure qu'il appliquait ses membres à de nouveaux usages, et qu'il se nourrissait de nouveaux aliments, je le supposerai conforme de tous temps, comme je le vois aujourd'hui, marchant à deux pieds, se servant de ses mains comme nous faisons des nôtres, portant ses regards sur toute la nature, et mesurant des yeux la vaste étendue du ciel[4].

En dépouillant cet être, ainsi constitué, de tous les dons surnaturels qu'il a pu recevoir, et de toutes les facultés artificielles qu'il n'a pu acquérir que par de longs progrès, en le considérant, en un mot, tel qu'il a dû sortir des mains de la nature, je vois[5] un animal moins fort que les uns, moins agile que les autres, mais, à tout prendre, organisé le plus avantageusement de tous. Je le vois se rassasiant sous un chêne, se désaltérant au premier ruisseau, trouvant son lit au pied du même arbre qui lui a fourni son repas, et voilà ses besoins satisfaits.

1. Étude de l'homme naturel.

2. Voir note *c* de Rousseau, p. 112. Confirmation du fait que l'homme est un bipède par des références à des récits de voyages et à des arguments physiologiques.

3. Rousseau récuse donc l'hypothèse évolutionniste, telle qu'elle était formulée par Diderot dans les *Pensées sur l'interprétation de la nature,* LVIII. Cette hypothèse interdisait en effet toute recherche sur l'« originaire » de l'homme, et généraliserait aux espèces animales la qualité spécifiquement humaine de « perfectibilité ».

4. Éloge de la station verticale.

5. Étude de l'homme d'un point de vue physique. C'est un tableau dont Rousseau ne cache pas le caractère intuitif.

La terre abandonnée à sa fertilité naturelle[1] et couverte de forêts immenses que la cognée ne mutila jamais, offre à chaque pas des magasins et des retraites aux animaux de toute espèce. Les hommes dispersés parmi eux observent, imitent leur industrie, et s'élèvent ainsi jusqu'à l'instinct des bêtes, avec cet avantage que chaque espèce n'a que le sien propre, et que l'homme n'en ayant peut-être aucun qui lui appartienne, se les approprie tous, se nourrit également de la plupart des aliments divers[2] que les autres animaux se partagent, et trouve par conséquent sa subsistance plus aisément que ne peut faire aucun d'eux.

Accoutumés dès l'enfance aux intempéries de l'air, et à la rigueur des saisons, exercés à la fatigue, et forcés de défendre nus et sans armes leur vie et leur proie contre les autres bêtes féroces, ou de leur échapper à la course, les hommes se forment un tempérament robuste et presque inaltérable. Les enfants, apportant au monde l'excellente constitution de leurs pères, et la fortifiant par les mêmes exercices qui l'ont produite, acquièrent ainsi toute la vigueur dont l'espèce humaine est capable. La nature en use précisément avec eux comme la loi de Sparte avec les enfants des citoyens ; elle rend forts et robustes ceux qui sont bien constitués et fait périr tous les autres[3] ; différente en cela de nos sociétés, où l'État, en rendant les enfants onéreux aux pères, les tue indistinctement avant leur naissance.

Le corps de l'homme sauvage étant le seul instrument qu'il connaisse, il l'emploie à divers usages, dont, par le défaut d'exercice, les nôtres sont incapables, et c'est notre industrie qui nous ôte la force et l'agilité que la nécessité l'oblige d'acquérir. S'il avait eu une hache, son poignet romprait-il de si fortes branches ? S'il avait eu une fronde, lancerait-il de la main une pierre avec tant de raideur ? S'il avait eu une échelle, grimperait-il si légèrement sur un arbre ? S'il avait eu un cheval, serait-il si vite à la course ? Laissez à l'homme civilisé le temps de rassembler toutes ses machines autour de lui, on ne peut douter qu'il ne surmonte facilement l'homme sauvage ; mais si vous voulez voir un combat plus inégal encore, mettez-les nus et désarmés vis-à-vis l'un de l'autre, et vous reconnaîtrez bientôt quel est l'avantage d'avoir sans cesse toutes ses forces à sa disposition, d'être toujours prêt à tout événement, et de se porter, pour ainsi dire, toujours tout entier avec soi[4].

Hobbes[5] prétend que l'homme est naturellement intrépide, et ne cherche qu'à attaquer, et combattre. Un

1. Voir note *d* de Rousseau, p. 113. Confirmation de l'idée de la fertilité de la terre par une référence à Buffon et des arguments biologiques. Cette idée est empruntée à Lucrèce (*De la nature*, 1, V).

2. Voir note *e* de Rousseau, p. 114. Démonstration physiologique que l'homme est un frugivore. La conséquence de cette idée est que l'homme peut vivre en paix avec ses semblables.

3. Cette « loi de la nature », anticipation de la sélection naturelle darwinienne, est aussi évoquée dans l'*Émile* (livre I, *O.C.*, t. IV, p. 259-260, éd. GF, p. 49-50).

4. Voir note *f* de Rousseau, p. 115. Illustration de la supériorité physique de l'homme naturel par des références à des récits de voyages.

5. **Voir documents** : texte de Hobbes, p. 175. Voir aussi *De cive*, 1, 4 et 12, *Leviathan*, 1, 13. De l'égalité naturelle découle l'égalité dans l'espoir, pour chacun, d'atteindre ses fins, donc son intrépidité.

1. Il s'agit de Montesquieu, *De l'esprit des lois*, I, chap. II.

2. Cumberland (1631-1718), évêque anglican, adversaire de Hobbes, qui oppose la loi de l'« universelle bienveillance » à la « guerre de tous contre tous ».

philosophe illustre[1] pense au contraire, et Cumberland[2] et Pufendorf l'assurent aussi, que rien n'est si timide que l'homme dans l'état de nature, et qu'il est toujours tremblant, et prêt à fuir au moindre bruit qui le frappe, au moindre mouvement qu'il aperçoit. Cela peut être ainsi pour les objets qu'il ne connaît pas, et je ne doute point qu'il ne soit effrayé par tous les nouveaux spectacles qui s'offrent à lui, toutes les fois qu'il ne peut distinguer le bien et le mal physiques qu'il en doit attendre, ni comparer ses forces avec les dangers qu'il a à courir ; circonstances rares dans l'état de nature, où toutes choses marchent d'une manière si uniforme, et où la face de la terre n'est point sujette à ces changements brusques et continuels, qu'y causent les passions et l'inconstance des peuples réunis. Mais l'homme sauvage vivant dispersé parmi les animaux, et se trouvant de bonne heure dans le cas de se mesurer avec eux, il en fait bientôt la comparaison, et sentant qu'il les surpasse plus en adresse qu'ils ne le surpassent en force, il apprend à ne les plus craindre. Mettez un ours, ou un loup aux prises avec un sauvage robuste, agile, courageux comme ils sont tous, armé de pierres, et d'un bon bâton, et vous verrez que le péril sera tout au moins réciproque, et qu'après plusieurs expériences pareilles, les bêtes féroces, qui n'aiment point à s'attaquer l'une à l'autre, s'attaqueront peu volontiers à l'homme, qu'elles auront trouvé tout aussi féroce qu'elles. À l'égard des animaux qui ont réellement plus de forces qu'il n'a d'adresse, il est vis-à-vis d'eux dans le cas des autres espèces plus faibles, qui ne laissent pas de subsister ; avec cet avantage pour l'homme, que non moins dispos qu'eux à la course, et trouvant sur les arbres un refuge presque assuré, il a partout le prendre et le laisser dans la rencontre, et le choix de la fuite ou du combat. Ajoutons qu'il ne paraît pas qu'aucun animal fasse naturellement la guerre à l'homme, hors le cas de sa propre défense ou d'une extrême faim, ni témoigne contre lui de ces violentes antipathies qui semblent annoncer qu'une espèce est destinée par la nature à servir de pâture à l'autre*.

* Voilà sans doute les raisons pourquoi les nègres et les sauvages se mettent si peu en peine des bêtes féroces qu'ils peuvent rencontrer dans les bois. Les Caraïbes de Venezuela vivent entre autres, à cet égard, dans la plus profonde sécurité et sans le moindre inconvénient. Quoiqu'ils soient presque nus, dit François Corréal, ils ne laissent pas de s'exposer hardiment dans les bois, armés seulement de la flèche et de l'arc : mais on n'a jamais ouï dire qu'aucun d'entre eux ait été dévoré des bêtes (édition 1782).

D'autres ennemis plus redoutables, et dont l'homme n'a pas les mêmes moyens de se défendre, sont les infirmités naturelles, l'enfance, la vieillesse, et les maladies de toutes espèces ; tristes signes de notre faiblesse, dont les deux premiers sont communs à tous les animaux, et dont le dernier appartient principalement à l'homme vivant en société. J'observe même, au sujet de l'enfance, que la mère, portant partout son enfant avec elle, a beaucoup plus de facilité à le nourrir que n'ont les femelles de plusieurs animaux, qui sont forcées d'aller et venir sans cesse avec beaucoup de fatigue, d'un côté pour chercher leur pâture, et de l'autre pour allaiter ou nourrir leurs petits. Il est vrai que si la femme vient à périr, l'enfant risque fort de périr avec elle ; mais ce danger est commun à cent autres espèces, dont les petits ne sont de longtemps en état d'aller chercher eux-mêmes leur nourriture ; et si l'enfance est plus longue parmi nous, la vie étant plus longue aussi, tout est encore à peu près égal en ce point[1], quoiqu'il y ait sur la durée du premier âge, et sur le nombre des petits[2], d'autres règles, qui ne sont pas de mon sujet. Chez les vieillards, qui agissent et transpirent peu, le besoin d'aliments diminue avec la faculté d'y pourvoir ; et comme la vie sauvage éloigne d'eux la goutte et les rhumatismes, et que la vieillesse est de tous les maux celui que les secours humains peuvent le moins soulager, ils s'éteignent enfin, sans qu'on s'aperçoive qu'ils cessent d'être, et presque sans s'en apercevoir eux-mêmes.

À l'égard des maladies, je ne répéterai point les vaines et fausses déclamations, que font contre la médecine la plupart des gens en santé ; mais je demanderai s'il y a quelque observation solide de laquelle on puisse conclure que dans les pays, où cet art est le plus négligé, la vie moyenne de l'homme soit plus courte que dans ceux où il est cultivé avec le plus de soin[3], et comment cela pourrait-il être, si nous nous donnons plus de maux que la médecine ne peut nous fournir de remèdes ! L'extrême inégalité dans la manière de vivre, l'excès d'oisiveté dans les uns, l'excès de travail dans les autres, la facilité d'irriter et de satisfaire nos appétits et notre sensualité, les aliments trop recherchés des riches, qui les nourrissent de sucs échauffants et les accablent d'indigestions, la mauvaise nourriture des pauvres, dont ils manquent même le plus souvent, et dont le défaut les porte à surcharger avi-

1. Voir note *g* de Rousseau, p. 116. Référence à Buffon.

2. Voir note *h* de Rousseau, p. 116. Arguments physiologiques concernant le nombre de petits par espèce.

3. Les attaques contre la médecine sont fréquentes chez Rousseau, qui était lui-même malade. Voir *Émile*, livre I, *Œuvres complètes*, t. IV, p. 265-266, GF-Flammarion, p. 59-60 : « La médecine, art plus pernicieux aux hommes que tous les maux qu'il prétend guérir. »

dement leur estomac dans l'occasion, les veilles, les excès de toute espèce, les transports immodérés de toutes les passions, les fatigues, et l'épuisement d'esprit, les chagrins, et les peines sans nombre qu'on éprouve dans tous les états, et dont les âmes sont perpétuellement rongées[1]. Voilà les funestes garants que la plupart de nos maux sont notre propre ouvrage, et que nous les aurions presque tous évités, en conservant la manière de vivre simple, uniforme, et solitaire qui nous était prescrite par la nature. Si elle nous a destinés à être sains, j'ose presque assurer que l'état de réflexion est un état contre nature, et que l'homme qui médite est un animal dépravé[2]. Quand on songe à la bonne constitution des sauvages, au moins de ceux que nous n'avons pas perdus avec nos liqueurs fortes, quand on sait qu'ils ne connaissent presque d'autres maladies que les blessures et la vieillesse, on est très porté à croire qu'on ferait aisément l'histoire des maladies humaines en suivant celle des sociétés civiles. C'est au moins l'avis de Platon, qui juge, sur certains remèdes employés ou approuvés par Podalyre et Macaon[3] au siège de Troie, que diverses maladies, que ces remèdes devaient exciter, n'étaient point encore alors connues parmi les hommes*.

Avec si peu de sources de maux, l'homme dans l'état de nature n'a donc guère besoin de remèdes, moins encore de médecins ; l'espèce humaine n'est point non plus à cet égard de pire condition que toutes les autres, et il est aisé de savoir des chasseurs si dans leurs courses ils trouvent beaucoup d'animaux infirmes. Plusieurs en trouvent-ils qui ont reçu des blessures considérables très bien cicatrisées, qui ont eu des os, et même des membres, rompus et repris sans autre chirurgien que le temps, sans autre régime que leur vie ordinaire, et qui n'en sont pas moins parfaitement guéris, pour n'avoir point été tourmentés d'incisions, empoisonnés de drogues, ni exténués de jeûnes. Enfin, quelque utile puisse être parmi nous la médecine bien administrée, il est toujours certain que si le sauvage malade abandonné à lui-même n'a rien à espérer que de la nature, en revanche il n'a rien à craindre que de son mal, ce qui rend souvent sa situation préférable à la nôtre.

* Et Celse rapporte que la diète, aujourd'hui nécessaire, ne fut inventée que par Hippocrate (édition 1782).

1. Tradition d'origine stoïcienne (Cicéron, Sénèque) qui explique la maladie par les « excès » et les passions de la vie civilisée. Plus largement, la maladie résulterait d'un déséquilibre, ou entre l'homme et la nature, ou à l'intérieur de l'homme lui-même.

2. Phrase célèbre qui fit scandale. On y voit en général la preuve de l'antirationalisme de Rousseau. Mais il faut noter les restrictions apportées par Rousseau (« j'ose presque affirmer »). D'autre part, du point de vue « physique » envisagé ici, la « réflexion », comme retour sur soi de la pensée, est effectivement perte de l'immédiateté naturelle, avec les conséquences néfastes que cela peut comporter : maladies, hésitations de l'instinct. Et si l'homme qui médite est un « animal dépravé », il n'est surtout plus un animal.

3. Fils d'Asclépios, médecins de l'armée grecque devant Troie.

Gardons-nous donc de confondre l'homme sauvage avec les hommes, que nous avons sous les yeux. La nature traite tous les animaux abandonnés à ses soins avec une prédilection, qui semble montrer combien elle est jalouse de ce droit. Le cheval, le chat, le taureau, l'âne même ont la plupart une taille plus haute, tous une constitution plus robuste, plus de vigueur, de force, et de courage dans les forêts que dans nos maisons ; ils perdent la moitié de ces avantages en devenant domestiques, et l'on dirait que tous nos soins à bien traiter et nourrir ces animaux n'aboutissent qu'à les abâtardir. Il en est ainsi de l'homme même : en devenant sociable et esclave, il devient faible, craintif, rampant, et sa manière de vivre molle et efféminée achève d'énerver à la fois sa force et son courage. Ajoutons qu'entre les conditions sauvage et domestique la différence d'homme à homme doit être plus grande encore que celle de bête à bête ; car l'animal et l'homme ayant été traités également par la nature, toutes les commodités que l'homme se donne de plus qu'aux animaux qu'il apprivoise sont autant de causes particulières qui le font dégénérer plus sensiblement.

Ce n'est donc pas un si grand malheur à ces premiers hommes, ni surtout un si grand obstacle à leur conservation, que la nudité, le défaut d'habitation, et la privation de toutes ces inutilités, que nous croyons si nécessaires. S'ils n'ont pas la peau velue, ils n'en ont aucun besoin dans les pays chauds, et ils savent bientôt, dans les pays froids, s'approprier celles des bêtes qu'ils ont vaincues ; s'ils n'ont que deux pieds pour courir, ils ont deux bras pour pourvoir à leur défense et à leurs besoins ; leurs enfants marchent peut-être tard et avec peine, mais les mères les portent avec facilité ; avantage qui manque aux autres espèces, où la mère, étant poursuivie, se voit contrainte d'abandonner ses petits, ou de régler son pas sur le leur*. Enfin, à moins de supposer ces concours singuliers et fortuits de circonstances, dont je parlerai dans la suite[1], et qui pouvaient fort bien ne jamais arriver, il est clair en tout état de cause que le premier qui se fit des

1 Voir p. 80 81.

* Il peut y avoir à ceci quelques exceptions. Celle, par exemple, de cet animal de la province de Nicaragua qui ressemble à un renard, qui a les pieds comme les mains d'un homme, et qui, selon Corréal, a sous le ventre un sac où la mère met ses petits lorsqu'elle est obligée de fuir. C'est sans doute le même animal qu'on appelle tlaquatzin au Mexique, et à la femelle duquel Laët donne un semblable sac pour le même usage (édition 1782).

habits ou un logement se donna en cela des choses peu nécessaires, puisqu'il s'en était passé jusqu'alors, et qu'on ne voit pas pourquoi il n'eût pu supporter, homme fait, un genre de vie qu'il supportait dès son enfance.

Seul, oisif, et toujours voisin du danger, l'homme sauvage doit aimer à dormir, et avoir le sommeil léger comme les animaux, qui, pensant peu, dorment, pour ainsi dire, tout le temps qu'ils ne pensent point[1]. Sa propre conservation faisant presque son unique soin, ses facultés les plus exercées doivent être celles qui ont pour objet principal l'attaque et la défense, soit pour subjuguer sa proie, soit pour se garantir d'être celle d'un animal : au contraire, les organes qui ne se perfectionnent que par la mollesse et la sensualité doivent rester dans un état de grossièreté, qui exclut en lui toute espèce de délicatesse ; et ses sens se trouvant partagés sur ce point, il aura le toucher et le goût d'une rudesse extrême ; la vue, l'ouïe et l'odorat de la plus grande subtilité. Tel est l'état animal en général, et c'est aussi, selon le rapport des voyageurs, celui de la plupart des peuples sauvages. Ainsi il ne faut point s'étonner, que les Hottentots du cap de Bonne-Espérance découvrent, à la simple vue des vaisseaux en haute mer, d'aussi loin que les Hollandais avec des lunettes, ni que les sauvages de l'Amérique sentissent les Espagnols à la piste, comme auraient pu faire les meilleurs chiens, ni que toutes ces nations barbares supportent sans peine leur nudité, aiguisent leur goût à force de piment, et boivent des liqueurs européennes comme de l'eau.

Je n'ai considéré jusqu'ici que l'homme physique. Tâchons de le regarder maintenant par le côté métaphysique et moral[2].

Je ne vois dans tout animal qu'une machine ingénieuse[3], à qui la nature a donné des sens pour se remonter elle-même, et pour se garantir, jusqu'à un certain point, de tout ce qui tend à la détruire, ou à la déranger. J'aperçois précisément les mêmes choses dans la machine humaine, avec cette différence que la nature seule fait tout dans les opérations de la bête, au lieu que l'homme concourt aux siennes, en qualité d'agent libre. L'un choisit ou rejette par instinct, et l'autre par un acte de liberté ; ce qui fait que la bête ne peut s'écarter de la règle qui lui est prescrite, même quand il lui serait avantageux de le faire, et que l'homme s'en écarte souvent à son préjudice. C'est ainsi qu'un pigeon mourrait de faim près d'un bas-

1. Encore une fois, Rousseau accorde à l'homme naturel les caractéristiques que Buffon attribue à l'animal. **Voir documents** : texte de Buffon, p. 173, et voir « Discours sur la nature des animaux », *Histoire naturelle,* t. IV, 1753, *O.P.*, p. 318B.

2. Passage à l'étude d'un second aspect de l'homme naturel : le point de vue métaphysique.

3. Idée d'inspiration cartésienne.

sin rempli des meilleures viandes, et un chat sur des tas de fruits, ou de grain, quoique l'un et l'autre pût très bien se nourrir de l'aliment qu'il dédaigne, s'il s'était avisé d'en essayer. C'est ainsi que les hommes dissolus se livrent à des excès, qui leur causent la fièvre et la mort ; parce que l'esprit déprave les sens, et que la volonté parle encore, quand la nature se tait.

Tout animal a des idées puisqu'il a des sens, il combine même ses idées jusqu'à un certain point, et l'homme ne diffère à cet égard de la bête que du plus au moins. Quelques philosophes ont même avancé qu'il y a plus de différence de tel homme à tel homme que de tel homme à telle bête[1] ; ce n'est donc pas tant l'entendement qui fait parmi les animaux la distinction spécifique de l'homme que sa qualité d'agent libre. La nature commande à tout animal, et la bête obéit. L'homme éprouve la même impression, mais il se reconnaît libre d'acquiescer, ou de résister ; et c'est surtout dans la conscience de cette liberté que se montre la spiritualité de son âme[2], car la physique explique en quelque manière le mécanisme des sens et la formation des idées ; mais dans la puissance de vouloir ou plutôt de choisir, et dans le sentiment de cette puissance on ne trouve que des actes purement spirituels, dont on n'explique rien par les lois de la mécanique.

Mais, quand les difficultés qui environnent toutes ces questions, laisseraient quelque lieu de disputer sur cette différence de l'homme et de l'animal, il y a une autre qualité très spécifique qui les distingue, et sur laquelle il ne peut y avoir de contestation, c'est la faculté de se perfectionner[3] ; faculté qui, à l'aide des circonstances, développe successivement toutes les autres, et réside parmi nous tant dans l'espèce que dans l'individu, au lieu qu'un animal est, au bout de quelques mois, ce qu'il sera toute sa vie, et son espèce, au bout de mille ans, ce qu'elle était la première année de ces mille ans. Pourquoi l'homme seul est-il sujet à devenir imbécile ? N'est-ce point qu'il retourne ainsi dans son état primitif, et que, tandis que la bête, qui n'a rien acquis et qui n'a rien non plus à perdre, reste toujours avec son instinct, l'homme reperdant par la vieillesse ou d'autres accidents tout ce que *sa perfectibilité* lui avait fait acquérir, retombe ainsi plus bas que la bête même ? Il serait triste pour nous d'être forcés de convenir, que cette faculté distinctive, et presque

1. En particulier Montaigne, *Essais*, I, XLII : « De l'inégalité qui est entre nous ».

2. Rousseau n'accepte pas la thèse de Descartes, reprise par Buffon, selon laquelle l'entendement serait la propriété exclusive de l'homme. **Voir concepts clés** : la liberté, p. 140.

3. **Voir concepts clés** : la perfectibilité, p. 148.

illimitée, est la source de tous les malheurs de l'homme ; que c'est elle qui le tire, à force de temps, de cette condition originaire, dans laquelle il coulerait des jours tranquilles et innocents ; que c'est elle, qui faisant éclore avec les siècles ses lumières et ses erreurs, ses vices et ses vertus, le rend à la longue le tyran de lui-même et de la nature[1]. Il serait affreux d'être obligés de louer comme un être bienfaisant celui qui le premier suggéra à l'habitant des rives de l'Orénoque l'usage de ces ais qu'il applique sur les tempes de ses enfants, et qui leur assurent du moins une partie de leur imbécillité, et de leur bonheur originel.

L'homme sauvage, livré par la nature au seul instinct ou plutôt dédommagé de celui qui lui manque peut-être, par des facultés capables d'y suppléer d'abord, et de l'élever ensuite fort au-dessus de celle-là, commencera donc par les fonctions purement animales[2] : apercevoir et sentir sera son premier état, qui lui sera commun avec tous les animaux. Vouloir et ne pas vouloir, désirer et craindre seront les premières, et presque les seules opérations de son âme, jusqu'à ce que de nouvelles circonstances y causent de nouveaux développements.

Quoi qu'en disent les moralistes, l'entendement humain doit beaucoup aux passions, qui, d'un commun aveu, lui doivent beaucoup aussi : c'est par notre activité que notre raison se perfectionne ; nous ne cherchons à connaître que parce que nous désirons de jouir, et il n'est pas possible de concevoir pourquoi celui qui n'aurait ni désirs ni craintes se donnerait la peine de raisonner. Les passions, à leur tour, tirent leur origine de nos besoins, et leur progrès de nos connaissances ; car on ne peut désirer ou craindre les choses que sur les idées qu'on en peut avoir, ou par la simple impulsion de la nature ; et l'homme sauvage, privé de toute sorte de lumières, n'éprouve que les passions de cette dernière espèce ; ses désirs ne passent pas ses besoins physiques[3] ; les seuls biens, qu'il connaisse dans l'univers sont la nourriture, une femelle et le repos ; les seuls maux qu'il craigne sont la douleur et la faim ; je dis la douleur et non la mort ; car jamais l'animal ne saura ce que c'est que mourir, et la connaissance de la mort, et de ses terreurs, est une des premières acquisitions que l'homme ait faites, en s'éloignant de la condition animale.

Il me serait aisé, si cela m'était nécessaire, d'appuyer ce sentiment par les faits[4], et de faire voir que chez

1. Voir note *i* de Rousseau, p. 117. Étude critique des conséquences néfastes de la perfectibilité. Comparaison entre l'état de l'homme naturel et l'état de l'homme social.

2. Voir note *j* de Rousseau, p. 123. Développement sur les différences entre les hommes dans leurs aspects extérieurs et dans leurs manières de vivre. Lévi-Strauss voit dans cette note l'origine et le fondement de l'ethnologie. **Voir documents** : texte de Lévi-Strauss, p. 183.

3. Voir note *k* de Rousseau, p. 129. Explication de la modicité des besoins de l'homme naturel.

4. L'invocation des faits ici, comme dans les notes, n'est qu'une preuve supplémentaire. L'essentiel est la démonstration abstraite.

toutes les nations du monde, les progrès de l'esprit se sont précisément proportionnés aux besoins que les peuples avaient reçus de la nature, ou auxquels les circonstances les avaient assujettis, et par conséquent aux passions, qui les portaient à pourvoir à ces besoins. Je montrerais en Égypte les arts naissants, et s'étendant avec les débordements du Nil ; je suivrais leur progrès chez les Grecs, où l'on les vit germer, croître, et s'élever jusqu'aux cieux parmi les sables et les rochers de l'Attique, sans pouvoir prendre racine sur les bords fertiles de l'Eurotas ; je remarquerais qu'en général les peuples du Nord sont plus industrieux que ceux du Midi, parce qu'ils peuvent moins se passer de l'être, comme si la nature voulait ainsi égaliser les choses, en donnant aux esprits la fertilité qu'elle refuse à la terre.

Mais sans recourir aux témoignages incertains de l'Histoire, qui ne voit que tout semble éloigner de l'homme sauvage la tentation et les moyens de cesser de l'être[1] ? Son imagination ne lui peint rien ; son cœur ne lui demande rien. Ses modiques besoins se trouvent si aisément sous la main, et il est si loin du degré de connaissances nécessaires pour désirer d'en acquérir de plus grandes qu'il ne peut avoir ni prévoyance, ni curiosité. Le spectacle de la nature lui devient indifférent, à force de lui devenir familier. C'est toujours le même ordre, ce sont toujours les mêmes révolutions ; il n'a pas l'esprit de s'étonner des plus grandes merveilles ; et ce n'est pas chez lui qu'il faut chercher la philosophie dont l'homme a besoin, pour savoir observer une fois ce qu'il a vu tous les jours. Son âme, que rien n'agite, se livre au seul sentiment de son existence actuelle, sans aucune idée de l'avenir, quelque prochain qu'il puisse être, et ses projets, bornés comme ses vues, s'étendent à peine jusqu'à la fin de la journée. Tel est encore aujourd'hui le degré de prévoyance du Caraïbe : il vend le matin son lit de coton, et vient pleurer le soir pour le racheter, faute d'avoir prévu qu'il en aurait besoin pour la nuit prochaine.

Plus on médite sur ce sujet, plus la distance des pures sensations aux plus simples connaissances s'agrandit à nos regards ; il est impossible de concevoir comment un homme aurait pu par ses seules forces, sans le secours de la communication, et sans l'aiguillon de la nécessité, franchir un si grand intervalle. Combien de siècles se sont peut-être écoulés, avant que les hommes aient été à por-

1. Rousseau va accentuer l'écart qui sépare l'état de nature de l'état civil, l'homme naturel de l'homme social, les sensations des connaissances.

tée de voir d'autre feu que celui du ciel ? Combien ne leur a-t-il pas fallu de différents hasards pour apprendre les usages les plus communs de cet élément ? Combien de fois ne l'ont-ils pas laissé éteindre, avant que d'avoir acquis l'art de le reproduire ? Et combien de fois peut-être chacun de ces secrets n'est-il pas mort avec celui qui l'avait découvert ? Que dirons-nous de l'agriculture, art qui demande tant de travail et de prévoyance ; qui tient à d'autres arts, qui très évidemment n'est praticable que dans une société au moins commencée, et qui ne nous sert pas tant à tirer de la terre des aliments qu'elle fournirait bien sans cela qu'à la forcer aux préférences, qui sont le plus de notre goût ? Mais supposons que les hommes eussent tellement multiplié que les productions naturelles n'eussent plus suffi pour les nourrir ; supposition qui, pour le dire en passant, montrerait un grand avantage pour l'espèce humaine dans cette manière de vivre ; supposons que sans forges, et sans ateliers, les instruments du labourage fussent tombés du ciel entre les mains des sauvages ; que ces hommes eussent vaincu la haine mortelle qu'ils ont tous pour un travail continu ; qu'ils eussent appris à prévoir de si loin leurs besoins, qu'ils eussent deviné comment il faut cultiver la terre, semer les grains, et planter les arbres ; qu'ils eussent trouvé l'art de moudre le blé, et de mettre le raisin en fermentation ; toutes choses qu'il leur a fallu faire enseigner par les dieux, faute de concevoir comment ils les auraient apprises d'eux-mêmes ; quel serait après cela, l'homme assez insensé pour se tourmenter à la culture d'un champ qui sera dépouillé par le premier venu, homme ou bête indifféremment, à qui cette moisson conviendra ; et comment chacun pourra-t-il se résoudre à passer sa vie à un travail pénible, dont il est d'autant plus sûr de ne pas recueillir le prix qu'il lui sera plus nécessaire ? En un mot, comment cette situation pourra-t-elle porter les hommes à cultiver la terre, tant qu'elle ne sera point partagée entre eux, c'est-à-dire tant que l'état de nature ne sera point anéanti ?

Quand nous voudrions supposer un homme sauvage aussi habile dans l'art de penser que nous le font nos philosophes ; quand nous en ferions, à leur exemple, un philosophe lui-même, découvrant seul les plus sublimes vérités, se faisant, par des suites de raisonnements très abstraits, des maximes de justice et de raison tirées de l'amour de l'ordre en général, ou de la volonté connue de son Créateur : en un mot, quand nous lui supposerions dans l'esprit autant d'intelligence et de lumières qu'il doit avoir, et qu'on lui trouve en effet de pesanteur et de stupidité, quelle utilité retirerait l'espèce de toute cette métaphysique, qui ne pourrait se communiquer et qui périrait avec l'individu qui l'aurait inventée ? Quel progrès pourrait faire le genre humain épars dans les bois parmi les animaux ? Et jusqu'à quel point pourraient se perfectionner, et s'éclairer mutuellement des hommes qui, n'ayant ni domicile fixe ni aucun besoin l'un de l'autre, se rencontreraient, peut-être à peine deux fois en leur vie, sans se connaître, et sans se parler ?

Qu'on songe de combien d'idées nous sommes redevables à l'usage de la parole ; combien la grammaire exerce et facilite les opérations de l'esprit ; et qu'on pense aux peines inconcevables, et au temps infini qu'a dû coûter la première invention des langues ; qu'on joigne ces réflexions aux précédentes, et l'on jugera combien il eût fallu de milliers de siècles, pour développer successivement dans l'esprit humain les opérations dont il était capable.

Qu'il me soit permis de considérer un instant les embarras de l'origine des langues[1]. Je pourrais me contenter de citer ou de répéter ici les recherches que M. l'abbé de Condillac a faites sur cette matière, qui toutes confirment pleinement mon sentiment, et qui, peut-être, m'en ont donné la première idée. Mais la manière dont ce philosophe résout les difficultés qu'il se fait à lui-même sur l'origine des signes institués, montrant qu'il a supposé ce que je mets en question, savoir une sorte de société déjà établie entre les inventeurs du langage, je crois en renvoyant à ses réflexions devoir y joindre les miennes pour exposer les mêmes difficultés dans le jour qui convient à mon sujet. La première qui se présente est d'imaginer comment elles purent devenir nécessaires ; car les hommes n'ayant nulle correspondance entre eux, ni aucun besoin d'en avoir, on ne conçoit ni la nécessité de cette invention, ni sa possibilité, si elle ne fut pas indispensable[2]. Je dirais bien, comme beaucoup d'autres, que les langues sont nées dans le commerce domestique des pères, des mères, et des enfants : mais outre que cela ne résoudrait point les objections, ce serait commettre la faute de ceux qui raisonnant sur l'état

1. Comme dans la page précédente sur l'origine des arts et des techniques, Rousseau va insister à dessein sur les difficultés qu'il y a à comprendre l'origine des langues. Rousseau s'inspire ici de Condillac (*Essai sur l'origine des connaissances humaines*, 1746), de Maupertuis (*Réflexions philosophiques sur l'origine des langues et la signification des mots*, 1748) et de Diderot (*Lettre sur les sourds et muets*, 1751).

2. Les besoins ne sont pas à l'origine des langues, car leur « effet naturel fut d'écarter les hommes et non de les rapprocher » (*Essai sur l'origine des langues*, Nizet).

de nature, y transportent les idées prises dans la société, voient toujours la famille rassemblée dans une même habitation, et ses membres gardant entre eux une union aussi intime et aussi permanente que parmi nous, où tant d'intérêts communs les réunissent ; au lieu que dans cet état primitif, n'ayant ni maison, ni cabanes, ni propriété d'aucune espèce, chacun se logeait au hasard, et souvent pour une seule nuit ; les mâles, et les femelles s'unissaient fortuitement selon la rencontre, l'occasion, et le désir, sans que la parole fût un interprète fort nécessaire des choses qu'ils avaient à se dire : ils se quittaient avec la même facilité[1], la mère allaitait d'abord ses enfants pour son propre besoin ; puis l'habitude les lui ayant rendus chers, elle les nourissait ensuite pour le leur ; sitôt qu'ils avaient la force de chercher leur pâture, ils ne tardaient pas à quitter la mère elle-même ; et comme il n'y avait presque point d'autre moyen de se retrouver que de ne pas se perdre de vue, ils en étaient bientôt au point de ne pas même se reconnaître les uns les autres. Remarquez encore que l'enfant ayant tous ses besoins à expliquer, et par conséquent plus de choses à dire à la mère que la mère à l'enfant, c'est lui qui doit faire les plus grands frais de l'invention, et que la langue qu'il emploie doit être en grande partie son propre ouvrage[2] ; ce qui multiplie autant les langues qu'il y a d'individus pour les parler, à quoi contribue encore la vie errante et vagabonde qui ne laisse à aucun idiome le temps de prendre de la consistance ; car de dire que la mère dicte à l'enfant les mots dont il devra se servir pour lui demander telle ou telle chose, cela montre bien comment on enseigne des langues déjà formées, mais cela n'apprend point comment elles se forment.

Supposons cette première difficulté vaincue : franchissons pour un moment l'espace immense qui dut se trouver entre le pur état de nature et le besoin des langues ; et cherchons, en les supposant nécessaires[3], comment elles purent commencer à s'établir. Nouvelle difficulté pire encore que la précédente ; car si les hommes ont eu besoin de la parole pour apprendre à penser, ils ont eu bien plus besoin encore de savoir penser pour trouver l'art de la parole[4] ; et quand on comprendrait comment les sons de la voix ont été pris pour les interprètes conventionnels de nos idées, il resterait toujours à savoir quels ont pu être les interprètes mêmes de

1. Voir note *l* de Rousseau, p. 130. Critique de l'idée de famille naturelle, développée par Locke.

2. Voir Condillac, *Essai sur l'origine des connaissances humaines*, II, I, I, § 7.

3. Voir note *m* de Rousseau, p. 133. Confirmation, par une référence à Vossius (philosophe hollandais du XVIIe siècle), de l'idée que les langues ne sont pas nécessaires.

4. Cette difficulté est soulevée par Condillac qui la résout en distinguant langage instinctif et langage réfléchi *(Essai sur l'origine des connaissances humaines*, I, II, V, § 49).

cette convention pour les idées qui, n'ayant point un objet sensible, ne pouvaient s'indiquer ni par le geste, ni par la voix, de sorte qu'à peine peut-on former des conjectures supportables sur la naissance de cet art de communiquer ses pensées, et d'établir un commerce entre les esprits : art sublime qui est déjà si loin de son origine, mais que le philosophe voit encore à une si prodigieuse distance de sa perfection qu'il n'y a point d'homme assez hardi pour assurer qu'il y arriverait jamais, quand les révolutions que le temps amène nécessairement seraient suspendues en sa faveur, que les préjugés sortiraient des académies ou se tairaient devant elles, et qu'elles pourraient s'occuper de cet objet épineux, durant des siècles entiers sans interruption.

Le premier langage de l'homme, le langage le plus universel, le plus énergique, et le seul dont il eut besoin, avant qu'il fallût persuader des hommes assemblés, est le cri de la nature[1]. Comme ce cri n'était arraché que par une sorte d'instinct dans les occasions pressantes, pour implorer du secours dans les grands dangers, ou du soulagement dans les maux violents, il n'était pas d'un grand usage dans le cours ordinaire de la vie, où règnent des sentiments plus modérés. Quand les idées des hommes commencèrent à s'étendre et à se multiplier, et qu'il s'établit entre eux une communication plus étroite, ils cherchèrent des signes plus nombreux et un langage plus étendu : ils multiplièrent les inflexions de la voix, et y joignirent les gestes, qui, par leur nature, sont plus expressifs et dont le sens dépend moins d'une détermination antérieure. Ils exprimaient donc les objets visibles et mobiles par des gestes, et ceux qui frappent l'ouïe, par des sons imitatifs : mais comme le geste n'indique guère que les objets présents, ou faciles à décrire, et les actions visibles ; qu'il n'est pas d'un usage universel, puisque l'obscurité, ou l'interposition d'un corps le rendent inutile, et qu'il exige l'attention plutôt qu'il ne l'excite, on s'avisa enfin de lui substituer les articulations de la voix, qui, sans avoir le même rapport avec certaines idées, sont plus propres à les représenter toutes, comme signes institués ; substitution qui ne put se faire que d'un commun consentement, et d'une manière assez difficile à pratiquer pour des hommes dont les organes grossiers n'avaient encore aucun exercice, et plus difficile encore à concevoir en elle-même, puisque cet accord unanime dut

1. Voir *Émile,* livre I, *Œuvres complètes,* t. IV, p. 285-286, GF-Flammarion, p. 74-75 ; et *Essai sur l'origine des langues,* chap. 1 : « Des divers moyens de communiquer nos pensées ».

1. Cette difficulté est invoquée par Lucrèce (*De la nature*, livre V, 1027-1043) pour refuser l'idée d'une origine conventionnelle du langage.

2. Difficulté centrale : on ne peut trouver un commencement de formation de l'idée générale chez l'animal.

être motivé, et que la parole paraît avoir été fort nécessaire, pour établir l'usage de la parole[1].

On doit juger que les premiers mots, dont les hommes firent usage, eurent dans leur esprit une signification beaucoup plus étendue que n'ont ceux qu'on emploie dans les langues déjà formées, et qu'ignorant la division du discours en ses parties constitutives, ils donnèrent d'abord à chaque mot le sens d'une proposition entière. Quand ils commencèrent à distinguer le sujet d'avec l'attribut, et le verbe d'avec le nom, ce qui ne fut pas un médiocre effort de génie, les substantifs ne furent d'abord qu'autant de noms propres, l'infinitif* fut le seul temps des verbes, et à l'égard des adjectifs la notion ne s'en dut développer que fort difficilement, parce que tout adjectif est un mot abstrait, et que les abstractions sont des opérations pénibles, et peu naturelles.

Chaque objet reçut d'abord un nom particulier, sans égard aux genres, et aux espèces, que ces premiers instituteurs n'étaient pas en état de distinguer ; et tous les individus se présentèrent isolés à leur esprit, comme ils le sont dans le tableau de la nature. Si un chêne s'appelait A, un autre chêne s'appelait B** : de sorte que plus les connaissances étaient bornées, et plus le dictionnaire devint étendu. L'embarras de toute cette nomenclature ne put être levé facilement : car pour ranger les êtres sous des dénominations communes, et génériques, il en fallait connaître les propriétés et les différences ; il fallait des observations, et des définitions, c'est-à-dire, de l'histoire naturelle et de la métaphysique, beaucoup plus que les hommes de ce temps-là n'en pouvaient avoir[2].

D'ailleurs, les idées générales ne peuvent s'introduire dans l'esprit qu'à l'aide des mots, et l'entendement ne les saisit que par des propositions. C'est une des raisons pour quoi les animaux ne sauraient se former de telles idées, ni jamais acquérir la perfectibilité qui en dépend. Quand un singe va sans hésiter d'une noix à l'autre, pense-t-on qu'il ait l'idée générale de cette sorte de fruit, et qu'il compare son archétype à ces deux individus ? Non sans doute ; mais la vue de l'une de ces noix rappelle à sa

* Le présent de l'infinitif (édition 1782).

** Car la première idée qu'on tire de deux choses, c'est qu'elles ne sont pas la même : et il faut souvent beaucoup de temps pour observer ce qu'elles ont de commun (édition 1782).

mémoire les sensations qu'il a reçues de l'autre, et ses yeux, modifiés d'une certaine manière, annoncent à son goût la modification qu'il va recevoir. Toute idée générale est purement intellectuelle ; pour peu que l'imagination s'en mêle, l'idée devient aussitôt particulière. Essayez de vous tracer l'image d'un arbre en général, jamais vous n'en viendrez à bout, malgré vous il faudra le voir petit ou grand, rare ou touffu, clair ou foncé, et s'il dépendait de vous de n'y voir que ce qui se trouve en tout arbre, cette image ne ressemblerait plus à un arbre. Les êtres purement abstraits se voient de même, ou ne se conçoivent que par le discours. La définition seule du triangle nous en donne la véritable idée : sitôt que vous en figurez un dans votre esprit, c'est un tel triangle et non pas un autre, et vous ne pouvez éviter d'en rendre les lignes sensibles ou le plan coloré. Il faut donc énoncer des propositions, il faut donc parler pour avoir des idées générales ; car sitôt que l'imagination s'arrête, l'esprit ne marche plus qu'à l'aide du discours. Si donc les premiers inventeurs n'ont pu donner des noms qu'aux idées qu'ils avaient déjà, il s'ensuit que les premiers substantifs n'ont pu jamais être que des noms propres.

Mais lorsque, par des moyens que je ne conçois pas, nos nouveaux grammairiens commencèrent à étendre leurs idées et à généraliser leurs mots, l'ignorance des inventeurs dut assujettir cette méthode à des bornes fort étroites ; et comme ils avaient d'abord trop multiplié les noms des individus faute de connaître les genres et les espèces, ils firent ensuite trop peu d'espèces et de genres faute d'avoir considéré les êtres par toutes leurs différences. Pour pousser les divisions assez loin, il eût fallu plus d'expérience et de lumière qu'ils n'en pouvaient avoir, et plus de recherches et de travail qu'ils n'y en voulaient employer. Or si, même aujourd'hui, l'on découvre chaque jour de nouvelles espèces qui avaient échappé jusqu'ici à toutes nos observations, qu'on pense combien il dut s'en dérober à des hommes qui ne jugeaient des choses que sur le premier aspect ! Quant aux classes primitives et aux notions les plus générales, il est superflu d'ajouter qu'elles durent leur échapper encore : comment, par exemple, auraient-ils imaginé ou entendu les mots de matière, d'esprit, de substance, de mode, de figure, de mouvement, puisque nos philosophes qui s'en servent depuis si longtemps ont bien de la peine à les entendre eux-mêmes, et que les idées qu'on attache à ces mots étant purement métaphysiques, ils n'en trouvaient aucun modèle dans la nature ?

Je m'arrête à ces premiers pas, et je supplie mes juges de suspendre ici leur lecture ; pour considérer, sur l'invention des seuls substantifs physiques, c'est-à-dire, sur la partie de la langue la plus facile à trouver, le chemin qui lui reste à faire, pour exprimer toutes les pensées des hommes, pour prendre une forme constante, pouvoir être parlée en public, et influer sur la société. Je les supplie de réfléchir à ce qu'il a fallu de temps et de connaissances pour trouver les nombres[1], les mots abstraits, les aoristes, et tous les temps des verbes, les particules, la syntaxe, lier les propositions, les raisonnements, et former toute la logique du discours. Quant à moi, effrayé des difficultés qui se multiplient, et convaincu de l'impossibilité presque démontrée que les langues aient pu naître et s'établir par des moyens purement humains, je laisse à qui voudra l'entendre la discussion de ce difficile problème, lequel a été le plus nécessaire, de la société déjà liée, à l'institution des langues, ou des langues déjà inventées, à l'établissement de la société.

Quoi qu'il en soit de ces origines, on voit du moins, au peu de soin qu'a pris la nature de rapprocher les hommes par des besoins mutuels, et de leur faciliter l'usage de la parole, combien elle a peu préparé leur sociabilité, et combien elle a peu mis du sien dans tout ce qu'ils ont fait, pour en établir les liens[2]. En effet, il est impossible d'imaginer pourquoi, dans cet état primitif, un homme aurait plutôt besoin d'un autre homme qu'un singe ou un loup de son semblable, ni, ce besoin supposé, quel motif pourrait engager l'autre à y pourvoir, ni même, en ce dernier cas, comment ils pourraient convenir entre eux des conditions. Je sais qu'on nous répète sans cesse que rien n'eût été si misérable que l'homme dans cet état[3] ; et s'il est vrai, comme je crois l'avoir prouvé, qu'il n'eût pu qu'après bien des siècles avoir le désir et l'occasion d'en sortir, ce serait un procès à faire à la nature, et non à celui qu'elle aurait ainsi constitué. Mais, si j'entends bien ce terme de *misérable,* c'est un mot qui n'a aucun sens, ou qui ne signifie qu'une privation douloureuse et la souffrance du corps ou de l'âme. Or je voudrais bien qu'on m'expliquât quel peut être le genre de misère d'un être libre dont le cœur est en paix et le corps en santé. Je demande laquelle, de la vie civile ou naturelle, est la plus sujette à

1. Voir note *n* de Rousseau, p. 134. Développement sur la difficulté de la connaissance des nombres.

2. Critique de Pufendorf, qui défend l'idée d'une sociabilité naturelle. **Voir documents** : texte de Pufendorf, p. 176.

3. Voir en particulier Pufendorf, *Droit de la nature et des gens,* II, I, § 8.

devenir insupportable à ceux qui en jouissent ? Nous ne voyons presque autour de nous que des gens qui se plaignent de leur existence, plusieurs même qui s'en privent autant qu'il est en eux, et la réunion des lois divine et humaine suffit à peine pour arrêter ce désordre. Je me demande si jamais on a ouï dire qu'un sauvage en liberté ait seulement songé à se plaindre de la vie et à se donner la mort ? Qu'on juge donc avec moins d'orgueil de quel côté est la véritable misère. Rien au contraire n'eût été si misérable que l'homme sauvage, ébloui par des lumières, tourmenté par des passions, et raisonnant sur un état différent du sien. Ce fut par une providence très sage, que les facultés qu'il avait en puissance ne devaient se développer qu'avec les occasions de les exercer, afin qu'elles ne lui fussent ni superflues et à charge avant le temps, ni tardives, et inutiles au besoin. Il avait dans le seul instinct tout ce qu'il fallait pour vivre dans l'état de nature, il n'a dans une raison cultivée que ce qu'il lui faut pour vivre en société.

Il paraît d'abord que les hommes dans cet état n'ayant entre eux aucune sorte de relation morale[1], ni de devoirs connus, ne pouvaient être ni bons ni méchants, et n'avaient ni vices ni vertus, à moins que, prenant ces mots dans un sens physique, on n'appelle vices dans l'individu les qualités qui peuvent nuire à sa propre conservation, et vertus celles qui peuvent y contribuer ; auquel cas, il faudrait appeler le plus vertueux celui qui résisterait le moins aux simples impulsions de la nature. Mais sans nous écarter du sens ordinaire, il est à propos de suspendre le jugement que nous pourrions porter sur une telle situation, et de nous défier de nos préjugés, jusqu'à ce que, la balance à la main, on ait examiné s'il y a plus de vertus que de vices parmi les hommes civilisés, ou si leurs vertus sont plus avantageuses que leurs vices ne sont funestes, ou si le progrès de leurs connaissances est un dédommagement suffisant des maux qu'ils se font mutuellement, à mesure qu'ils s'instruisent du bien qu'ils devraient se faire, ou s'ils ne seraient pas, à tout prendre, dans une situation plus heureuse, de n'avoir ni mal à craindre ni bien à espérer de personne que de s'être soumis à une dépendance universelle, et de s'obliger à tout recevoir de ceux qui ne s'obligent à leur rien donner.

N'allons pas surtout conclure avec Hobbes[2] que pour n'avoir aucune idée de la bonté, l'homme soit naturellement méchant, qu'il soit vicieux parce qu'il ne connaît pas la vertu, qu'il refuse toujours à ses semblables des ser-

1. Description de l'homme naturel d'un point de vue moral.

2. *De cive*, X, 1.

vices qu'il ne croit pas leur devoir, ni qu'en vertu du droit qu'il s'attribue avec raison aux choses dont il a besoin, il s'imagine follement être le seul propriétaire de tout l'univers. Hobbes a très bien vu le défaut de toutes les définitions modernes du droit naturel : mais les conséquences qu'il tire de la sienne montrent qu'il la prend dans un sens qui n'est pas moins faux[1]. En raisonnant sur les principes qu'il établit, cet auteur devait dire que l'état de nature étant celui où le soin de notre conservation est le moins préjudiciable à celle d'autrui, cet état était par conséquent le plus propre à la paix, et le plus convenable au genre humain. Il dit précisément le contraire, pour avoir fait entrer mal à propos dans le soin de la conservation de l'homme sauvage le besoin de satisfaire une multitude de passions qui sont l'ouvrage de la société, et qui ont rendu les lois nécessaires. Le méchant, dit-il, est un enfant robuste ; il reste à savoir si l'homme sauvage est un enfant robuste[2]. Quand on le lui accorderait, qu'en conclurait-il ? Que si, quand il est robuste, cet homme était aussi dépendant des autres que quand il est faible, il n'y a sorte d'excès auxquels il ne se portât, qu'il ne battît sa mère lorsqu'elle tarderait trop à lui donner la mamelle, qu'il n'étranglât un de ses jeunes frères lorsqu'il en serait incommodé, qu'il ne mordît la jambe à l'autre lorsqu'il en serait heurté ou troublé ; mais ce sont deux suppositions contradictoires dans l'état de nature qu'être robuste et dépendant ; l'homme est faible quand il est dépendant, et il est émancipé avant que d'être robuste. Hobbes n'a pas vu que la même cause qui empêche les sauvages d'user de leur raison, comme le prétendent nos jurisconsultes, les empêche en même temps d'abuser de leurs facultés, comme il le prétend lui-même ; de sorte qu'on pourrait dire que les sauvages ne sont pas méchants précisément, parce qu'ils ne savent pas ce que c'est qu'être bons, car ce n'est ni le développement des lumières, ni le frein de la loi, mais le calme des passions, et l'ignorance du vice qui les empêchent de mal faire ; *tanto plus in illis proficit vitiorum ignoratio, quàm in his cognitio virtutis*[3]. Il y a d'ailleurs un autre principe que Hobbes n'a point aperçu et qui, ayant été donné à l'homme pour adoucir, en certaines circonstances, la férocité de son amour-propre, ou le désir de se conserver avant la naissance de cet amour[4], tempère l'ardeur qu'il a pour son bien-être par une répugnance innée à voir souffrir son semblable[5]. Je ne crois pas avoir aucune contradiction à craindre, en acordant à l'homme la seule vertu naturelle, qu'ait été forcé de

1. **Voir grandes thèses** : Morale et politique sont indissociables, p. 156, et **voir documents** : texte de Hobbes, p. 175.

2. *De cive,* Préface.

3. « Tant l'ignorance des vices est plus utile chez les uns que la connaissance de la vertu chez les autres » (Justin, *Histoires,* II, II, 15). Citation tirée de Grotius (*Du droit de la guerre et de la paix,* II, II, 2).

4. Voir note *o* de Rousseau, p. 134. Note très importante qui explique la différence entre l'amour de soi et l'amour-propre.

5. **Voir concepts clés** : les passions, p. 144.

reconnaître le détracteur le plus outré des vertus humaines[1]. Je parle de la pitié, disposition convenable à des êtres aussi faibles, et sujets à autant de maux que nous le sommes ; vertu d'autant plus universelle et d'autant plus utile à l'homme qu'elle précède en lui l'usage de toute réflexion, et si naturelle que les bêtes mêmes en donnent quelquefois des signes sensibles. Sans parler de la tendresse des mères pour leurs petits, et des périls qu'elles bravent pour les en garantir, on observe tous les jours la répugnance qu'ont les chevaux à fouler aux pieds un corps vivant ; un animal ne passe point sans inquiétude auprès d'un animal mort de son espèce ; il y en a même qui leur donnent une sorte de sépulture ; et les tristes mugissements du bétail entrant dans une boucherie annoncent l'impression qu'il reçoit de l'horrible spectacle qui le frappe. On voit avec plaisir l'auteur de *la Fable des abeilles*, forcé de reconnaître l'homme pour un être compatissant et sensible, sortir, dans l'exemple qu'il donne, de son style froid et subtil, pour nous offrir la pathétique image d'un homme enfermé qui aperçoit au-dehors une bête féroce arrachant un enfant du sein de sa mère, brisant sous sa dent meurtrière les faibles membres, et déchirant de ses ongles les entrailles palpitantes de cet enfant. Quelle affreuse agitation n'éprouve point ce témoin d'un événement auquel il ne prend aucun intérêt personnel ? Quelles angoisses ne souffre-t-il pas à cette vue, de ne pouvoir porter aucun secours à la mère évanouie, ni à l'enfant expirant ?

Tel est le pur mouvement de la nature, antérieur à toute réflexion : telle est la force de la pitié naturelle, que les mœurs les plus dépravées ont encore peine à détruire, puisqu'on voit tous les jours dans nos spectacles s'attendrir et pleurer aux malheurs d'un infortuné tel, qui, s'il était à la place du tyran, aggraverait encore les tourments de son ennemi*. Mandeville a bien senti qu'avec

1. Il s'agit, comme le montre la suite, de Bernard Mandeville (1670-1788). Médecin hollandais établi en Angleterre, il est l'auteur de *la Fable des abeilles, ou les vices privés font le bien public.* **Voir documents** : texte de Mardeville, p. 178.

* Semblable au sanguinaire Sylla, si sensible aux maux qu'il n'avait pas causés, ou à cet Alexandre de Pheres qui n'osait assister à la représentation d'une tragédie, de peur qu'on ne le vît gémir avec Andromaque et Priam, tandis qu'il écoutait sans émotion les cris de tant de citoyens qu'on égorgeait tous les jours par ses ordres.

Mollisima corda
Humano generi dare se Natura fatetur,
Quae lacrymas dedit.

« Une profonde tendresse de cœur, voilà le don que la nature témoigne qu'elle fait au genre humain en lui donnant les larmes » (Juvénal, *Satires*, XV, v. 131-133).

toute leur morale les hommes n'eussent jamais été que des monstres, si la nature ne leur eût donné la pitié à l'appui de la raison : mais il n'a pas vu que de cette seule qualité découlent toutes les vertus sociales qu'il veut disputer aux hommes. En effet, qu'est-ce que la générosité, la clémence, l'humanité, sinon la pitié appliquée aux faibles, aux coupables, ou à l'espèce humaine en général ? La bienveillance et l'amitié même sont, à le bien prendre, des productions d'une pitié constante, fixée sur un objet particulier : car désirer que quelqu'un ne souffre point, qu'est-ce autre chose que désirer qu'il soit heureux ? Quand il serait vrai que la commisération ne serait qu'un sentiment qui nous met à la place de celui qui souffre[1], sentiment obscur et vif dans l'homme sauvage, développé, mais faible dans l'homme civil, qu'importerait cette idée à la vérité de ce que je dis, sinon de lui donner plus de force ? En effet, la commisération sera d'autant plus énergique que l'animal spectateur s'identifiera plus intimement avec l'animal souffrant. Or il est évident que cette identification a dû être infiniment plus étroite dans l'état de nature que dans l'état de raisonnement. C'est la raison qui engendre l'amour-propre[2], et c'est la réflexion qui le fortifie ; c'est elle qui replie l'homme sur lui-même ; c'est elle qui le sépare de tout ce qui le gêne et l'affflige : c'est la philosophie qui l'isole ; c'est par elle qu'il dit en secret, à l'aspect d'un homme souffrant : péris si tu veux, je suis en sûreté. Il n'y a plus que les dangers de la société entière qui troublent le sommeil tranquille du philosophe, et qui l'arrachent de son lit. On peut impunément égorger son semblable sous sa fenêtre ; il n'a qu'à mettre ses mains sur ses oreilles et s'argumenter un peu pour empêcher la nature qui se révolte en lui de l'identifier avec celui qu'on assassine. L'homme sauvage n'a point cet admirable talent ; et faute de sagesse et de raison, on le voit toujours se livrer étourdiment au premier sentiment de l'humanité. Dans les émeutes, dans les querelles des rues, la populace s'assemble, l'homme prudent s'éloigne : c'est la canaille, ce sont les femmes des halles, qui séparent les combattants, et qui empêchent les honnêtes gens de s'entr'égorger[3].

Il est donc certain que la pitié est un sentiment naturel[4] qui, modérant dans chaque individu l'activité de l'amour de soi-même, concourt à la conservation mutuelle de toute l'espèce. C'est elle qui nous porte sans

1. C'est la thèse de La Rochefoucauld, (*Réflexions ou sentences et maximes morales*, 264).

2. **Voir concepts clés** : les passions, p. 144.

3. Dans une note tardive des *Confessions*, Rousseau attribue ce passage à Diderot, et plus précisément le rend responsable du « ton dur » et de « l'air noir » de ses premiers écrits *(Confessions*, 1, III, *O.C.*, t. I, p. 389). Cette attaque contre les philosophes est pourtant assez dans le style de Rousseau (voir Préface de *Narcisse*, *O.C.*, t. II, p. 967).

4. Ce texte est commenté dans le **dossier** ; **voir commentaire d'extraits**, p. 165.

réflexion au secours de ceux que nous voyons souffrir : c'est elle qui, dans l'état de nature, tient lieu de lois, de mœurs, et de vertu, avec cet avantage que nul n'est tenté de désobéir à sa douce voix : c'est elle qui détournera tout sauvage robuste d'enlever à un faible enfant, ou à un vieillard infirme, sa subsistance acquise avec peine, si lui-même espère pouvoir trouver la sienne ailleurs ; c'est elle qui, au lieu de cette maxime sublime de justice raisonnée : *Fais à autrui comme tu veux qu'on te fasse,* inspire à tous les hommes cette autre maxime de bonté naturelle bien moins parfaite, mais plus utile peut-être que la précédente : *Fais ton bien avec le moindre mal d'autrui qu'il est possible.* C'est, en un mot, dans ce sentiment naturel, plutôt que dans ces arguments subtils, qu'il faut chercher la cause de la répugnance que tout homme éprouverait à mal faire, même indépendamment des maximes de l'éducation. Quoiqu'il puisse appartenir à Socrate, et aux esprits de sa trempe, d'acquérir de la vertu par raison, il y a longtemps que le genre humain ne serait plus, si sa conservation n'eût dépendu que des raisonnements de ceux qui le composent[1].

Avec des passions si peu actives, et un frein si salutaire, les hommes plutôt farouches que méchants, et plus attentifs à se garantir du mal qu'ils pouvaient recevoir, que tentés d'en faire à autrui, n'étaient pas sujets à des démêlés fort dangereux : comme ils n'avaient entre eux aucune espèce de commerce, qu'ils ne connaissaient par conséquent ni la vanité, ni la considération, ni l'estime, ni le mépris, qu'ils n'avaient pas la moindre notion du tien et du mien, ni aucune véritable idée de la justice, qu'ils regardaient les violences qu'ils pouvaient essuyer comme un mal facile à réparer, et non comme une injure qu'il faut punir, et qu'ils ne songeaient pas même à la vengeance si ce n'est peut-être machinalement et sur-le-champ, comme le chien qui mord la pierre qu'on lui jette, leurs disputes eussent eu rarement des suites sanglantes, si elles n'eussent point eu de sujet plus sensible que la pâture : mais j'en vois un plus dangereux, dont il me reste à parler.

Parmi les passions qui agitent le cœur de l'homme, il en est une ardente, impétueuse, qui rend un sexe nécessaire à l'autre, passion terrible qui brave tous les dangers, renverse tous les obstacles, et qui dans ses fureurs semble propre à détruire le genre humain qu'elle

1. **Voir concepts clés** : la loi naturelle, p. 141.

est destinée à conserver[1]. Que deviendront les hommes en proie à cette rage effrénée et brutale, sans pudeur, sans retenue, et se disputant chaque jour leurs amours au prix de leur sang ?

Il faut convenir d'abord que plus les passions sont violentes, plus les lois sont nécessaires pour les contenir : mais outre que les désordres et les crimes que celles-ci causent tous les jours parmi nous montrent assez l'insuffisance des lois à cet égard, il serait encore bon d'examiner si ces désordres ne sont point nés avec les lois mêmes ; car alors, quand elles seraient capables de les réprimer, ce serait bien le moins qu'on en dût exiger que d'arrêter un mal qui n'existerait point sans elles.

Commençons par distinguer le moral du physique dans le sentiment de l'amour[2]. Le physique est ce désir général qui porte un sexe à s'unir à l'autre ; le moral est ce qui détermine ce désir et le fixe sur un seul objet exclusivement, ou qui du moins lui donne pour cet objet préféré un plus grand degré d'énergie. Or il est facile de voir que le moral de l'amour est un sentiment factice ; né de l'usage de la société, et célébré par les femmes avec beaucoup d'habileté et de soin pour établir leur empire, et rendre dominant le sexe qui devrait obéir[3]. Ce sentiment étant fondé sur certaines notions du mérite ou de la beauté qu'un sauvage n'est point en état d'avoir, et sur des comparaisons qu'il n'est point en état de faire, doit être presque nul pour lui. Car comme son esprit n'a pu se former des idées abstraites de régularité et de proportion, son cœur n'est point non plus susceptible des sentiments d'admiration et d'amour qui, même sans qu'on s'en aperçoive, naissent de l'application de ces idées ; il écoute uniquement le tempérament qu'il a reçu de la nature, et non le goût* qu'il n'a pu acquérir, et toute femme est bonne pour lui.

Bornés au seul physique de l'amour, et assez heureux pour ignorer ces préférences qui en irritent le sentiment et en augmentent les difficultés, les hommes doivent sentir moins fréquemment et moins vivement les ardeurs du tempérament et par conséquent avoir entre eux des disputes plus rares, et moins cruelles. L'imagination, qui fait tant de ravages parmi nous, ne parle point à des cœurs

1. Examen de l'amour afin de donner une preuve du calme des passions dans l'état de nature.

2. **Voir documents** : texte de Buffon, p. 173.

3. Voltaire note en marge : « Pourquoi ? » Voltaire admet l'égalité de la femme et de l'homme, alors que pour Rousseau, « les femmes sont faites pour obéir » (*Émile*, livre V, *Œuvres complètes*, t. IV, p. 710 ; GF-Flammarion, p. 482).

* Le dégoût (édition 1782).

sauvages ; chacun attend paisiblement l'impulsion de la nature, s'y livre sans choix, avec plus de plaisir que de fureur, et le besoin satisfait, tout le désir est éteint.

C'est donc une chose incontestable que l'amour même, ainsi que toutes les autres passions, n'a acquis que dans la société cette ardeur impétueuse qui le rend si souvent funeste aux hommes, et il est d'autant plus ridicule de représenter les sauvages comme s'entr'égorgeant sans cesse pour assouvir leur brutalité, que cette opinion est directement contraire à l'expérience, et que les Caraïbes, celui de tous les peuples existants qui jusqu'ici s'est écarté le moins de l'état de nature, sont précisément les plus paisibles dans leurs amours, et les moins sujets à la jalousie, quoique vivant sous un climat brûlant qui semble toujours donner à ces passions une plus grande activité.

À l'égard des inductions qu'on pourrait tirer dans plusieurs espèces d'animaux, des combats des mâles qui ensanglantent en tout temps nos basses-cours ou qui font retentir au printemps nos forêts de leurs cris en se disputant la femelle, il faut commencer par exclure toutes les espèces où la nature a manifestement établi dans la puissance relative des sexes d'autres rapports que parmi nous : ainsi les combats des coqs ne forment point une induction pour l'espèce humaine. Dans les espèces où la proportion est mieux observée, ces combats ne peuvent avoir pour causes que la rareté des femelles eu égard au nombre des mâles, ou les intervalles exclusifs durant lesquels la femelle refuse constamment l'approche du mâle, ce qui revient à la première cause ; car si chaque femelle ne souffre le mâle que durant deux mois de l'année, c'est à cet égard comme si le nombre des femelles était moindre des cinq sixièmes. Or aucun de ces deux cas n'est applicable à l'espèce humaine où le nombre des femelles surpasse généralement celui des mâles, et où l'on n'a jamais observé que même parmi les sauvages les femelles aient, comme celles des autres espèces, des temps de chaleur et d'exclusion. De plus parmi plusieurs de ces animaux, toute l'espèce entrant à la fois en effervescence, il vient un moment terrible d'ardeur commune, de tumulte, de désordre, et de combat : moment qui n'a point lieu parmi l'espèce humaine où l'amour n'est jamais périodique. On ne peut donc pas conclure des combats de certains animaux pour la possession des femelles que la même chose arriverait à l'homme dans l'état de nature ; et quand même on pourrait tirer cette conclusion, comme ces dissensions ne détruisent point les autres espèces, on doit penser au moins qu'elles ne seraient pas plus funestes à la nôtre, et il est très apparent qu'elles y causeraient encore moins de ravage qu'elles ne font dans la société, surtout dans les pays où les mœurs étant encore comptées pour quelque chose, la jalousie des amants et la vengeance des époux causent chaque jour des duels, des meurtres, et pis encore ; où le devoir d'une éternelle fidélité ne sert qu'à faire des adultères, et où les lois mêmes de la continence et de l'honneur étendent nécessairement la débauche, et multiplient les avortements.

Concluons qu'errant dans les forêts sans industrie, sans parole, sans domicile, sans guerre, et sans liaisons, sans nul besoin de ses semblables, comme sans nul désir de leur nuire, peut-être même sans jamais en reconnaître aucun individuellement, l'homme sauvage sujet à peu de passions, et se suffisant à lui-même, n'avait que les sentiments et les lumières propres à cet état, qu'il ne sentait que ses vrais besoins, ne regardait que ce qu'il croyait avoir intérêt de voir, et que son intelligence ne faisait pas plus de progrès que sa vanité. Si par hasard il faisait quelque découverte, il pouvait d'autant moins la communiquer qu'il ne reconnaissait pas même ses enfants. L'art périssait avec l'inventeur ; il n'y avait ni éducation ni progrès, les générations se multipliaient inutilement ; et chacune partant toujours du même point, les siècles s'écoulaient dans toute la grossièreté des premiers âges, l'espèce était déjà vieille, et l'homme restait toujours enfant[1].

Si je me suis étendu si longtemps sur la supposition de cette condition primitive, c'est qu'ayant d'anciennes erreurs et des préjugés invétérés à détruire, j'ai cru devoir creuser jusqu'à la racine, et montrer dans le tableau du véritable état de nature combien l'inégalité, même naturelle, est loin d'avoir dans cet état autant de réalité et d'influence que le prétendent nos écrivains[2].

En effet, il est aisé de voir qu'entre les différences qui distinguent les hommes, plusieurs passent pour naturelles qui sont uniquement l'ouvrage de l'habitude et des divers genres de vie que les hommes adoptent dans la société. Ainsi un tempérament robuste ou délicat, la force ou la faiblesse qui en dépendent, viennent souvent plus de la manière dure ou efféminée dont on a été

1. Voir Montaigne, *Essais*, I, XXXI, « Des cannibales ». Ici encore, l'appel à l'expérience ne vient que confirmer l'analyse abstraite.

2. **Voir concepts clés** : la perfectibilité, p. 148.

élevé que de la constitution primitive des corps. Il en est de même des forces de l'esprit, et non seulement l'éducation met de la différence entre les esprits cultivés et ceux qui ne le sont pas, mais elle augmente celle qui se trouve entre les premiers à proportion de la culture ; car qu'un géant et un nain marchent sur la même route, chaque pas qu'ils feront l'un et l'autre donnera un nouvel avantage au géant. Or si l'on compare la diversité prodigieuse d'éducations et de genres de vie qui règne dans les différents ordres de l'état civil, avec la simplicité et l'uniformité de la vie animale et sauvage, où tous se nourrissent des mêmes aliments, vivent de la même manière, et font exactement les mêmes choses, on comprendra combien la différence d'homme à homme doit être moindre dans l'état de nature que dans celui de société, et combien l'inégalité naturelle doit augmenter dans l'espèce humaine par l'inégalité d'institution.

Mais quand la nature affecterait dans la distribution de ses dons autant de préférences qu'on le prétend, quel avantage les plus favorisés en tireraient-ils, au préjudice des autres, dans un état de choses qui n'admettrait presque aucune sorte de relation entre eux ? Là où il n'y a point d'amour, de quoi servira la beauté ? Que sert l'esprit à des gens qui ne parlent point, et la ruse à ceux qui n'ont point d'affaires ? J'entends toujours répéter que les plus forts opprimeront les faibles ; mais qu'on m'explique ce qu'on veut dire par ce mot d'oppression. Les uns domineront avec violence, les autres gémiront asservis à tous leurs caprices : voilà précisément ce que j'observe parmi nous, mais je ne vois pas comment cela pourrait se dire des hommes sauvages, à qui l'on aurait même bien de la peine à faire entendre ce que c'est que servitude et domination. Un homme pourra bien s'emparer des fruits qu'un autre a cueillis, du gibier qu'il a tué, de l'antre qui lui servait d'asile ; mais comment viendra-t-il jamais à bout de s'en faire obéir, et quelles pourront être les chaînes de la dépendance parmi des hommes qui ne possèdent rien ? Si l'on me chasse d'un arbre, j'en suis quitte pour aller à un autre ; si l'on me tourmente dans un lieu, qui m'empêchera de passer ailleurs ? Se trouve-t-il un homme d'une force assez supérieure à la mienne, et, de plus, assez dépravé, assez paresseux, et assez féroce pour me contraindre à pourvoir à sa subsistance pendant qu'il demeure oisif ? Il faut qu'il se résolve à ne pas me perdre de vue un seul instant, à me tenir lié avec un très grand soin durant son sommeil, de peur que je ne m'échappe ou que je ne le tue : c'est-à-dire qu'il est obligé de s'exposer volontairement à une peine beaucoup plus grande que celle qu'il veut éviter, et que celle qu'il me donne à moi-même. Après tout cela, sa vigilance se relâche-t-elle un moment ? Un bruit imprévu lui fait-il détourner la tête ? Je fais vingt pas dans la forêt, mes fers sont brisés, et il ne me revoit de sa vie.

Sans prolonger inutilement ces détails, chacun doit voir que, les liens de la servitude n'étant formés que de la dépendance mutuelle des hommes et des besoins réciproques qui les unissent, il est impossible d'asservir un homme sans l'avoir mis auparavant dans le cas de ne pouvoir se passer d'un autre ; situation qui, n'existant pas dans l'état de nature, y laisse chacun libre du joug et rend vaine la loi du plus fort[1].

Après avoir prouvé que l'inégalité est à peine sensible dans l'état de nature, et que son influence y est presque nulle, il me reste à montrer son origine, et ses progrès dans les développements successifs de l'esprit humain.

Après avoir montré que la *perfectibilité*[2], les vertus sociales et les autres facultés que l'homme naturel avait reçues en puissance ne pouvaient jamais se développer d'elles-mêmes, qu'elles avaient besoin pour cela du concours fortuit de plusieurs causes étrangères qui pouvaient ne jamais naître, et sans lesquelles il fût demeuré éternellement dans sa condition primitive ; il me reste à considérer et à rapprocher les différents hasards qui ont pu perfectionner la raison humaine, en détériorant l'espèce, rendre un être méchant en le rendant sociable, et d'un terme si éloigné amener enfin l'homme et le monde au point où nous les voyons.

J'avoue que les événements que j'ai à décrire ayant pu arriver de plusieurs manières, je ne puis me déterminer sur le choix que par des conjectures ; mais outre que ces conjectures deviennent des raisons, quand elles sont les plus probables qu'on puisse tirer de la nature des choses et les seuls moyens qu'on puisse avoir de découvrir la vérité, les conséquences que je veux déduire des miennes ne seront point pour cela conjecturales, puisque, sur les principes que je viens d'établir, on ne saurait former aucun autre système qui ne me four-

1. Rousseau conclut cette partie en montrant que le « véritable état de nature » ne contient pas en lui-même la nécessité d'un passage à l'état de société.

2. **Voir concepts clés** : la liberté, p. 140.

nisse les mêmes résultats, et dont je ne puisse tirer les mêmes conclusions.

Ceci me dispensera d'étendre mes réflexions sur la manière dont le laps de temps compense le peu de vraisemblance des événements ; sur la puissance surprenante des causes très légères lorsqu'elles agissent sans relâche[1] ; sur l'impossibilité où l'on est d'un côté de détruire certaines hypothèses, si de l'autre on se trouve hors d'état de leur donner le degré de certitude des faits ; sur ce que deux faits étant donnés comme réels à lier par une suite de faits intermédiaires, inconnus ou regardés comme tels[2], c'est à l'histoire, quand on l'a, de donner les faits qui les lient ; c'est à la philosophie, à son défaut, de déterminer les faits semblables qui peuvent les lier ; enfin sur ce qu'en matière d'événements la similitude réduit les faits à un beaucoup plus petit nombre de classes différentes qu'on ne se l'imagine. Il me suffit d'offrir ces objets à la considération de mes juges : il me suffit d'avoir fait en sorte que les lecteurs vulgaires n'eussent pas besoin de les considérer.

1. **Voir concepts clés** : la perfectibilité, p. 148.

2. Le passage de l'état de nature à l'état social va être décrit sous la forme d'une histoire hypothétique.

SECONDE PARTIE[1]

Le premier qui, ayant enclos un terrain, s'avisa de dire : *Ceci est à moi,* et trouva des gens assez simples pour le croire, fut le vrai fondateur de la société civile. Que de crimes, de guerres, de meurtres, que de misères et d'horreurs n'eût point épargnés au genre humain celui qui, arrachant les pieux ou comblant le fossé, eût crié à ses semblables : Gardez-vous d'écouter cet imposteur ; vous êtes perdus, si vous oubliez que les fruits sont à tous, et que la terre n'est à personne. Mais il y a grande apparence, qu'alors les choses en étaient déjà venues au point de ne pouvoir plus durer comme elles étaient[2] ; car cette idée de propriété, dépendant de beaucoup d'idées antérieures qui n'ont pu naître que successivement, ne se forma pas tout d'un coup dans l'esprit humain. Il fallut faire bien des progrès, acquérir bien de l'industrie et des lumières, les transmettre et les augmenter d'âge en âge, avant que d'arriver à ce dernier terme de l'état de nature. Reprenons donc les choses de plus haut et tâchons de rassembler sous un seul point de vue cette lente succession d'événements et de connaissances, dans leur ordre le plus naturel[3].

Le premier sentiment de l'homme fut celui de son existence, son premier soin celui de sa conservation. Les productions de la terre lui fournissaient tous les secours nécessaires, l'instinct le porta à en faire usage. La faim, d'autres appétits lui faisant éprouver tour à tour diverses manières d'exister, il y en eut une qui l'invita à perpétuer son espèce ; et ce penchant aveugle, dépourvu de tout sentiment du cœur, ne produisait qu'un acte purement animal. Le besoin satisfait, les deux sexes ne se reconnaissaient plus, et l'enfant même n'était plus rien à la mère sitôt qu'il pouvait se passer d'elle.

Telle fut la condition de l'homme naissant ; telle fut la vie d'un animal borné d'abord aux pures sensations, et profitant à peine des dons que lui offrait la nature, loin de songer à lui rien arracher ; mais il se présenta bientôt des difficultés, il fallut apprendre à les vaincre : la hauteur des arbres qui l'empêchait d'atteindre à leurs fruits, la concurrence des animaux qui cherchaient à s'en nourrir, la férocité de ceux qui en voulaient à sa propre vie, tout

1. Étude de l'homme de l'homme.

2. Comme au début de la première partie (p. 54), Rousseau donne une représentation imagée de la thèse essentielle de la seconde partie. Mais il complète aussitôt son cri de révolte par l'annonce d'une analyse, qui va montrer la nécessité de l'apparition de l'idée de propriété, résultat d'une lente évolution.

3. **Voir problématiques essentielles** : La critique de la société, p. 19.

l'obligea de s'appliquer aux exercices du corps ; il fallut se rendre agile, vif à la course, vigoureux au combat. Les armes naturelles qui sont les branches d'arbre et les pierres, se trouvèrent bientôt sous sa main. Il apprit à surmonter les obstacles de la nature, à combattre au besoin les autres animaux, à disputer sa subsistance aux hommes mêmes, ou à se dédommager de ce qu'il fallait céder au plus fort[1].

À mesure que le genre humain s'étendit, les peines se multiplièrent avec les hommes. La différence des terrains, des climats, des saisons, put les forcer à en mettre dans leurs manières de vivre. Des années stériles, des hivers longs et rudes, des étés brûlants qui consument tout, exigèrent d'eux une nouvelle industrie. Le long de la mer et des rivières, ils inventèrent la ligne et l'hameçon, et devinrent pêcheurs et ichtyophages[2]. Dans les forêts ils se firent des arcs et des flèches, et devinrent chasseurs et guerriers. Dans les pays froids ils se couvrirent des peaux des bêtes qu'ils avaient tuées. Le tonnerre, un volcan, ou quelque heureux hasard leur fit connaître le feu, nouvelle ressource contre la rigueur de l'hiver : ils apprirent à conserver cet élément, puis à le reproduire, et enfin à en préparer les viandes qu'auparavant ils dévoraient crues.

Cette application réitérée des êtres divers à lui-même, et les uns aux autres, dut naturellement engendrer dans l'esprit de l'homme les perceptions de certains rapports[3]. Ces relations que nous exprimons par les mots de grand, de petit, de fort, de faible, de lent, de peureux, de hardi, et d'autres idées pareilles, comparées au besoin, et presque sans y songer, produisirent enfin chez lui quelque sorte de réflexion, ou plutôt une prudence machinale qui lui indiquait les précautions les plus nécessaires à sa sûreté.

Les nouvelles lumières qui résultèrent de ce développement augmentèrent sa supériorité sur les autres animaux, en la lui faisant connaître. Il s'exerça à leur dresser des pièges, il leur donna le change en mille manières, et quoique plusieurs le surpassassent en force au combat, ou en vitesse à la course, de ceux qui pouvaient lui servir ou lui nuire, il devint avec le temps le maître des uns, et le fléau des autres. C'est ainsi que le premier regard qu'il porta sur lui-même y produisit le premier mouvement d'orgueil ; c'est ainsi que sachant

1. **Voir concepts clés** : la perfectibilité, p. 148.

2. Qui se nourrit de poisson.

3. Idée courante à l'époque : pour Buffon, on ne peut acquérir de connaissances que « par la voie de la comparaison » (« Histoire naturelle de l'homme », *Histoire naturelle*, t. II, 1749, *O.P.*, p. 293B).

encore à peine distinguer les rangs, et se contemplant au premier par son espèce, il se préparait de loin à y prétendre par son individu.

Quoique ses semblables ne fussent pas pour lui ce qu'ils sont pour nous, et qu'il n'eût guère plus de commerce avec eux qu'avec les autres animaux, ils ne furent pas oubliés dans ses observations. Les conformités que le temps put lui faire apercevoir entre eux, sa femelle et lui-même, le firent juger de celles qu'il n'apercevait pas, et voyant qu'ils se conduisaient tous, comme il aurait fait en de pareilles circonstances, il conclut que leur manière de penser et de sentir était entièrement conforme à la sienne, et cette importante vérité, bien établie dans son esprit, lui fit suivre par un pressentiment aussi sûr et plus prompt que la dialectique les meilleures règles de conduite que pour son avantage et sa sûreté il lui convint de garder avec eux.

Instruit par l'expérience que l'amour du bien-être est le seul mobile des actions humaines[1], il se trouva en état de distinguer les occasions rares où l'intérêt commun devait le faire compter sur l'assistance de ses semblables, et celles plus rares encore où la concurrence devait le faire défier d'eux. Dans le premier cas il s'unissait avec eux en troupeau, ou tout au plus par quelque sorte d'association libre qui n'obligeait personne, et qui ne durait qu'autant que le besoin passager qui l'avait formée. Dans le second chacun cherchait à prendre ses avantages, soit à force ouverte s'il croyait le pouvoir, soit par adresse et subtilité s'il se sentait le plus faible.

1. L'amour du bien-être est ici synonyme de l'amour de soi.

Voilà comment les hommes purent insensiblement acquérir quelque idée grossière des engagements mutuels, et de l'avantage de les remplir, mais seulement autant que pouvait l'exiger l'intérêt présent et sensible ; car la prévoyance n'était rien pour eux, et loin de s'occuper d'un avenir éloigné, ils ne songeaient pas même au lendemain. S'agissait-il de prendre un cerf, chacun sentait bien qu'il devait pour cela garder fidèlement son poste ; mais si un lièvre venait à passer à la portée de l'un d'eux, il ne faut pas douter qu'il ne le poursuivît sans scrupule, et qu'ayant atteint sa proie il ne se souciât fort peu de faire manquer la leur à ses compagnons.

Il est aisé de comprendre qu'un pareil commerce n'exigeait pas un langage beaucoup plus raffiné que celui des corneilles ou des singes, qui s'attroupent à peu près de même. Des cris inarticulés, beaucoup de gestes et quelques bruits imitatifs durent composer pendant longtemps la langue universelle, à quoi joignant dans chaque contrée quelques sons articulés et conventionnels dont, comme je l'ai déjà dit[1], il n'est pas trop facile d'expliquer l'institution, on eut des langues particulières, mais grossières, imparfaites, et telles à peu près qu'en ont encore aujourd'hui diverses nations sauvages[2]. Je parcours comme un trait des multitudes de siècles, forcé par le temps qui s'écoule, par l'abondance des choses que j'ai à dire, et par le progrès presque insensible des commencements ; car plus les événements étaient lents à se succéder, plus ils sont prompts à décrire.

Ces premiers progrès mirent enfin l'homme à portée d'en faire de plus rapides[3]. Plus l'esprit s'éclairait, et plus l'industrie se perfectionna. Bientôt cessant de s'endormir sous le premier arbre, ou de se retirer dans des cavernes, on trouva quelques sortes de haches de pierres dures et tranchantes, qui servirent à couper du bois, creuser la terre et faire des huttes de branchages, qu'on s'avisa ensuite d'enduire d'argile et de boue. Ce fut là l'époque d'une première révolution[4] qui forma l'établissement et la distinction des familles, et qui introduisit une sorte de propriété ; d'où peut-être naquirent déjà bien des querelles et des combats. Cependant comme les plus forts furent vraisemblablement les premiers à se faire des logements qu'ils se sentaient capables de défendre, il est à croire que les faibles trouvèrent plus court et plus sûr de les imiter que de tenter de les déloger ; et quant à ceux qui avaient déjà des cabanes, chacun dut peu chercher à s'approprier celle de son voisin, moins parce qu'elle ne lui appartenait pas que parce qu'elle lui était inutile et qu'il ne pouvait s'en emparer, sans s'exposer à un combat très vif avec la famille qui l'occupait.

Les premiers développements du cœur furent l'effet d'une situation nouvelle qui réunissait dans une habitation commune les maris et les femmes, les pères et les enfants ; l'habitude de vivre ensemble fit naître les plus doux sentiments qui soient connus des hommes, l'amour conjugal, et l'amour paternel. Chaque famille devint une petite société d'autant mieux unie que l'attachement réciproque et la liberté en étaient les seuls liens ; et ce fut alors que s'établit la première différence dans la manière de vivre des deux sexes, qui jusqu'ici n'en avaient eu

1. Voir p. 65-70. Rousseau revient à cet endroit précis sur le problème du langage, car cette question était liée à la possibilité d'une vie grégaire, selon les théoriciens du droit naturel.

2. En particulier les Caraïbes, décrits par Du Tertre.

3. Description des commencements de la vie en société.

4. Cette « première révolution » est la suite d'une lente évolution naturelle, du « progrès » des « commencements », alors que la « grande révolution » (p. 89) introduit une rupture avec le stade précédent, à la suite d'un « funeste hasard ».

qu'une. Les femmes devinrent plus sédentaires et s'accoutumèrent à garder la cabane et les enfants, tandis que l'homme allait chercher la subsistance commune. Les deux sexes commencèrent aussi par une vie un peu plus molle à perdre quelque chose de leur férocité et de leur vigueur : mais si chacun séparément devint moins propre à combattre les bêtes sauvages, en revanche il fut plus aisé de s'assembler pour leur résister en commun.

Dans ce nouvel état, avec une vie simple et solitaire, des besoins très bornés, et les instruments qu'ils avaient inventés pour y pourvoir, les hommes jouissant d'un fort grand loisir l'employèrent à se procurer plusieurs sortes de commodités inconnues à leurs pères ; et ce fut là le premier joug qu'ils s'imposèrent sans y songer, et la première source de maux qu'ils préparèrent à leurs descendants ; car outre qu'ils continuèrent ainsi à s'amollir le corps et l'esprit, ces commodités ayant par l'habitude perdu presque tout leur agrément, et étant en même temps dégénérées en de vrais besoins, la privation en devint beaucoup plus cruelle que la possession n'en était douce, et l'on était malheureux de les perdre, sans être heureux de les posséder.

On entrevoit un peu mieux ici comment l'usage de la parole s'établit ou se perfectionne insensiblement dans le sein de chaque famille, et l'on peut conjecturer encore comment diverses causes particulières purent étendre le langage, et en accélérer le progrès en le rendant plus nécessaire. De grandes inondations ou des tremblements de terre environnèrent d'eaux ou de précipices des cantons habités ; des révolutions du globe détachèrent et coupèrent en îles des portions du continent[1]. On conçoit qu'entre des hommes ainsi rapprochés et forcés de vivre ensemble, il dut se former un idiome commun plutôt qu'entre ceux qui erraient librement dans les forêts de la terre ferme. Ainsi il est très possible qu'après leurs premiers essais de navigation, des insulaires aient porté parmi nous l'usage de la parole ; et il est au moins très vraisemblable que la société et les langues ont pris naissance dans les îles et s'y sont perfectionnées avant que d'être connues dans le continent.

Tout commence à changer de face. Les hommes errants jusqu'ici dans les bois, ayant pris une assiette plus fixe, se rapprochent lentement, se réunissent en diverses troupes, et forment enfin dans chaque contrée une nation

1. Il faut des causes « accidentelles et secondaires » pour accélérer les progrès du langage. Sur cette action des « feux souterrains » et des « eaux du ciel, fleuves, rivières et torrents », voir Buffon, « Histoire de la terre », *Histoire naturelle,* t. I, 1749, *O.P.*, p. 60B et suiv.

particulière, unie de mœurs et de caractères, non par des règlements et des lois, mais par le même genre de vie et d'aliments, et par l'influence commune du climat. Un voisinage permanent ne peut manquer d'engendrer enfin quelque liaison entre diverses familles. De jeunes gens de différents sexes habitent des cabanes voisines, le commerce passager que demande la nature en amène bientôt un autre non moins doux et plus permanent par la fréquentation mutuelle. On s'accoutume à considérer différents objets et à faire des comparaisons ; on acquiert insensiblement des idées de mérite et de beauté qui produisent des sentiments de préférence. À force de se voir, on ne peut plus se passer de se voir encore. Un sentiment tendre et doux s'insinue dans l'âme, et par la moindre opposition devient une fureur impétueuse : la jalousie s'éveille avec l'amour ; la discorde triomphe et la plus douce des passions reçoit des sacrifices de sang humain[1].

À mesure que les idées et les sentiments se succèdent, que l'esprit et le cœur s'exercent, le genre humain continue à s'apprivoiser, les liaisons s'étendent et les liens se resserrent. On s'accoutuma à s'assembler devant les cabanes ou autour d'un grand arbre : le chant et la danse, vrais enfants de l'amour et du loisir, devinrent l'amusement ou plutôt l'occupation des hommes et des femmes oisifs et attroupés. Chacun commença à regarder les autres et à vouloir être regardé soi-même, et l'estime publique eut un prix[2]. Celui qui chantait ou dansait le mieux ; le plus beau, le plus fort, le plus adroit ou le plus éloquent devint le plus considéré, et ce fut là le premier pas vers l'inégalité, et vers le vice en même temps : de ces premières préférences naquirent d'un côté la vanité et le mépris, de l'autre la honte et l'envie ; et la fermentation causée par ces nouveaux levains produisit enfin des composés funestes au bonheur et à l'innocence[3].

Sitôt que les hommes eurent commencé à s'apprécier mutuellement et que l'idée de la considération fut formée dans leur esprit, chacun prétendit y avoir droit, et il ne fut plus possible d'en manquer impunément pour personne. De là sortirent les premiers devoirs de la civilité, même parmi les sauvages, et de là tout tort volontaire devint un outrage, parce qu'avec le mal qui résultait de l'injure, l'offensé y voyait le mépris de sa personne souvent plus insupportable que le mal même[4]. C'est ainsi que chacun punissant le mépris qu'on lui avait témoigné

1. Le progrès est à la fois positif et négatif. Avec l'amour naît la jalousie. Un sentiment peut se transformer en son contraire

2. Comme le souligne Starobinski (*La Transparence et l'Obstacle*, pp. 116-121), la fête primitive défait l'unanimité originelle, amène chacun à se comparer et à désirer être préféré, alors que la fête civique de la *Lettre à d'Alembert* (GF-Flammarion p. 248) permet de retrouver l'unanimité, d'oublier les différences.

3. **Voir grandes thèses** : L'opposition entre être et paraître, p. 154.

4. Il y a un passage du simple niveau physique – ou l'« injure » est « tort », simple dommage matériel à un niveau moral, celui des « premiers devoirs de la civilité » – où l'« injure » est « outrage », atteinte à la dignité de la personne.

d'une manière proportionnée au cas qu'il faisait de lui-même, les vengeances devinrent terribles, et les hommes sanguinaires et cruels. Voilà précisément le degré où étaient parvenus la plupart des peuples sauvages qui nous sont connus ; et c'est faute d'avoir suffisamment distingué les idées, et remarqué combien ces peuples étaient déjà loin du premier état de nature[1], que plusieurs se sont hâtés de conclure que l'homme est naturellement cruel et qu'il a besoin de police pour l'adoucir, tandis que rien n'est si doux que lui dans son état primitif, lorsque placé par la nature à des distances égales de la stupidité des brutes et des lumières funestes de l'homme civil, et borné également par l'instinct et par la raison à se garantir du mal qui le menace, il est retenu par la pitié naturelle de faire lui-même du mal à personne, sans y être porté par rien, même après en avoir reçu. Car, selon l'axiome du sage Locke, *il ne saurait y avoir d'injure, où il n'y a point de propriété*[2].

Mais il faut remarquer que la société commencée et les relations déjà établies entre les hommes exigeaient en eux des qualités différentes de celles qu'ils tenaient de leur constitution primitive ; que la moralité commençant à s'introduire dans les actions humaines, et chacun avant les lois étant seul juge et vengeur des offenses qu'il avait reçues, la bonté convenable au pur état de nature n'était plus celle qui convenait à la société naissante ; qu'il fallait que les punitions devinssent plus sévères à mesure que les occasions d'offenser devenaient plus fréquentes, et que c'était à la terreur des vengeances de tenir lieu du frein des lois. Ainsi quoique les hommes fussent devenus moins endurants, et que la pitié naturelle eût déjà souffert quelque altération, cette période du développement des facultés humaines, tenant un juste milieu entre l'indolence de l'état primitif et la pétulante activité de notre amour-propre, dut être l'époque la plus heureuse et la plus durable[3]. Plus on y réfléchit, plus on trouve que cet état était le moins sujet aux révolutions, le meilleur à l'homme[4], et qu'il n'en a dû sortir que par quelque funeste hasard qui pour l'utilité commune eût dû ne jamais arriver. L'exemple des sauvages qu'on a presque tous trouvés à ce point semble confirmer que le genre humain était fait pour y rester toujours, que cet état est la véritable jeunesse du monde[5], et que tous les progrès ultérieurs ont été en apparence autant de pas vers la per-

1. Rousseau est donc loin d'accréditer le mythe du « bon sauvage ». Dans cette jeunesse du monde, proche des sociétés sauvages décrites par les voyageurs, les hommes sont aussi « sanguinaires et cruels ».

2. *Essai philosophique concernant l'entendement humain,* IV, II, 18. Il n'y a pour l'instant qu'« une sorte de propriété » (p. 85). Cette sorte de propriété n'est qu'une simple possession sans aucune sanction légale.

3. La « société commencée » est l'époque la plus heureuse, celle où l'évolution humaine aurait dû s'arrêter. Ce « juste milieu », en tant qu'il est supposé stable, semble contradictoire avec la notion même de perfectibilité.

4. Voir note *p* de Rousseau, p. 135. Confirmation de cette idée par le récit de la répugnance des « sauvages » à devenir « civilisés ».

5. C'est la *« novitas mundi »* dont parle Lucrèce *(De la nature,* V, v. 818).

fection de l'individu, et en effet vers la décrépitude de l'espèce.

Tant que les hommes se contentèrent de leurs cabanes rustiques, tant qu'ils se bornèrent à coudre leurs habits de peaux avec des épines ou des arêtes, à se parer de plumes et de coquillages, à se peindre le corps de diverses couleurs, à perfectionner ou embellir leurs arcs et leurs flèches, à tailler avec des pierres tranchantes quelques canots de pêcheurs ou quelques grossiers instruments de musique, en un mot tant qu'ils ne s'appliquèrent qu'à des ouvrages qu'un seul pouvait faire, et qu'à des arts qui n'avaient pas besoin du concours de plusieurs mains, ils vécurent libres, sains, bons et heureux autant qu'ils pouvaient l'être par leur nature, et continuèrent à jouir entre eux des douceurs d'un commerce indépendant : mais dès l'instant qu'un homme eut besoin du secours d'un autre ; dès qu'on s'aperçut qu'il était utile à un seul d'avoir des provisions pour deux, l'égalité disparut, la propriété s'introduisit, le travail devint nécessaire et les vastes forêts se changèrent en des campagnes riantes qu'il fallut arroser de la sueur des hommes, et dans lesquelles on vit bientôt l'esclavage et la misère germer et croître avec les moissons[1].

La métallurgie et l'agriculture furent les deux arts dont l'invention produisit cette grande révolution. Pour le poète, c'est l'or et l'argent, mais pour le philosophe ce sont le fer et le blé qui ont civilisé les hommes et perdu le genre humain[2] ; aussi l'un et l'autre étaient-ils inconnus aux sauvages de l'Amérique qui pour cela sont toujours demeurés tels ; les autres peuples semblent même être restés barbares tant qu'ils ont pratiqué l'un de ces arts sans l'autre ; et l'une des meilleures raisons peut-être pourquoi l'Europe a été, sinon plus tôt, du moins plus constamment et mieux policée que les autres parties du monde, c'est qu'elle est à la fois la plus abondante en fer et la plus fertile en blé.

Il est très difficile de conjecturer comment les hommes sont parvenus à connaître et employer le fer : car il n'est pas croyable qu'ils aient imaginé d'eux-mêmes de tirer la matière de la mine et de lui donner les préparations nécessaires pour la mettre en fusion avant que de savoir ce qui en résulterait. D'un autre côté on peut d'autant moins attribuer cette découverte à quelque incendie accidentel que les mines ne se forment que dans des lieux

1. Introduction de l'inégalité sociale qui va aboutir à l'état de guerre.

2. « Le poète », c'est la poésie, le récit mythique de la décadence des âges de l'humanité depuis l'âge d'or primitif, par exemple chez Hésiode et Ovide.

arides et dénués d'arbres et de plantes, de sorte qu'on dirait que la nature avait pris des précautions pour nous dérober ce fatal secret. Il ne reste donc que la circonstance extraordinaire de quelque volcan qui, vomissant des matières métalliques en fusion, aura donné aux observateurs l'idée d'imiter cette opération de la nature ; encore faut-il leur supposer bien du courage et de la prévoyance pour entreprendre un travail aussi pénible et envisager d'aussi loin les avantages qu'ils en pouvaient retirer ; ce qui ne convient guère qu'à des esprits déjà plus exercés que ceux-ci ne le devaient être.

Quant à l'agriculture, le principe en fut connu longtemps avant que la pratique en fût établie, et il n'est guère possible que les hommes sans cesse occupés à tirer leur subsistance des arbres et des plantes n'eussent assez promptement l'idée des voies que la nature emploie pour la génération des végétaux ; mais leur industrie ne se tourna probablement que fort tard de ce côté-là, soit parce que les arbres, qui avec la chasse et la pêche fournissaient à leur nourriture, n'avaient pas besoin de leurs soins, soit faute de connaître l'usage du blé, soit faute d'instruments pour le cultiver, soit faute de prévoyance pour le besoin à venir, soit enfin faute de moyens pour empêcher les autres de s'approprier le fruit de leur travail. Devenus plus industrieux, on peut croire qu'avec des pierres aiguës et des bâtons pointus ils commencèrent par cultiver quelques légumes ou racines autour de leurs cabanes, longtemps avant de savoir préparer le blé, et d'avoir les instruments nécessaires pour la culture en grand, sans compter que, pour se livrer à cette occupation et ensemencer des terres, il faut se résoudre à perdre d'abord quelque chose pour gagner beaucoup dans la suite ; précaution fort éloignée du tour d'esprit de l'homme sauvage qui, comme je l'ai dit[1], a bien de la peine à songer le matin à ses besoins du soir.

L'invention des autres arts fut donc nécessaire pour forcer le genre humain de s'appliquer à celui de l'agriculture. Dès qu'il fallut des hommes pour fondre et forger le fer, il fallut d'autres hommes pour nourrir ceux-là[2]. Plus le nombre des ouvriers vint à se multiplier, moins il y eut de mains employées à fournir à la subsistance commune sans qu'il y eût moins de bouches pour la consommer ; et comme il fallut aux uns des denrées en échange de leur fer, les autres trouvèrent enfin le secret d'em-

1. Voir p. 62 et p. 84.

2. Sur l'apparition de la division du travail, voir Platon, *République*, II, 369-371.

ployer le fer à la multiplication des denrées. De là naquirent d'un côté le labourage et l'agriculture, et de l'autre l'art de travailler les métaux et d'en multiplier les usages.

De la culture des terres s'ensuivit nécessairement leur partage, et de la propriété une fois reconnue les premières règles de justice : car pour rendre à chacun le sien, il faut que chacun puisse avoir quelque chose ; de plus les hommes commençant à porter leurs vues dans l'avenir et se voyant tous quelques biens à perdre, il n'y en avait aucun qui n'eût à caindre pour soi la représaille des torts qu'il pouvait faire à autrui. Cette origine est d'autant plus naturelle qu'il est impossible de concevoir l'idée de la propriété naissante d'ailleurs que de la main-d'œuvre ; car on ne voit pas ce que, pour s'approprier les choses qu'il n'a point faites, l'homme y peut mettre de plus que son travail. C'est le seul travail qui donnant droit au cultivateur sur le produit de la terre qu'il a labourée lui en donne par conséquent sur le fond, au moins jusqu'à la récolte, et ainsi d'année en année, ce qui faisant une possession continue, se transforme aisément en propriété[1]. Lorsque les Anciens, dit Grotius, ont donné à Cérès l'épithète de législatrice, et à une fête célébrée en son honneur le nom de Thesmophories[2], ils ont fait entendre par là que le partage des terres a produit une nouvelle sorte de droit. C'est-à-dire le droit de propriété différent de celui qui résulte de la loi naturelle.

Les choses en cet état eussent pu demeurer égales, si les talents eussent été égaux, et que, par exemple, l'emploi du fer et la consommation des denrées eussent toujours fait une balance exacte ; mais la proportion que rien ne maintenait fut bientôt rompue ; le plus fort faisait plus d'ouvrage ; le plus adroit tirait meilleur parti du sien ; le plus ingénieux trouvait des moyens d'abréger le travail ; le laboureur avait plus besoin de fer, ou le forgeron plus besoin de blé, et en travaillant également, l'un gagnait beaucoup tandis que l'autre avait peine à vivre. C'est ainsi que l'inégalité naturelle se déploie insensiblement avec celle de combinaison et que les différences des hommes, développées par celles des circonstances, se rendent plus sensibles, plus permanentes dans leurs effets, et commencent à influer dans la même proportion sur le sort des particuliers[3].

Les choses étant parvenues à ce point, il est facile d'imaginer le reste. Je ne m'arrêterai pas à décrire l'in-

1. Il y a deux théories classiques pour expliquer l'origine de la propriété à partir de la communauté primitive. Pour Pufendorf, la propriété repose sur une convention de partage. Pour Locke par contre, la propriété résulte du travail, et non d'une convention. Rousseau s'inspire de Locke, mais il entend le travail en un sens moderne, comme industrie, comme transformation de l'objet, alors que Locke le réduit au simple fait de la prise de possession.

2. Thesmophories : fête en l'honneur de la déesse Déméter, qui a donné aux hommes l'agriculture et le mariage : elle est donc à l'origine de la société civile et des lois et fut surnommée législatrice (« thesmophore »).

3. **Voir problématiques essentielles** : L'inégalité, p. 21.

vention successive des autres arts, le progrès des langues, l'épreuve et l'emploi des talents, l'inégalité des fortunes, l'usage ou l'abus des richesses, ni tous les détails qui suivent ceux-ci, et que chacun peut aisément suppléer. Je me bornerai seulement à jeter un coup d'œil sur le genre humain placé dans ce nouvel ordre de choses.

Voilà donc toutes nos facultés développées, la mémoire et l'imagination en jeu, l'amour-propre intéressé, la raison rendue active et l'esprit arrivé presque au terme de la perfection, dont il est susceptible. Voilà toutes les qualités naturelles mises en action, le rang et le sort de chaque homme établi, non seulement sur la quantité des biens et le pouvoir de servir ou de nuire, mais sur l'esprit, la beauté, la force ou l'adresse, sur le mérite ou les talents, et ces qualités étant les seules qui pouvaient attirer de la considération, il fallut bientôt les avoir ou les affecter, il fallut pour son avantage se montrer autre que ce qu'on était en effet. Être et paraître devinrent deux choses tout à fait différentes, et de cette distinction sortirent le faste imposant, la ruse trompeuse, et tous les vices qui en sont le cortège[1]. D'un autre côté, de libre et indépendant qu'était auparavant l'homme, le voilà par une multitude de nouveaux besoins assujetti, pour ainsi dire, à toute la nature, et surtout à ses semblables dont il devient l'esclave en un sens, même en devenant leur maître ; riche, il a besoin de leurs services ; pauvre, il a besoin de leur secours, et la médiocrité ne le met point en état de se passer d'eux. Il faut donc qu'il cherche sans cesse à les intéresser à son sort, et à leur faire trouver en effet ou en apparence leur profit à travailler pour le sien : ce qui le rend fourbe et artificieux avec les uns, impérieux et dur avec les autres, et le met dans la nécessité d'abuser tous ceux dont il a besoin, quand il ne peut s'en faire craindre, et qu'il ne trouve pas son intérêt à les servir utilement. Enfin l'ambition dévorante, l'ardeur d'élever sa fortune relative, moins par un véritable besoin que pour se mettre au-dessus des autres, inspire à tous les hommes un noir penchant à se nuire mutuellement, une jalousie secrète d'autant plus dangereuse que, pour faire son coup plus en sûreté, elle prend souvent le masque de la bienveillance ; en un mot, concurrence et rivalité d'une part, de l'autre opposition d'intérêt, et toujours le désir caché de faire son profit aux dépens d'autrui, tous ces maux sont le premier effet de la propriété et le cortège inséparable de l'inégalité naissante.

1. **Voir grandes thèses** : L'opposition entre être et paraître, p. 154.

Avant qu'on eût inventé les signes représentatifs des richesses, elles ne pouvaient guère consister qu'en terres et en bestiaux, les seuls biens réels que les hommes puissent posséder. Or quand les héritages se furent accrus en nombre et en étendue au point de couvrir le sol entier et de se toucher tous, les uns ne purent plus s'agrandir qu'aux dépens des autres, et les surnuméraires que la faiblesse ou l'indolence avaient empêchés d'en acquérir à leur tour, devenus pauvres sans avoir rien perdu, parce que, tout changeant autour d'eux, eux seuls n'avaient point changé, furent obligés de recevoir ou de ravir leur subsistance de la main des riches, et de là commencèrent à naître, selon les divers caractères des uns et des autres, la domination et la servitude, ou la violence et les rapines. Les riches de leur côté connurent à peine le plaisir de dominer, qu'ils dédaignèrent bientôt tous les autres, et se servant de leurs anciens esclaves pour en soumettre de nouveaux, ils ne songèrent qu'à subjuguer et asservir leurs voisins ; semblables à ces loups affamés qui ayant une fois goûté de la chair humaine rebutent toute autre nourriture et ne veulent plus que dévorer des hommes.

C'est ainsi que les plus puissants ou les plus misérables, se faisant de leur force ou de leurs besoins une sorte de droit au bien d'autrui, équivalent, selon eux, à celui de propriété, l'égalité rompue fut suivie du plus affreux désordre : c'est ainsi que les usurpations des riches, les brigandages des pauvres, les passions effrénées de tous étouffant la pitié naturelle, et la voix encore faible de la justice, rendirent les hommes avares, ambitieux et méchants. Il s'élevait entre le droit du plus fort et le droit du premier occupant un conflit perpétuel qui ne se terminait que par des combats et des meurtres[1]. La société naissante fit place au plus horrible état de guerre[2] : le genre humain avili et désolé, ne pouvant plus retourner sur ses pas ni renoncer aux acquisitions malheureuses qu'il avait faites et ne travaillant qu'à sa honte, par l'abus des facultés qui l'honorent, se mit lui-même à la veille de sa ruine.

Attonitus novitate mali, divesque miserque,
Effugere optat opes, et quae modò voverat, odit[3].

Il n'est pas possible que les hommes n'aient fait enfin des réflexions sur une situation aussi misérable, et sur les calamités dont ils étaient accablés[4]. Les riches surtout durent bientôt sentir combien leur était désavanta-

1. Voir note *q* de Rousseau, p. 137. Réponse à une objection possible : pourquoi les hommes ne se sont-ils pas dispersés afin d'éviter cet état de guerre ?

2. **Voir documents** : texte de Hobbes, p. 175.

3. « Épouvanté d'un mal si nouveau, à la fois riche et misérable, il ne désire que fuir l'opulence, et ce qu'il avait souhaité naguère, il le hait » (Ovide, *Métamorphoses*, XI, 127).

4. Étude de l'état social et du contrat.

geuse une guerre perpétuelle dont ils faisaient seuls tous les frais et dans laquelle le risque de la vie était commun et celui des biens, particulier. D'ailleurs, quelque couleur qu'ils pussent donner à leurs usurpations, ils sentaient assez qu'elles n'étaient établies que sur un droit précaire et abusif et que n'ayant été acquises que par la force, la force pouvait les leur ôter sans qu'ils eussent raison de s'en plaindre. Ceux mêmes que la seule industrie avait enrichis ne pouvaient guère fonder leur propriété sur de meilleurs titres. Ils avaient beau dire : C'est moi qui ai bâti ce mur ; j'ai gagné ce terrain par mon travail. Qui vous a donné les alignements, leur pouvait-on répondre, et en vertu de quoi prétendez-vous être payé à nos dépens d'un travail que nous ne vous avons point imposé ? Ignorez-vous qu'une multitude de vos frères périt, ou souffre du besoin de ce que vous avez de trop, et qu'il vous fallait un consentement exprès et unanime du genre humain pour vous approprier sur la subsistance commune tout ce qui allait au-delà de la vôtre ? Destitué de raisons valables pour se justifier, et de forces suffisantes pour se défendre ; écrasant facilement un particulier, mais écrasé lui-même par des troupes de bandits, seul contre tous, et ne pouvant à cause des jalousies mutuelles s'unir avec ses égaux contre des ennemis unis par l'espoir commun du pillage, le riche, pressé par la nécessité, conçut enfin le projet le plus réfléchi qui soit jamais entré dans l'esprit humain[1] ; ce fut d'employer en sa faveur les forces mêmes de ceux qui l'attaquaient, de faire ses défenseurs de ses adversaires, de leur inspirer d'autres maximes, et de leur donner d'autres institutions qui lui fussent aussi favorables que le droit naturel lui était contraire.

Dans cette vue, après avoir exposé à ses voisins l'horreur d'une situation qui les armait tous les uns contre les autres, qui leur rendait leurs possessions aussi onéreuses que leurs besoins, et où nul ne trouvait sa sûreté ni dans la pauvreté ni dans la richesse, il inventa aisément des raisons spécieuses pour les amener à son but. « Unissons-nous, leur dit-il, pour garantir de l'oppression les faibles, contenir les ambitieux, et assurer à chacun la possession de ce qui lui appartient. Instituons des règlements de justice et de paix auxquels tous soient obligés de se conformer, qui ne fassent acception de personne[2] ; et qui réparent en quelque sorte les caprices de la fortune en soumettant également le puissant et le faible

1. **Voir problématiques essentielles** : La critique de la société, p. 19.

2. « Acception de personne » : préférence accordée à une personne au détriment d'une autre.

à des devoirs mutuels. En un mot, au lieu de tourner nos forces contre nous-mêmes, rassemblons-les en un pouvoir suprême qui nous gouverne selon de sages lois, qui protège et défende tous les membres de l'association, repousse les ennemis communs et nous maintienne dans une concorde éternelle. »

Il en fallut beaucoup moins que l'équivalent de ce discours pour entraîner des hommes grossiers, faciles à séduire, qui d'ailleurs avaient trop d'affaires à démêler entre eux pour pouvoir se passer d'arbitre, et trop d'avarice et d'ambition, pour pouvoir longtemps se passer de maîtres. Tous coururent au-devant de leurs fers croyant assurer leur liberté[1] ; car avec assez de raison pour sentir les avantages d'un établissement politique, ils n'avaient pas assez d'expérience pour en prévoir les dangers ; les plus capables de pressentir les abus étaient précisément ceux qui comptaient d'en profiter, et les sages mêmes virent qu'il fallait se résoudre à sacrifier une partie de leur liberté à la conservation de l'autre, comme un blessé se fait couper le bras pour sauver le reste du corps.

Telle fut, ou dut être, l'origine de la société et des lois, qui donnèrent de nouvelles entraves au faible et de nouvelles forces au riche[2], détruisirent sans retour la liberté naturelle, fixèrent pour jamais la loi de la propriété et de l'inégalité, d'une adroite usurpation firent un droit irrévocable, et pour le profit de quelques ambitieux assujettirent désormais tout le genre humain au travail, à la servitude et à la misère. On voit aisément comment l'établissement d'une seule société rendit indispensable celui de toutes les autres, et comment, pour faire tête à des forces unies, il fallut s'unir à son tour. Les sociétés se multipliant ou s'étendant rapidement couvrirent bientôt toute la surface de la terre[3], et il ne fut plus possible de trouver un seul coin dans l'univers où l'on pût s'affranchir du joug et soustraire sa tête au glaive souvent mal conduit que chaque homme vit perpétuellement suspendu sur la sienne. Le droit civil étant ainsi devenu la règle commune des citoyens, la loi de nature n'eut plus lieu qu'entre les diverses sociétés, où, sous le nom de droit des gens, elle fut tempérée par quelques conventions tacites pour rendre le commerce possible et suppléer à la commisération naturelle, qui, perdant de société à société presque toute la force qu'elle avait d'homme à homme, ne réside plus que dans quelques grandes âmes cosmopo-

1. **Voir concepts clés** : le contrat, fondement légitime, p. 147.

2. Voir note *r* de Rousseau, p. 137. Illustration par une anecdote sur le pouvoir des riches.

3. La création de sociétés s'étend rapidement et nécessairement à la terre entière, comme le fait la propriété par l'intermédiaire des héritages (voir p. 93).

lites, qui franchissent les barrières imaginaires qui séparent les peuples et qui, à l'exemple de l'être souverain qui les a créés, embrassent tout le genre humain dans leur bienveillance.

Les corps politiques restant ainsi entre eux dans l'état de nature se ressentirent bientôt des inconvénients qui avaient forcé les particuliers d'en sortir, et cet état devint encore plus funeste entre ces grands corps qu'il ne l'avait été auparavant entre les individus dont ils étaient composés. De là sortirent les guerres nationales, les batailles, les meurtres, les représailles qui font frémir la nature et choquent la raison, et tous ces préjugés horribles qui placent au rang des vertus l'honneur de répandre le sang humain. Les plus honnêtes gens apprirent à compter parmi leurs devoirs celui d'égorger leurs semblables ; on vit enfin les hommes se massacrer par milliers sans savoir pourquoi ; et il se commettait plus de meurtres en un seul jour de combat et plus d'horreurs à la prise d'une seule ville qu'il ne s'en était commis dans l'état de nature durant des siècles entiers sur toute la face de la terre. Tels sont les premiers effets qu'on entrevoit de la division du genre humain en différentes sociétés. Revenons à leur institution.

Je sais que plusieurs ont donné d'autres origines aux sociétés politiques, comme les conquêtes du plus puissant[1] ou l'union des faibles[2], et le choix entre ces causes est indifférent à ce que je veux établir : cependant celle que je viens d'exposer me paraît la plus naturelle par les raisons suivantes : 1. Que dans le premier cas, le droit de conquête n'étant point un droit n'en a pu fonder aucun autre, le conquérant et les peuples conquis restant toujours entre eux dans l'état de guerre, à moins que la nation remise en pleine liberté ne choisisse volontairement son vainqueur pour son chef. Jusque-là, quelques capitulations qu'on ait faites, comme elles n'ont été fondées que sur la violence, et que par conséquent elles sont nulles par le fait même, il ne peut y avoir dans cette hypothèse ni véritable société, ni corps politique, ni d'autre loi que celle du plus fort. 2. Que ces mots de *fort* et de *faible* sont équivoques dans le second cas ; que dans l'intervalle qui se trouve entre l'établissement du droit de propriété ou de premier occupant, et celui des gouvernements politiques, le sens de ces termes est mieux rendu par ceux de *pauvre* et de *riche,* parce qu'en effet un homme n'avait

1. Grotius et Pufendorf. **Voir concepts clés** : le contrat, fondement légitime, p. 147.

2 Cette explication par l'« union des faibles » est celle de d'Alembert.

point avant les lois d'autre moyen d'assujettir ses égaux qu'en attaquant leur bien, ou leur faisant quelque part du sien. 3. Que les pauvres n'ayant rien à perdre que leur liberté, c'eût été une grande folie à eux de s'ôter volontairement le seul bien qui leur restait pour ne rien gagner en échange ; qu'au contraire les riches étant, pour ainsi dire, sensibles dans toutes les parties de leurs biens, il était beaucoup plus aisé de leur faire du mal, qu'ils avaient par conséquent plus de précautions à prendre pour s'en garantir et qu'enfin il est raisonnable de croire qu'une chose a été inventée par ceux à qui elle est utile plutôt que par ceux à qui elle fait du tort.

Le gouvernement naissant n'eut point une forme constante et régulière. Le défaut de philosophie et d'expérience ne laissait apercevoir que les inconvénients présents, et l'on ne songeait à remédier aux autres qu'à mesure qu'ils se présentaient. Malgré tous les travaux des plus sages législateurs, l'état politique demeura toujours imparfait, parce qu'il était presque l'ouvrage du hasard, et que, mal commencé, le temps en découvrant les défauts et suggérant des remèdes, ne put jamais réparer les vices de la constitution. On raccommodait sans cesse, au lieu qu'il eût fallu commencer par nettoyer l'aire et écarter tous les vieux matériaux, comme fit Lycurgue à Sparte, pour élever ensuite un bon édifice[1]. La société ne consista d'abord qu'en quelques conventions générales que tous les particuliers s'engageaient à observer et dont la communauté se rendait garante envers chacun d'eux[2].

Il fallut que l'expérience montrât combien une pareille constitution était faible, et combien il était facile aux infracteurs d'éviter la conviction ou le châtiment des fautes dont le public seul devait être le témoin et le juge ; il fallut que la loi fût éludée de mille manières ; il fallut que les inconvénients et les désordres se multipliassent continuellement, pour qu'on songeât enfin à confier à des particuliers le dangereux dépôt de l'autorité publique et qu'on commît à des magistrats le soin de faire observer les délibérations du peuple : car de dire que les chefs furent choisis avant que la confédération fût faite et que les ministres des lois existèrent avant les lois mêmes, c'est une supposition qu'il n'est pas permis de combattre sérieusement[3].

Il ne serait pas plus raisonnable de croire que les peuples se sont d'abord jetés entre les bras d'un maître

1. Cette méthode radicale et la référence à Lycurgue se retrouvent chez Descartes (*Discours de la méthode*, 2e partie).

2. Rousseau établit une distinction chronologique entre le pacte d'association, qui donne naissance aux sociétés civiles, et le pacte de gouvernement, qui donne la règle de fonctionnement, de ces sociétés. Il montre que le pacte d'association est en lui-même insuffisant : les lois y sont faciles à « éluder » car aucune contrainte ne les fait respecter.

3. Cette « supposition » est celle de Bossuet (*Politique tirée des propres paroles de l'Écriture sainte*, 1, I, art. III et IV). Elle va à l'encontre de toute la démonstration antérieure du *Discours*.

absolu, sans conditions et sans retour, et que le premier moyen de pourvoir à la sûreté commune qu'aient imaginé des hommes fiers et indomptés a été de se précipiter dans l'esclavage[1]. En effet, pourquoi se sont-ils donné des supérieurs, si ce n'est pour les défendre contre l'oppression, et protéger leurs biens, leurs libertés, et leurs vies, qui sont, pour ainsi dire, les éléments constitutifs de leur être ? Or, dans les relations d'homme à homme, le pis qui puisse arriver à l'un étant de se voir à la discrétion de l'autre, n'eût-il pas été contre le bon sens de commencer par se dépouiller entre les mains d'un chef des seules choses pour la conservation desquelles ils avaient besoin de son secours ? Quel équivalent eût-il pu leur offrir pour la concession d'un si beau droit ; et, s'il eût osé l'exiger sous le prétexte de les défendre, n'eût-il pas aussitôt reçu la réponse de l'apologue : Que nous fera de plus l'ennemi ? Il est donc incontestable, et c'est la maxime fondamentale de tout le droit politique, que les peuples se sont donné des chefs pour défendre leur liberté et non pour les asservir. *Si nous avons un prince,* disait Pline à Trajan, *c'est afin qu'il nous préserve d'avoir un maître*[2].

Les politiques font sur l'amour de la liberté les mêmes sophismes que les philosophes ont faits sur l'état de nature ; par les choses qu'ils voient ils jugent des choses très différentes qu'ils n'ont pas vues et ils attribuent aux hommes un penchant naturel à la servitude par la patience avec laquelle ceux qu'ils ont sous les yeux supportent la leur, sans songer qu'il en est de la liberté comme de l'innocence et de la vertu, dont on ne sent le prix qu'autant qu'on en jouit soi-même et dont le goût se perd sitôt qu'on les a perdues[3]. Je connais les délices de ton pays, disait Brasidas[4] à un satrape qui comparait la vie de Sparte à celle de Persépolis, mais tu ne peux connaître les plaisirs du mien.

Comme un coursier indompté hérisse ses crins, frappe la terre du pied et se débat impétueusement à la seule approche du mors, tandis qu'un cheval dressé souffre patiemment la verge et l'éperon, l'homme barbare ne plie point sa tête au joug que l'homme civilisé porte sans murmure, et il préfère la plus orageuse liberté à un assujettissement tranquille. Ce n'est donc pas par l'avilissement des peuples asservis qu'il faut juger des dispositions naturelles de l'homme pour ou contre la servitude, mais par les prodiges qu'ont faits tous les peuples

1. Critique de la théorie de Hobbes. **Voir concepts clés** : la liberté, p. 140.

2. Pline, *Panégyrique de Trajan*, LV, 7.

3. Voir Dédicace, p. 35.

4. Général spartiate du ve siècle avant J.-C.

libres pour se garantir de l'oppression. Je sais que les premiers ne font que vanter sans cesse la paix et le repos dont ils jouissent dans leurs fers, et que *miserrimam servitutem pacem appellant*[1], mais quand je vois les autres sacrifier les plaisirs, le repos, la richesse, la puissance et la vie même à la conservation de ce seul bien si dédaigné de ceux qui l'ont perdu ; quand je vois des animaux nés libres et abhorrant la captivité se briser la tête contre les barreaux de leur prison, quand je vois des multitudes de sauvages tout nus mépriser les voluptés européennes et braver la faim, le feu, le fer et la mort pour ne conserver que leur indépendance, je sens que ce n'est pas à des esclaves qu'il appartient de raisonner de liberté.

Quant à l'autorité paternelle dont plusieurs[2] ont fait dériver le gouvernement absolu et toute la société, sans recourir aux preuves contraires de Locke et de Sidney[3], il suffit de remarquer que rien au monde n'est plus éloigné de l'esprit féroce du despotisme que la douceur de cette autorité qui regarde plus à l'avantage de celui qui obéit qu'à l'utilité de celui qui commande, que par la loi de nature le père n'est le maître de l'enfant qu'aussi longtemps que son secours lui est nécessaire, qu'au-delà de ce terme ils deviennent égaux et qu'alors le fils, parfaitement indépendant du père, ne lui doit que du respect, et non de l'obéissance ; car la reconnaissance est bien un devoir qu'il faut rendre, mais non pas un droit qu'on puisse exiger. Au lieu de dire que la société civile dérive du pouvoir paternel, il fallait dire au contraire que c'est d'elle que ce pouvoir tire sa principale force : un individu ne fut reconnu pour le père de plusieurs que quand ils restèrent assemblés autour de lui. Les biens du père, dont il est véritablement le maître, sont les liens qui retiennent ses enfants dans sa dépendance, et il peut ne leur donner part à sa succession qu'à proportion qu'ils auront bien mérité de lui par une continuelle déférence à ses volontés. Or, loin que les sujets aient quelque faveur semblable à attendre de leur despote, comme ils lui appartiennent en propre, eux et tout ce qu'ils possèdent, ou du moins qu'il le prétend ainsi, ils sont réduits à recevoir comme une faveur ce qu'il leur laisse de leur propre bien ; il fait justice quand il les dépouille ; il fait grâce quand il les laisse vivre.

En continuant d'examiner ainsi les faits par le droit[4], on ne trouverait pas plus de solidité que de vérité

1 « La servitude la plus misérable, ils l'appellent paix » (Tacite, *Histoires*, IV, 17).

2. En particulier Filmer (*Patriarchia, ou le Pouvoir naturel des rois*, 1680), Bossuet (*Politique tirée des propres paroles de l'Écriture sainte*, 1703), Ramsay (*Essai philosophique sur le gouvernement civil*, 1719). Pour ces auteurs, le pouvoir royal dérive du pouvoir paternel, il est donc fondé en nature et garde les caractères de l'autorité du père sur ses enfants.

3. Locke réfute Filmer dans son premier *Traité du gouvernement civil* (1690). Sidney a été exécuté en 1683 pour ses opinions républicaines ; il réfutait le royaliste Filmer dans ses *Discours sur le gouvernement* (1698). Pour Rousseau, la famille « naturelle » n'est qu'une union temporaire ; si la famille humaine est stable, c'est qu'elle est une institution. Sur la critique de l'autorité paternelle, voir aussi *Contrat social*, 1, I, chap. II.

4. **Voir problématiques essentielles** : La méthode utilisée par Rousseau, p. 14.

dans l'établissement volontaire de la tyrannie, et il serait difficile de montrer la validité d'un contrat qui n'obligerait qu'une des parties, où l'on mettrait tout d'un côté et rien de l'autre et qui ne tournerait qu'au préjudice de celui qui s'engage[1]. Ce système odieux est bien éloigné d'être même aujourd'hui celui des sages et bons monarques, et surtout des rois de France, comme on peut le voir en divers endroits de leurs édits et en particulier dans le passage suivant d'un écrit célèbre, publié en 1667, au nom et par les ordres de Louis XIV[2] : *Qu'on ne dise donc point que le souverain ne soit pas sujet aux lois de son État, puisque la proposition contraire est une vérité du droit des gens que la flatterie a quelquefois attaquée, mais que les bons princes ont toujours défendue comme une divinité tutélaire de leurs États. Combien est-il plus légitime de dire avec le sage Platon que la parfaite félicité d'un royaume est qu'un prince soit obéi de ses sujets, que le prince obéisse à la loi, et que la loi soit droite et toujours dirigée au bien public.* Je ne m'arrêterai point à rechercher si, la liberté étant la plus noble des facultés de l'homme[3], ce n'est pas dégrader sa nature, se mettre au niveau des bêtes esclaves de l'instinct, offenser même l'auteur de son être, que de renoncer sans réserve au plus précieux de tous ses dons, que de se soumettre à commettre tous les crimes qu'il nous défend, pour complaire à un maître féroce ou insensé, et si cet ouvrier sublime doit être plus irrité de voir détruire que déshonorer son plus bel ouvrage*. Je demanderai seulement de quel droit ceux qui n'ont pas craint de s'avilir eux-mêmes jusqu'à ce point ont pu soumettre leur postérité à la même ignominie, et renoncer pour elle à des biens qu'elle ne tient point de leur libéralité, et sans lesquels la vie même est onéreuse à tous ceux qui en sont dignes ?

Pufendorf dit que, tout de même qu'on transfère son bien à autrui par des conventions et des contrats, on peut aussi se dépouiller de sa liberté en faveur de quelqu'un[4]. C'est là, ce me semble, un fort mauvais raisonnement ; car premièrement le bien que j'aliène me devient une chose tout à fait étrangère, et dont l'abus m'est indif-

1. Critique de Hobbes. **Voir concepts clés** : le contrat, fondement légitime, p. 147.

2. *Traité des droits de la reine très chrétienne sur divers États de la monarchie d'Espagne* (1667). Texte cité par Barbeyrac, qui montre ainsi contre Hobbes que le roi lui-même doit respecter les lois fondamentales de l'État.

3. Voir **concepts clés :** la liberté, p. 140.

4. Grotius et Pufendorf admettent qu'un homme peut renoncer volontairement à sa liberté pour assurer sa subsistance. L'analogie entre le pacte qui institue l'esclavage et celui qui donne naissance à la monarchie leur permet d'établir la légitimité du pouvoir absolu. Pour Rousseau, aucun homme n'a le droit d'aliéner sa liberté par une convention.

* Je négligerai, si l'on veut, l'autorité de Barbeyrac, qui déclare nettement d'après Locke, que nul ne peut vendre sa liberté jusqu'à se soumettre à une puissance arbitraire qui le traite à sa fantaisie : *car,* ajoute-t-il, *ce serait vendre sa propre vie, dont on n'est pas le maître.* Barbeyrac (note 2 du livre VII, ch. VIII, § 6, du *Droit de la nature et des gens* de Pudendorf) renvoie à Locke, *Essai sur le gouvernement civil,* IV, § 23.

férent, mais il m'importe qu'on n'abuse point de ma liberté, et je ne puis sans me rendre coupable du mal qu'on me forcera de faire, m'exposer à devenir l'instrument du crime. De plus, le droit de propriété n'étant que de convention et d'institution humaine, tout homme peut à son gré disposer de ce qu'il possède : mais il n'en est pas de même des dons essentiels de la nature, tels que la vie et la liberté, dont il est permis à chacun de jouir et dont il est moins douteux qu'on ait droit de se dépouiller. En s'ôtant l'une on dégrade son être ; en s'ôtant l'autre on l'anéantit autant qu'il est en soi ; et comme nul bien temporel ne peut dédommager de l'une et de l'autre, ce serait offenser à la fois la nature et la raison que d'y renoncer à quelque prix que ce fût. Mais quand on pourrait aliéner sa liberté comme ses biens, la différence serait très grande pour les enfants qui ne jouissent des biens du père que par transmission de son droit, au lieu que, la liberté étant un don qu'ils tiennent de la nature en qualité d'hommes, leurs parents n'ont eu aucun droit de les en dépouiller, de sorte que comme pour établir l'esclavage, il a fallu faire violence à la nature, il a fallu la changer pour perpétuer ce droit, et les jurisconsultes qui ont gravement prononcé que l'enfant d'une esclave naîtrait esclave ont décidé en d'autres termes qu'un homme ne naîtrait pas homme[1].

Il me paraît donc certain que non seulement les gouvernements n'ont point commencé par le pouvoir arbitraire, qui n'en est que la corruption, le terme extrême, et qui les ramène enfin à la seule loi du plus fort dont ils furent d'abord le remède, mais encore que, quand même ils auraient ainsi commencé, ce pouvoir, étant par sa nature illégitime, n'a pu servir de fondement aux droits de la société, ni par conséquent à l'inégalité d'institution.

Sans entrer aujourd'hui dans les recherches qui sont encore à faire sur la nature du pacte fondamental de tout gouvernement[2], je me borne en suivant l'opinion commune à considérer ici l'établissement du corps politique comme un vrai contrat entre le peuple et les chefs qu'il se choisit, contrat par lequel les deux parties s'obligent à l'observation des lois qui y sont stipulées et qui forment les liens de leur union[3]. Le peuple ayant, au sujet des relations sociales, réuni toutes ses volontés en une seule, tous les articles sur lesquels cette volonté s'explique

1. Critique des juristes romains pour qui la liberté était un droit du citoyen et non de l'homme.

2. Rousseau réserve son jugement définitif pour l'ouvrage qu'il projette sur les *Institutions politiques* (voir *Confessions*, livre IX, *Œuvres complètes*, t. I, p. 404).

3. **Voir concepts clés** : le contrat, fondement légitime, p. 147. Et **voir documents** : texte de Rousseau, extrait du *Contrat social*, p. 179.

deviennent autant de lois fondamentales qui obligent tous les membres de l'État sans exception, et l'une desquelles règle le choix et le pouvoir des magistrats chargés de veiller à l'exécution des autres. Ce pouvoir s'étend à tout ce qui peut maintenir la constitution, sans aller jusqu'à la changer. On y joint des honneurs qui rendent respectables les lois et leurs ministres, et pour ceux-ci personnellement des prérogatives qui les dédommagent des pénibles travaux que coûte une bonne administration. Le magistrat, de son côté, s'oblige à n'user du pouvoir qui lui est confié que selon l'intention des commettants, à maintenir chacun dans la paisible jouissance de ce qui lui appartient et à préférer en toute occasion l'utilité publique à son propre intérêt.

Avant que l'expérience eût montré, ou que la connaissance du cœur humain eût fait prévoir les abus inévitables d'une telle constitution, elle dut paraître d'autant meilleure que ceux qui étaient chargés de veiller à sa conservation y étaient eux-mêmes le plus intéressés ; car la magistrature et ses droits n'étant établis que sur les lois fondamentales, aussitôt qu'elles seraient détruites, les magistrats cesseraient d'être légitimes, le peuple ne serait plus tenu de leur obéir, et comme ce n'aurait pas été le magistrat, mais la loi qui aurait constitué l'essence de l'État, chacun rentrerait de droit dans sa liberté naturelle.

Pour peu qu'on y réfléchît attentivement, ceci se confirmerait par de nouvelles raisons et par la nature du contrat on verrait qu'il ne saurait être irrévocable : car s'il n'y avait point de pouvoir supérieur qui pût être garant de la fidélité des contractants, ni les forcer à remplir leurs engagements réciproques, les parties demeureraient seules juges dans leur propre cause et chacune d'elles aurait toujours le droit de renoncer au contrat, sitôt qu'elle trouverait que l'autre en enfreint les conditions ou qu'elles cesseraient de lui convenir. C'est sur ce principe qu'il semble que le droit d'abdiquer peut être fondé. Or, à ne considérer, comme nous faisons, que l'institution humaine, si le magistrat qui a tout le pouvoir en main et qui s'approprie tous les avantages du contrat, avait pourtant le droit de renoncer à l'autorité ; à plus forte raison le peuple, qui paye toutes les fautes des chefs, devrait avoir le droit de renoncer à la dépendance. Mais les dissensions affreuses, les désordres infinis qu'entraînerait nécessairement ce dangereux pouvoir, montrent plus que toute autre chose combien les gouvernements humains avaient besoin d'une base plus solide que la seule raison et combien il était nécessaire au repos public que la volonté divine intervînt pour donner à l'autorité souveraine un caractère sacré et inviolable qui ôtât aux sujets le funeste droit d'en disposer. Quand la religion n'aurait fait que ce bien aux hommes, c'en serait assez pour qu'ils dussent tous la chérir et l'adopter, même avec ses abus puisqu'elle épargne encore plus de sang que le fanatisme n'en fait couler : mais suivons le fil de notre hypothèse.

Les diverses formes des gouvernements tirent leur origine des différences plus ou moins grandes qui se trouvèrent entre les particuliers au moment de l'institution. Un homme était-il éminent en pouvoir, en vertu, en richesses ou en crédit ? il fut seul élu magistrat, et l'État devint monarchique ; si plusieurs à peu près égaux entre eux l'emportaient sur tous les autres, ils furent élus conjointement, et l'on eut une aristocratie. Ceux dont la fortune ou les talents étaient moins disproportionnés et qui s'étaient le moins éloignés de l'état de nature gardèrent en commun l'administration suprême et formèrent une démocratie. Le temps vérifia laquelle de ces formes était la plus avantageuse aux hommes. Les uns restèrent uniquement soumis aux lois, les autres obéirent bientôt à des maîtres. Les citoyens voulurent garder leur liberté, les sujets ne songèrent qu'à l'ôter à leurs voisins, ne pouvant souffrir que d'autres jouissent d'un bien dont ils ne jouissaient plus eux-mêmes. En un mot, d'un côté furent les richesses et les conquêtes, et de l'autre le bonheur et la vertu.

Dans ces divers gouvernements, toutes les magistratures furent d'abord électives, et quand la richesse ne l'emportait pas, la préférence était accordée au mérite qui donne un ascendant naturel et à l'âge qui donne l'expérience dans les affaires et le sang-froid dans les délibérations. Les anciens des Hébreux, les Gérontes de Sparte, le Sénat de Rome, et l'étymologie même de notre mot *Seigneur*[1] montrent combien autrefois la vieillesse était respectée. Plus les élections tombaient sur des hommes avancés en âge, plus elles devenaient fréquentes, et plus leurs embarras se faisaient sentir ; les brigues s'introduisirent, les factions se formèrent, les partis s'aigrirent, les guerres civiles s'allumèrent, enfin le sang des citoyens fut sacrifié au prétendu bonheur de l'État, et l'on fut à la veille de

1. Du latin *senior*, comparatif de *senex* : « vieux ».

retomber dans l'anarchie des temps antérieurs. L'ambition des principaux profita de ces circonstances pour perpétuer leurs charges dans leurs familles : le peuple déjà accoutumé à la dépendance, au repos et aux commodités de la vie, et déjà hors d'état de briser ses fers, consentit à laisser augmenter sa servitude pour affermir sa tranquillité et c'est ainsi que les chefs devenus héréditaires s'accoutumèrent à regarder leur magistrature comme un bien de famille, à se regarder eux-mêmes comme les propriétaires de l'État dont ils n'étaient d'abord que les officiers, à appeler leurs concitoyens leurs esclaves, à les compter comme du bétail au nombre des choses qui leur appartenaient et à s'appeler eux-mêmes égaux aux dieux et rois des rois.

Si nous suivons le progrès de l'inégalité dans ces différentes révolutions, nous trouverons que l'établissement de la loi et du droit de propriété fut son premier terme, l'institution de la magistrature le second, que le troisième et dernier fut le changement du pouvoir légitime en pouvoir arbitraire ; en sorte que l'état de riche et de pauvre fut autorisé par la première époque, celui de puissant et de faible par la seconde, et par la troisième celui de maître et d'esclave, qui est le dernier degré de l'inégalité, et le terme auquel aboutissent enfin tous les autres, jusqu'à ce que de nouvelles révolutions dissolvent tout à fait le gouvernement, ou le rapprochent de l'institution légitime[1].

Pour comprendre la nécessité de ce progrès[2] il faut moins considérer les motifs de l'établissement du corps politique que la forme qu'il prend dans son exécution et les inconvénients qu'il entraîne après lui : car les vices qui rendent nécessaires les institutions sociales sont les mêmes qui en rendent l'abus inévitable ; et comme, excepté la seule Sparte, où la loi veillait principalement à l'éducation des enfants et où Lycurgue établit des mœurs qui le dispensaient presque d'y ajouter des lois, les lois en général moins fortes que les passions contiennent les hommes sans les changer ; il serait aisé de prouver que tout gouvernement qui, sans se corrompre ni s'altérer, marcherait toujours exactement selon la fin de son institution, aurait été institué sans nécessité, et qu'un pays où personne n'éluderait les lois et n'abuserait de la magistrature, n'aurait besoin ni de magistrats ni de lois.

Les distinctions politiques amènent nécessairement les distinctions civiles[3]. L'inégalité, croissant entre le

1. **Voir problématiques essentielles** : L'inégalité, p. 21.

2. **Voir grandes thèses** : Morale et politique sont indissociables, p. 156.

3. **Voir problématiques essentielles** : L'inégalité, p. 21.

peuple et ses chefs, se fait bientôt sentir parmi les particuliers et s'y modifie en mille manières selon les passions, les talents et les occurrences. Le magistrat ne saurait usurper un pouvoir illégitime sans se faire des créatures auxquelles il est forcé d'en céder quelque partie. D'ailleurs, les citoyens ne se laissent opprimer qu'autant qu'entraînés par une aveugle ambition et regardant plus au-dessous qu'au-dessus d'eux, la domination leur devient plus chère que l'indépendance, et qu'ils consentent à porter des fers pour en pouvoir donner à leur tour. Il est très difficile de réduire à l'obéissance celui qui ne cherche point à commander et le politique le plus adroit ne viendrait pas à bout d'assujettir des hommes qui ne voudraient qu'être libres ; mais l'inégalité s'étend sans peine parmi des âmes ambitieuses et lâches, toujours prêtes à courir les risques de la fortune et à dominer ou servir presque indifféremment selon qu'elle leur devient favorable ou contraire. C'est ainsi qu'il dut venir un temps où les yeux du peuple furent fascinés à tel point que ses conducteurs n'avaient qu'à dire au plus petit des hommes : Sois grand, toi et toute ta race, aussitôt il paraissait grand à tout le monde ainsi qu'à ses propres yeux, et ses descendants s'élevaient encore à mesure qu'ils s'éloignaient de lui ; plus la cause était reculée et incertaine, plus l'effet augmentait ; plus on pouvait compter de fainéants dans une famille, et plus elle devenait illustre[1].

Si c'était ici le lieu d'entrer en des détails, j'expliquerais facilement comment* l'inégalité de crédit et d'autorité devient inévitable entre les particuliers[2] sitôt que réunis en une même société ils sont forcés de se comparer entre eux et de tenir compte des différences qu'ils trouvent dans l'usage continuel qu'ils ont à faire les uns des autres. Ces différences sont de plusieurs espèces, mais en général la richesse, la noblesse ou le rang, la puissance et le mérite personnel, étant les distinctions principales par lesquelles on se mesure dans la société, je prouverais que l'accord ou le conflit de ces forces diverses est l'indication la plus sûre d'un État bien ou mal constitué. Je ferais voir qu'entre ces quatre sortes d'inégalité, les qualités personnelles étant l'origine de toutes les autres, la richesse est la dernière à laquelle elles se réduisent à la

1. Attaque contre la noblesse de l'époque.

2. Voir note *s* de Rousseau, p. 137. Critique de la justice distributive et défense d'une certaine inégalité en proportion avec l'inégalité naturelle.

* Sans même que le gouvernement s'en mêle (édition 1782).

fin, parce qu'étant la plus immédiatement utile au bien-être et la plus facile à communiquer, on s'en sert aisément pour acheter tout le reste[1]. Observation qui peut faire juger assez exactement de la mesure dont chaque peuple s'est éloigné de son institution primitive, et du chemin qu'il a fait vers le terme extrême de la corruption. Je remarquerais combien ce désir universel de réputation, d'honneurs et de préférences, qui nous dévore tous, exerce et compare les talents et les forces, combien il excite et multiplie les passions, et combien, rendant tous les hommes concurrents, rivaux ou plutôt ennemis, il cause tous les jours de revers, de succès et de catastrophes de toute espèce en faisant courir la même lice à tant de prétendants. Je montrerais que c'est à cette ardeur de faire parler de soi, à cette fureur de se distinguer qui nous tient presque toujours hors de nous-mêmes, que nous devons ce qu'il y a de meilleur et de pire parmi les hommes, nos vertus et nos vices, nos sciences et nos erreurs, nos conquérants et nos philosophes, c'est-à-dire une multitude de mauvaises choses sur un petit nombre de bonnes. Je prouverais enfin que si l'on voit une poignée de puissants et de riches au faîte des grandeurs et de la fortune, tandis que la foule rampe dans l'obscurité et dans la misère, c'est que les premiers n'estiment les choses dont ils jouissent qu'autant que les autres en sont privés, et que, sans changer d'état, ils cesseraient d'être heureux, si le peuple cessait d'être misérable[2].

Mais ces détails seraient seuls la matière d'un ouvrage considérable dans lequel on pèserait les avantages et les inconvénients de tout gouvernement, relativement aux droits de l'état de nature, et où l'on dévoilerait toutes les faces différentes sous lesquelles l'inégalité s'est montrée jusqu'à ce jour et pourra se montrer dans les siècles* selon la nature de ces gouvernements et les révolutions que le temps y amènera nécessairement. On verrait la multitude opprimée au-dedans par une suite des précautions mêmes qu'elle avait prises contre ce qui la menaçait au-dehors. On verrait l'oppression s'accroître continuellement sans que les opprimés pussent jamais savoir quel terme elle aurait, ni quels moyens légitimes il leur resterait pour l'arrêter. On verrait les droits des

1. Dans l'article *Économie politique* (*Œuvres complètes*, t. III, p. 258-259), Rousseau s'indigne que « la considération se compte avec les pistoles » et que « les vertus mêmes se vendent à prix d'argent ».

2. **Voir grandes thèses** : L'opposition entre être et paraître, p. 154.

* Futurs (édition 1782).

citoyens et les libertés nationales s'éteindre peu à peu, et les réclamations des faibles traitées de murmures séditieux. On verrait la politique restreindre à une portion mercenaire du peuple l'honneur de défendre la cause commune : on verrait de là sortir la nécessité des impôts, le cultivateur découragé quitter son champ même durant la paix et laisser la charrue pour ceindre l'épée. On verrait naître les règles funestes et bizarres du point d'honneur. On verrait les défenseurs de la patrie en devenir tôt ou tard les ennemis, tenir sans cesse le poignard levé sur leurs concitoyens, et il viendrait un temps où l'on les entendrait dire à l'oppresseur de leur pays :

Pectore si fratris gladium juguloque parentis
Condere me jubeas, gravidæ que in viscera partu
Conjugis, invitâ peragam tamen omnia dextrâ [1].

De l'extrême inégalité des conditions et des fortunes, de la diversité des passions et des talents, des arts inutiles, des arts pernicieux, des sciences frivoles sortiraient des foules de préjugés, également contraires à la raison, au bonheur et à la vertu. On verrait fomenter par les chefs tout ce qui peut affaiblir des hommes rassemblés en les désunissant ; tout ce qui peut donner à la société un air de concorde apparente et y semer un germe de division réelle ; tout ce qui peut inspirer aux différents ordres une défiance et une haine mutuelle par l'opposition de leurs droits et de leurs intérêts, et fortifier par conséquent le pouvoir qui les contient tous.

C'est du sein de ce désordre et de ces révolutions que le despotisme, élevant par degrés sa tête hideuse et dévorant tout ce qu'il aurait aperçu de bon et de sain dans toutes les parties de l'État, parviendrait enfin à fouler aux pieds les lois et le peuple, et à s'établir sur les ruines de la république. Les temps qui précéderaient ce dernier changement seraient des temps de troubles et de calamités, mais à la fin tout serait englouti par le monstre et les peuples n'auraient plus de chefs ni de lois, mais seulement des tyrans. Dès cet instant aussi il cesserait d'être question de mœurs et de vertu ; car partout où règne le despotisme, *cui ex honesto nulla est spes* [2], il ne souffre aucun autre maître ; sitôt qu'il parle, il n'y a ni probité ni devoir à consulter, et la plus aveugle obéissance est la seule vertu qui reste aux esclaves.

C'est ici le dernier terme de l'inégalité, et le point extrême qui ferme le cercle et touche au point d'où

1. « Si tu m'ordonnes d'enfoncer un glaive dans la poitrine de mon frère et dans la gorge de mon père, ou dans les entrailles de mon épouse enceinte, mon bras y répugnera, pourtant il accomplira tout » (Lucain, *Pharsale*, I, 376).

2. « Qui n'a rien à espérer de l'honneur. »

nous sommes partis[1]. C'est ici que tous les particuliers redeviennent égaux parce qu'ils ne sont rien, et que les sujets n'ayant plus d'autre loi que la volonté du maître, ni le maître d'autre règle que ses passions, les notions du bien et les principes de la justice s'évanouissent derechef. C'est ici que tout se ramène à la seule loi du plus fort et par conséquent à un nouvel état de nature différent de celui par lequel nous avons commencé, en ce que l'un était l'état de nature dans sa pureté, et que ce dernier est le fruit d'un excès de corruption. Il y a si peu de différence d'ailleurs entre ces deux états et le contrat de gouvernement est tellement dissous par le despotisme que le despote n'est le maître qu'aussi longtemps qu'il est le plus fort et que, sitôt qu'on peut l'expulser, il n'a point à réclamer contre la violence. L'émeute qui finit par étrangler ou détrôner un sultan est un acte aussi juridique que ceux par lesquels il disposait la veille des vies et des biens de ses sujets. La seule force le maintenait, la seule force le renverse ; toutes choses se passent ainsi selon l'ordre naturel, et quel que puisse être l'événement de ces courtes et fréquentes révolutions, nul ne peut se plaindre de l'injustice d'autrui, mais seulement de sa propre imprudence, ou de son malheur.

En découvrant et suivant ainsi les routes oubliées et perdues qui de l'état naturel ont dû mener l'homme à l'état civil, en rétablissant, avec les positions intermédiaires que je viens de marquer, celles que le temps qui me presse m'a fait supprimer, ou que l'imagination ne m'a point suggérées, tout lecteur attentif ne pourra qu'être frappé de l'espace immense qui sépare ces deux états[2]. C'est dans cette lente succession des choses qu'il verra la solution d'une infinité de problèmes de morale et de politique que les philosophes ne peuvent résoudre. Il sentira que le genre humain d'un âge n'étant pas le genre humain d'un autre âge, la raison pour quoi Diogène ne trouvait point d'homme, c'est qu'il cherchait parmi ses contemporains l'homme d'un temps qui n'était plus : Caton, dira-t-il, périt avec Rome et la liberté, parce qu'il fut déplacé dans son siècle, et le plus grand des hommes ne fit qu'étonner le monde qu'il eût gouverné cinq cents ans plus tôt. En un mot, il expliquera comment l'âme et les passions humaines, s'altérant insensiblement, changent pour ainsi dire de nature ; pourquoi nos besoins et nos plaisirs changent d'objets à la longue ; pourquoi,

1. Ce texte est commenté dans le **dossier, voir commentaire d'extraits**, p. 169.

2. Conclusion du *Discours* : comparaison de l'homme naturel et de l'homme social.

l'homme originel s'évanouissant par degrés, la société n'offre plus aux yeux du sage qu'un assemblage d'hommes artificiels et de passions factices qui sont l'ouvrage de toutes ces nouvelles relations et n'ont aucun vrai fondement dans la nature. Ce que la réflexion nous apprend là-dessus, l'observation le confirme parfaitement : l'homme sauvage et l'homme policé diffèrent tellement par le fond du cœur et des inclinations que ce qui fait le bonheur suprême de l'un réduirait l'autre au désespoir. Le premier ne respire que le repos et la liberté, il ne veut que vivre et reter oisif, et l'ataraxie[1] même du stoïcien n'approche pas de sa profonde indifférence pour tout autre objet. Au contraire, le citoyen toujours actif sue, s'agite, se tourmente sans cesse pour chercher des occupations encore plus laborieuses : il travaille jusqu'à la mort, il y court même pour se mettre en état de vivre, ou renonce à la vie pour acquérir l'immortalité. Il fait sa cour aux grands qu'il hait et aux riches qu'il méprise ; il n'épargne rien pour obtenir l'honneur de les servir ; il se vante orgueilleusement de sa bassesse et de leur protection et, fier de son esclavage, il parle avec dédain de ceux qui n'ont pas l'honneur de le partager. Quel spectacle pour un Caraïbe que les travaux pénibles et enviés d'un ministre européen ! Combien de morts cruelles ne préférerait pas cet indolent sauvage à l'horreur d'une pareille vie qui souvent n'est pas même adoucie par le plaisir de bien faire ? Mais pour voir le but de tant de soins, il faudrait que ces mots, *puissance et réputation*, eussent un sens dans son esprit, qu'il apprît qu'il y a une sorte d'hommes qui comptent pour quelque chose les regards du reste de l'univers, qui savent être heureux et contents d'eux-mêmes sur le témoignage d'autrui plutôt que sur le leur propre. Telle est, en effet, la véritable cause de toutes ces différences : le sauvage vit en lui-même ; l'homme sociable toujours hors de lui ne sait vivre que dans l'opinion des autres, et c'est, pour ainsi dire, de leur seul jugement qu'il tire le sentiment de sa propre existence. Il n'est pas de mon sujet de montrer comment d'une telle disposition naît tant d'indifférence pour le bien et le mal, avec de si beaux discours de morale ; comment, tout se réduisant aux apparences, tout devient factice et joué ; honneur, amitié, vertu, et souvent jusqu'aux vices mêmes, dont on trouve enfin le secret de se glorifier ; comment, en un mot, demandant toujours aux autres ce que nous

1. L'ataraxie est littéralement un état d'« absence de troubles » que le sage stoïcien acquiert par un détachement à l'égard des passions.

sommes et n'osant jamais nous interroger là-dessus nous-mêmes, au milieu de tant de philosophie, d'humanité, de politesse et de maximes sublimes, nous n'avons qu'un extérieur trompeur et frivole, de l'honneur sans vertu, de la raison sans sagesse, et du plaisir sans bonheur. Il me suffit d'avoir prouvé que ce n'est point là l'état originel de l'homme et que c'est le seul esprit de la société et l'inégalité qu'elle engendre qui changent et altèrent ainsi toutes nos inclinations naturelles[1].

J'ai tâché d'exposer l'origine et le progrès de l'inégalité, l'établissement et l'abus des sociétés politiques, autant que ces choses peuvent se déduire de la nature de l'homme par les seules lumières de la raison, et indépendamment des dogmes sacrés qui donnent à l'autorité souveraine la sanction du droit divin. Il suit de cet exposé que l'inégalité, étant presque nulle dans l'état de nature, tire sa force et son accroissement du développement de nos facultés et des progrès de l'esprit humain et devient enfin stable et légitime par l'établissement de la propriété et des lois. Il suit encore que l'inégalité morale, autorisée par le seul droit positif, est contraire au droit naturel, toutes les fois qu'elle ne concourt pas en même proportion avec l'inégalité physique[2] ; distinction qui détermine suffisamment ce qu'on doit penser à cet égard de la sorte d'inégalité qui règne parmi tous les peuples policés ; puisqu'il est manifestement contre la loi de nature, de quelque manière qu'on la définisse, qu'un enfant commande à un vieillard, qu'un imbécile conduise un homme sage et qu'une poignée de gens regorge de superfluités, tandis que la multitude affamée manque du nécessaire[3].

1. **Voir grandes thèses** : L'opposition entre être et paraître, p. 154.

2. **Voir probématiques essentielles** : L'inégalité, p. 21.

3. Conclusion très violente, inspirée de Montaigne.

NOTES DE ROUSSEAU

a - Hérodote raconte qu'après le meurtre du faux Smerdis, les sept libérateurs de la Perse s'étant assemblés pour délibérer sur la forme de gouvernement qu'ils donneraient à l'État, Otanès opina fortement pour la république ; avis d'autant plus extraordinaire dans la bouche d'un satrape qu'outre la prétention qu'il pouvait avoir à l'empire, les Grands craignent plus que la mort une sorte de gouvernement qui les force à respecter les hommes. Otanès, comme on peut bien croire, ne fut point écouté et, voyant qu'on allait procéder à l'élection d'un monarque, lui qui ne voulait ni obéir ni commander, céda volontairement aux autres concurrents son droit à la couronne, demandant pour tout dédommagement d'être libre et indépendant, lui et sa postérité, ce qui lui fut accordé. Quand Hérodote ne nous apprendrait pas la restriction qui fut mise à ce privilège, il faudrait nécessairement la supposer ; autrement Otanès, ne reconnaissant aucune sorte de loi et n'ayant de compte à rendre à personne, aurait été tout-puissant dans l'État et plus puissant que le roi même. Mais il n'y avait guère d'apparence qu'un homme capable de se contenter en pareil cas d'un tel privilège fût capable d'en abuser. En effet, on ne voit pas que ce droit ait jamais causé le moindre trouble dans le royaume, ni par le sage Otanès, ni par aucun de ses descendants.

b - Dès mon premier pas je m'appuie avec confiance sur une de ces autorités respectables pour les philosophes, parce qu'elles viennent d'une raison solide et sublime qu'eux seuls savent trouver et sentir[1].

« Quelque intérêt que nous ayons à nous connaître nous-mêmes, je ne sais si nous ne connaissons pas mieux tout ce qui n'est pas nous. Pourvus par la nature d'organes uniquement destinés à notre conservation, nous ne les employons qu'à recevoir les impressions étrangères, nous ne cherchons qu'à nous répandre au-dehors, et à exister hors de nous ; trop occupés à multiplier les fonctions de nos sens et à augmenter l'étendue extérieure de notre être, rarement faisons-nous usage de ce sens intérieur qui nous réduit à nos vraies dimensions et qui sépare de nous tout ce qui n'en est pas. C'est cependant de ce sens dont il faut nous servir, si nous voulons nous connaître ; c'est le seul par lequel nous puissions nous juger. Mais comment donner à ce sens son activité et toute son étendue ? Comment dégager notre âme, dans laquelle il réside de toutes les illusions de notre esprit ? Nous avons perdu l'habitude de l'employer, elle est demeurée sans exercice au milieu du tumulte de nos sensations corporelles, elle s'est desséchée par le feu de nos passions ; le cœur, l'esprit, le sens, tout a travaillé contre elle. » *Hist. nat.*, t. 4., p. 151, *De la nat. de l'homme.*

1. Il s'agit de Buffon.

c - Les changements qu'un long usage de marcher sur deux pieds a pu produire dans la conformation de l'homme, les rapports qu'on observe encore entre ses bras et les jambes antérieures des quadrupèdes et l'induction tirée de leur manière de marcher ont pu faire naître des doutes sur celle qui devait nous être la plus naturelle. Tous les enfants commencent par marcher à quatre pieds et ont besoin de notre exemple et de nos leçons pour apprendre à se tenir debout. Il y a même des nations sauvages, telles que les Hottentots qui, négligeant beaucoup les enfants, les laissent marcher sur les mains si longtemps qu'ils ont ensuite bien de la peine à les redresser ; autant en font les enfants des Caraïbes des Antilles. Il y a divers exemples d'hommes quadrupèdes et je pourrais entre autres citer celui de cet enfant qui fut trouvé, en 1344, auprès de Hesse où il avait été nourri par des loups et qui disait depuis à la cour du prince Henri que, s'il n'eût tenu qu'à lui, il eût mieux aimé retourner avec eux que de vivre parmi les hommes. Il avait tellement pris l'habitude de marcher comme ces animaux qu'il fallut lui attacher des pièces de bois qui le forçaient à se tenir debout et en équilibre sur ses deux pieds. Il en était de même de l'enfant qu'on trouva en 1694 dans les forêts de Lituanie et qui vivait parmi les ours. Il ne donnait, dit M. de Condillac[1], aucune marque de raison, marchait sur ses pieds et sur ses mains, n'avait aucun langage et formait des sons qui ne ressemblaient en rien à ceux d'un homme. Le petit sauvage d'Hanovre qu'on mena il y a plusieurs années à la cour d'Angleterre, avait toutes les peines du monde à s'assujettir à marcher sur deux pieds et l'on trouva en 1719 deux autres sauvages dans les Pyrénées, qui couraient par les montagnes à la manière des quadrupèdes. Quant à ce qu'on pourrait objecter que c'est se priver de l'usage des mains dont nous tirons tant d'avantages, outre que l'exemple des singes montre que la main peut fort bien être employée des deux manières, cela prouverait seulement que l'homme peut donner à ses membres une destination plus commode que celle de la nature, et non que la nature a destiné l'homme à marcher autrement qu'elle ne lui enseigne.

Mais il y a, ce me semble, de beaucoup meilleures raisons, à dire pour soutenir que l'homme est un bipède. Premièrement quand on ferait voir qu'il a pu d'abord être conformé autrement que nous le voyons et cependant devenir enfin ce qu'il est, ce n'en serait pas assez pour conclure que cela se soit fait ainsi. Car, après avoir montré la possibilité de ces changements, il faudrait encore, avant que de les admettre, en montrer au moins la vraisemblance. De plus, si les bras de l'homme paraissent avoir pu lui servir de jambes au besoin, c'est la seule observation favorable à ce système, sur un grand nombre d'autres qui lui sont contraires. Les principales sont : que la manière dont la tête de l'homme est attachée à son corps, au lieu de diriger sa vue horizontalement, comme l'ont tous les autres animaux, et comme il

1. *Essai sur l'origine des connaissances humaines*, I, 4, chap. II, § 23.

l'a lui-même en marchant debout, lui eût tenu, marchant à quatre pieds, les yeux directement fichés vers la terre, situation très peu favorable à la conservation de l'individu ; que la queue qui lui manque, et dont il n'a que faire marchant à deux pieds, est utile aux quadrupèdes, et qu'aucun d'eux n'en est privé ; que le sein de la femme, très bien situé pour un bipède qui tient son enfant dans ses bras, l'est si mal pour un quadrupède que nul ne l'a placé de cette manière ; que le train de derrière étant d'une excessive hauteur à proportion des jambes de devant, ce qui fait que marchant à quatre nous nous traînons sur les genoux, le tout eût fait un animal mal proportionné et marchant peu commodément ; que s'il eût posé le pied à plat ainsi que la main, il aurait eu dans la jambe postérieure une articulation de moins que les autres animaux, savoir celle qui joint le canon au tibia, et qu'en ne posant que la pointe du pied, comme il aurait sans doute été contraint de faire, le tarse, sans parler de la pluralité des os qui le composent, paraît trop gros pour tenir lieu de canon et ses articulations avec le métatarse et le tibia trop rapprochées pour donner à la jambe humaine dans cette situation la même flexibilité qu'ont celles des quadrupèdes. L'exemple des enfants étant pris dans un âge où les forces naturelles ne sont point encore développées ni les membres raffermis, ne conclut rien du tout et j'aimerais autant dire que les chiens ne sont pas destinés à marcher, parce qu'ils ne font que ramper quelques semaines après leur naissance. Les faits particuliers ont encore peu de force contre la pratique universelle de tous les hommes, même des nations qui, n'ayant eu aucune communication avec les autres, n'avaient pu rien imiter d'elles. Un enfant abandonné dans une forêt avant que de pouvoir marcher, et nourri par quelque bête, aura suivi l'exemple de sa nourrice en s'exerçant à marcher comme elle ; l'habitude lui aura pu donner des facilités qu'il ne tenait point de la nature ; et comme des manchots parviennent à force d'exercice à faire avec leurs pieds tout ce que nous faisons de nos mains, il sera parvenu enfin à employer ses mains à l'usage des pieds.

d - S'il se trouvait parmi mes lecteurs quelque assez mauvais physicien pour me faire des difficultés sur la supposition de cette fertilité naturelle de la terre, je vais lui répondre par le passage suivant :

« Comme les végétaux tirent pour leur nourriture beaucoup plus de substance de l'air et de l'eau qu'ils n'en tirent de la terre, il arrive qu'en pourrissant ils rendent à la terre plus qu'ils n'en ont tiré ; d'ailleurs une forêt détermine les eaux de la pluie en arrêtant les vapeurs. Ainsi dans un bois que l'on conserverait bien longtemps sans y toucher, la couche de terre qui sert à la végétation augmenterait considérablement ; mais les animaux rendant moins à la terre qu'ils n'en tirent, et les hommes faisant des consommations énormes de bois et de plantes pour le feu et pour d'autres usages, il s'ensuit que la couche de terre végétale d'un pays habité doit toujours diminuer et devenir enfin comme le terrain de l'Arabie Pétrée, et comme celui de tant d'autres provinces de l'Orient, qui est en effet le climat le plus anciennement habité, où l'on ne trouve que du sel et des sables, car le sel fixe des plantes et des animaux reste, tandis que toutes les autres parties se volatilisent. » M. de Buffon, *Hist. nat.*

On peut ajouter à cela la preuve de fait par la quantité d'arbres et de plantes de toute espèce, dont étaient remplies presque toutes les îles désertes qui ont été découvertes dans ces derniers siècles, et par ce que l'Histoire nous apprend des forêts immenses qu'il a fallu abattre par toute la terre à mesure qu'elle s'est peuplée ou policée. Sur quoi je ferai encore les trois remarques suivantes. L'une que s'il y a une sorte de végétaux qui puissent compenser la déperdition de matière végétale qui se fait par les animaux, selon le raisonnement de M. de Buffon, ce sont surtout les bois, dont les têtes et les feuilles rassemblent et s'approprient plus d'eaux et de vapeurs que ne font les autres plantes.

La seconde, que la destruction du sol, c'est-à-dire la perte de la substance propre à la végétation doit s'accélérer à proportion que la terre est plus cultivée et que les habitants plus industrieux consomment en plus grande abondance ses productions de toute espèce. Ma troisième et plus importante remarque est que les fruits des arbres fournissent à l'animal une nourriture plus abondante que ne peuvent faire les autres végétaux, expérience que j'ai faite moi-même, en comparant les produits de deux terrains égaux en grandeur et en qualité, l'un couvert de châtaigniers et l'autre semé de blé.

e - Parmi les quadrupèdes, les deux distinctions les plus universelles des espèces voraces se tirent, l'une de la figure des dents, et l'autre de la conformation des intestins. Les animaux qui ne vivent que de végétaux ont tous les dents plates, comme le cheval, le bœuf, le mouton, le lièvre, mais les voraces les ont pointues comme le chat, le chien, le loup, le renard. Et quant aux intestins, les frugivores en ont quelques-uns, tels que le côlon, qui ne se trouvent pas dans les animaux voraces. Il semble donc que l'homme, ayant les dents et les intestins comme les ont les animaux frugivores, devrait naturellement être rangé dans cette classe[1], et non seulement les observations anatomiques confirment cette opinion : mais les monuments de l'antiquité y sont encore très favorables. « Dicéarque, dit saint Jérôme, rapporte dans ses *Livres des antiquités grecques* que sous le règne de Saturne, où la terre était encore fertile par elle-même, nul homme ne mangeait de chair, mais que tous vivaient des fruits et des légumes qui croissaient naturellement. » (Lib. 2, *Adv. Jovinian.*)*

* Cette opinion se peut encore appuyer sur les relations de plusieurs voyageurs modernes. François Corréal témoigne, entre autres, que la plupart des habitants des Lucayes, que les Espagnols transportèrent aux îles de Cuba, de Saint-Domingue et ailleurs, moururent pour avoir mangé de la chair (édition 1782).

1. Buffon, dont Rousseau s'inspire dans cette note, critiquera par la suite l'usage fait de ses théories. Il modifiera alors ses thèses sur l'alimentation des animaux, et montrera les conséquences néfastes du régime végétarien chez l'homme (« Animaux carnassiers », *Histoire naturelle*, t. VII, 1758, *O.P.*, 375 A).

On peut voir par là que je néglige bien des avantages que je pourrais faire valoir. Car la proie étant presque l'unique sujet de combat entre les animaux carnassiers, et les frugivores vivant entre eux dans une paix continuelle, si l'espèce humaine était de ce dernier genre, il est clair qu'elle aurait eu beaucoup plus de facilité à subsister dans l'état de nature, beaucoup moins de besoin et d'occasions d'en sortir.

f - Toutes les connaissances qui demandent de la réflexion, toutes celles qui ne s'acquièrent que par l'enchaînement des idées et ne se perfectionnent que successivement, semblent être tout à fait hors de la portée de l'homme sauvage, faute de communication avec ses semblables, c'est-à-dire faute de l'instrument qui sert à cette communication et des besoins qui la rendent nécessaire. Son savoir et son industrie se bornent à sauter, courir, se battre, lancer une pierre, escalader un arbre. Mais s'il ne fait que ces choses, en revanche il les fait beaucoup mieux que nous, qui n'en avons pas le même besoin que lui ; et comme elles dépendent uniquement de l'exercice du corps et ne sont susceptibles d'aucune communication ni d'aucun progrès d'un individu à l'autre, le premier homme a pu y être tout aussi habile que ses derniers descendants.

Les relations des voyageurs[1] sont pleines d'exemples de la force et de la vigueur des hommes chez les nations barbares et sauvages ; elles ne vantent guère moins leur adresse et leur légèreté ; et comme il ne faut que des yeux pour observer ces choses, rien n'empêche qu'on n'ajoute foi à ce que certifient là-dessus des témoins oculaires, j'en tire au hasard quelques exemples des premiers livres qui me tombent sous la main.

« Les Hottentots, dit Kolben, entendent mieux la pêche que les Européens du Cap. Leur habileté est égale au filet, à l'hameçon et au dard, dans les anses comme dans les rivières. Ils ne prennent pas moins habilement le poisson avec la main. Ils sont d'une adresse incomparable à la nage. Leur manière de nager a quelque chose de surprenant et qui leur est tout à fait propre. Ils nagent le corps droit et les mains étendues hors de l'eau, de sorte qu'ils paraissent marcher sur la terre. Dans la plus grande agitation de la mer et lorsque les flots forment autant de montagnes, ils dansent en quelque sorte sur le dos des vagues, montant et descendant comme un morceau de liège. »

« Les Hottentots, dit encore le même auteur, sont d'une adresse surprenante à la chasse, et la légèreté de leur course passe l'imagination. » Il s'étonne qu'ils ne fassent pas plus souvent un mauvais usage de leur agilité, ce qui leur arrive pourtant quelquefois, comme on peut juger par l'exemple qu'il en donne : « Un matelot hollandais en débarquant au Cap chargea, dit-il, un Hottentot de le suivre à la ville avec un rouleau de tabac d'environ vingt livres. Lorsqu'ils furent tous deux à quelque distance de la troupe, le Hottentot demanda au matelot s'il savait courir. Cou-

1. Ces relations de voyageurs (Kolben, Du Tertre, Corréal, et surtout l'*Histoire générale des voyages,* publiée sous la direction de l'Abbé Prévost de 1746 à 1770) sont, avec l'*Histoire naturelle* de Buffon, la source principale d'information des Notes de Rousseau.

rir ! répond le Hollandais, oui, fort bien. Voyons, reprit l'Africain, et fuyant avec le tabac il disparut presque aussitôt. Le matelot confondu de cette merveilleuse vitesse ne pensa point à le poursuivre et ne revit jamais ni son tabac ni son porteur. »

« Ils ont la vue si prompte et la main si certaine que les Européens n'en approchent point. À cent pas, ils toucheront d'un coup de pierre une marque de la grandeur d'un demi-sol et ce qu'il y a de plus étonnant, c'est qu'au lieu de fixer comme nous les yeux sur le but, ils font des mouvements et des contorsions continuelles. Il semble que leur pierre soit portée par une main invisible. »

Le P. du Tertre dit à peu près sur les sauvages des Antilles les mêmes choses qu'on vient de lire sur les Hottentots du cap de Bonne-Espérance. Il vante surtout leur justesse à tirer avec leurs flèches les oiseaux au vol et les poissons à la nage, qu'ils prennent ensuite en plongeant. Les sauvages de l'Amérique septentrionale ne sont pas moins célèbres par leur force et leur adresse, et voici un exemple qui pourra faire juger de celles des Indiens de l'Amérique méridionale.

En l'année 1746, un Indien de Buenos Aires, ayant été condamné aux galères à Cadix, proposa au gouverneur de racheter sa liberté en exposant sa vie dans une fête publique. Il promit qu'il attaquerait seul le plus furieux taureau sans autre arme en main qu'une corde, qu'il le terrasserait, qu'il le saisirait avec sa corde par telle partie qu'on indiquerait, qu'il le sellerait, le briderait, le monterait, et combattrait ainsi monté deux autres taureaux des plus furieux qu'on ferait sortir du torillo et qu'il les mettrait tous à mort l'un après l'autre, dans l'instant qu'on le lui commanderait et sans le secours de personne ; ce qui lui fut accordé. L'Indien tint parole et réussit dans tout ce qu'il avait promis ; sur la manière dont il s'y prit et sur tout le détail du combat, on peut consulter le premier tome in-12 des *Observations sur l'Histoire naturelle* de M. Gautier, d'où ce fait est tiré, page 262.

g - « La durée de la vie des chevaux, dit M. de Buffon, est comme dans toutes les autres espèces d'animaux proportionnée à la durée du temps de leur accroissement. L'homme, qui est quatorze ans à croître, peut vivre six ou sept fois autant de temps, c'est-à-dire quatre-vingt-dix ou cent ans, le cheval, dont l'accroissement se fait en quatre ans, peut vivre six ou sept fois autant, c'est-à-dire vingt-cinq ou trente ans. Les exemples qui pourraient être contraires à cette règle sont si rares qu'on ne doit pas même les regarder comme une exception dont on puisse tirer des conséquences ; et comme les gros chevaux prennent leur accroissement en moins de temps que les chevaux fins, ils vivent aussi moins de temps et sont vieux dès l'âge de quinze ans. »

h - Je crois voir entre les animaux carnassiers et les frugivores une autre différence encore plus générale que celle que j'ai remarquée dans la note de la page 114 puisque celle-ci s'étend jusqu'aux oiseaux. Cette différence consiste dans le nombre des petits, qui n'excède jamais deux à chaque portée, pour les espèces qui ne vivent que de végétaux et qui va ordinairement au-delà de ce nombre pour les animaux voraces. Il est aisé de connaître à cet égard la destination de la nature par le nombre des mamelles, qui n'est que de deux dans chaque femelle de la première espèce, comme la jument, la vache, la chèvre, la biche, la brebis, etc., et qui est toujours de six ou de huit dans les autres femelles, comme la chienne, la chatte, la louve, la tigresse, etc. La poule, l'oie, la cane, qui sont toutes des oiseaux voraces ainsi que l'aigle, l'épervier, la chouette, pondent aussi et couvent un grand nombre d'œufs, ce qui n'arrive jamais à la colombe, à la tourterelle ni aux oiseaux, qui ne mangent absolument que du grain, lesquels ne pondent et ne couvent guère que deux œufs à la fois. La raison qu'on peut donner de cette différence est que les animaux qui ne vivent que d'herbes et de plantes, demeurant presque tout le jour à la pâture et étant forcés d'employer beaucoup de temps à se nourrir, ne pourraient suffire à allaiter plusieurs petits, au lieu que les voraces faisant leur repas presque en un instant peuvent plus aisément et plus souvent retourner à leurs petits et à leur chasse et réparer la dissipation d'une si grande quantité de lait. Il y aurait à tout ceci bien des observations particulières et des réflexions à faire ; mais ce n'en est pas ici le lieu et il me suffit d'avoir montré dans cette partie le système le plus général de la nature, système qui fournit une nouvelle raison de tirer l'homme de la classe des animaux carnassiers et de le ranger parmi les espèces frugivores.

i - Un auteur célèbre[1], calculant les biens et les maux de la vie humaine et comparant les deux sommes, a trouvé que la dernière surpassait l'autre de beaucoup et qu'à tout prendre la vie était pour l'homme un assez mauvais présent. Je ne suis point surpris de sa conclusion ; il a tiré tous ses raisonnements de la constitution de l'homme civil : s'il fût remonté jusqu'à l'homme naturel, on peut juger qu'il eût trouvé des résultats très différents, qu'il eût aperçu que l'homme n'a guère de maux que ceux qu'il s'est donnés lui-même et que la nature eût été justifiée. Ce n'est pas sans peine que nous sommes parvenus à nous rendre si malheureux. Quand d'un côté l'on considère les immenses travaux des hommes, tant de sciences approfondies, tant d'arts inventés, tant de forces employées, des abîmes comblés, des montagnes rasées, des rochers brisés, des fleuves rendus navigables, des terres défrichées, des lacs creusés, des marais desséchés, des bâtiments énormes élevés sur la terre, la mer couverte de vaisseaux et de matelots, et que de l'autre on recherche avec un peu de méditation les vrais avantages qui ont résulté de tout cela pour le bonheur de l'espèce humaine, on ne peut qu'être frappé de l'étonnante disproportion qui règne entre ces choses, et déplorer l'aveuglement de l'homme qui, pour nourrir son fol orgueil et je ne sais quelle vaine admiration de lui-même, le fait courir avec

1. Il s'agit de Maupertuis (*Essai de philosophie morale*, chap. II) : « que dans la vie ordinaire la somme des maux surpasse celle des biens ».

ardeur après toutes les misères dont il est susceptible, et que la bienfaisante nature avait pris soin d'écarter de lui.

Les hommes sont méchants ; une triste et continuelle expérience dispense de la preuve ; cependant l'homme est naturellement bon, je crois l'avoir démontré[1] ; qu'est-ce donc qui peut l'avoir dépravé à ce point sinon les changements survenus dans sa constitution, les progrès qu'il a faits et les connaissances qu'il a acquises ? Qu'on admire tant qu'on voudra la société humaine, il n'en sera pas moins vrai qu'elle porte nécessairement les hommes à s'entre-haïr à proportion que leurs intérêts se croisent, à se rendre mutuellement des services apparents et à se faire en effet tous les maux imaginables. Que peut-on penser d'un commerce où la raison de chaque particulier lui dicte des maximes directement contraires à celles que la raison publique prêche au corps de la société et où chacun trouve son compte dans le malheur d'autrui ? Il n'y a peut-être pas un homme aisé à qui des héritiers avides et souvent ses propres enfants ne souhaitent la mort en secret, pas un vaisseau en mer dont le naufrage ne fût une bonne nouvelle pour quelque négociant, pas une maison qu'un débiteur ne voulût voir brûler avec tous les papiers qu'elle contient ; pas un peuple qui ne se réjouisse des désastres de ses voisins. C'est ainsi que nous trouvons notre avantage dans le préjudice de nos semblables, et que la perte de l'un fait presque toujours la prospérité de l'autre, mais ce qu'il y a de plus dangereux encore, c'est que les calamités publiques sont l'attente et l'espoir d'une multitude de particuliers. Les uns veulent des maladies, d'autres la mortalité, d'autres la guerre, d'autres la famine ; j'ai vu des hommes affreux pleurer de douleur aux apparences d'une année fertile, et le grand et funeste incendie de Londres, qui coûta la vie ou les biens à tant de malheureux, fit peut-être la fortune à plus de dix mille personnes. Je sais que Montaigne[2] blâme l'Athénien Démades d'avoir fait punir un ouvrier qui vendant fort cher des cercueils gagnait beaucoup à la mort des citoyens, mais la raison que Montaigne allègue étant qu'il faudrait punir tout le monde, il est évident qu'elle confirme les miennes. Qu'on pénètre donc au travers de nos frivoles démonstrations de bienveillance ce qui se passe au fond des cœurs et qu'on réfléchisse à ce que doit être un état de choses où tous les hommes sont forcés de se caresser et de se détruire mutuellement et où ils naissent ennemis par devoir et fourbes par intérêt. Si l'on me répond que la société est tellement constituée que chaque homme gagne à servir les autres, je répliquerai que cela serait fort bien s'il ne gagnait encore plus à leur nuire. Il n'y a point de profit si légitime qui ne soit surpassé par celui qu'on peut faire illégitimement et le tort fait au prochain est toujours plus lucratif que les services. Il ne s'agit donc plus que de trouver les moyens de s'assurer l'impunité, et c'est à quoi les puissants emploient toutes leurs forces, et les faibles toutes leurs ruses.

1. En particulier dans la Dernière réponse à Bordes à propos du *Discours sur les sciences et les arts* (*Œuvres complètes*, t. III, p. 71 et suiv.). La note *i* reprend les conclusions de ce *Discours* et des Observations qui lui font suite, sur les effets négatifs de la civilisation, qui contraint les hommes à une dépendance mutuelle et à une haine réciproque.

2. *Essais*, livre I, chap. XXII : « Le profit de l'un est dommage de l'autre. »

L'homme sauvage, quand il a dîné, est en paix avec toute la nature, et l'ami de tous ses semblables. S'agit-il quelquefois de disputer son repas ? Il n'en vient jamais aux coups sans avoir auparavant comparé la difficulté de vaincre avec celle de trouver ailleurs sa subsistance et comme l'orgueil ne se mêle pas du combat, il se termine par quelques coups de poing. Le vainqueur mange, le vaincu va chercher fortune, et tout est pacifié, mais chez l'homme en société, ce sont bien d'autres affaires ; il s'agit premièrement de pourvoir au nécessaire, et puis au superflu ; ensuite viennent les délices, et puis les immenses richesses, et puis des sujets et puis des esclaves, il n'a pas un moment de relâche ; ce qu'il y a de plus singulier c'est que moins les besoins sont naturels et pressants, plus les passions augmentent, et, qui pis est, le pouvoir de les satisfaire ; de sorte qu'après de longues prospérités, après avoir englouti bien des trésors et désolé bien des hommes, mon héros finira par tout égorger jusqu'à ce qu'il soit l'unique maître de l'univers. Tel est en abrégé le tableau moral, sinon de la vie humaine, au moins des prétentions secrètes du cœur de tout homme civilisé.

Comparez sans préjugés l'état de l'homme civil avec celui de l'homme sauvage et recherchez, si vous le pouvez, combien, outre sa méchanceté, ses besoins et ses misères, le premier a ouvert de nouvelles portes à la douleur et à la mort. Si vous considérez les peines d'esprit qui nous consument, les passions violentes qui nous épuisent et nous désolent, les travaux successifs dont les pauvres sont surchargés, la mollesse encore plus dangereuse à laquelle les riches s'abandonnent, et qui font mourir les uns de leurs besoins et les autres de leurs excès, si vous songez aux monstrueux mélanges des aliments, à leurs pernicieux assaisonnements, aux denrées corrompues, aux drogues falsifiées, aux friponneries de ceux qui les vendent, aux erreurs de ceux qui les administrent, au poison des vaisseaux dans lesquels on les prépare, si vous faites attention aux maladies épidémiques engendrées par le mauvais air parmi les multitudes d'hommes rassemblés, à celles qu'occasionnent la délicatesse de notre manière de vivre, les passages alternatifs de l'intérieur de nos maisons au grand air, l'usage des habillements pris ou quittés avec trop peu de précaution, et tous les soins que notre sensualité excessive a tournés en habitudes nécessaires et dont la négligence ou la privation nous coûte ensuite la vie ou la santé, si vous mettez en ligne de compte les incendies et les tremblements de terre qui, consumant ou renversant des villes entières, en font périr les habitants par milliers, en un mot, si vous réunissez les dangers que toutes ces causes assemblent continuellement sur nos têtes, vous sentirez combien la nature nous fait payer cher le mépris que nous avons fait de ses leçons.

Je ne répéterai point ici sur la guerre ce que j'en ai dit ailleurs mais je voudrais que les gens instruits voulussent ou osassent donner une fois au public le détail des horreurs qui se commettent dans les armées par les entrepreneurs des vivres et des hôpitaux, on verrait que leurs manœuvres non trop secrètes par lesquelles les plus brillantes armées se fondent en moins de rien font plus périr de soldats que n'en moissonne le fer ennemi. C'est encore un calcul non moins étonnant que celui des hommes que la mer engloutit tous les ans, soit par la faim, soit par le scorbut, soit par les pirates, soit par le feu, soit par les naufrages. Il est clair qu'il faut mettre aussi sur le compte de la propriété établie, et par conséquent de la société, les assassinats, les empoisonnements, les vols de grands chemins et les punitions mêmes de ces crimes, punitions nécessaires pour prévenir de plus grands maux, mais qui, pour le meurtre d'un homme coûtant la vie à deux ou davantage, ne laissent pas de doubler réellement la perte de l'espèce humaine. Combien de moyens honteux d'empêcher la naissance des hommes et de tromper la nature ? Soit par ces goûts brutaux et dépravés qui insultent son plus charmant ouvrage, goûts que les sauvages ni les animaux ne connurent jamais, et qui ne sont nés dans les pays policés que d'une imagination corrompue, soit par ces avortements secrets, dignes fruits de la débauche et de l'honneur vicieux, soit par l'exposition ou le meurtre d'une multitude d'enfants, victimes de la misère de leurs parents ou de la honte barbare de leurs mères ; soit enfin par la mutilation de ces malheureux dont une partie de l'existence et toute la postérité sont sacrifiées à de vaines chansons, ou ce qui est pis encore, à la brutale jalousie de quelques hommes, mutilation qui dans ce dernier cas outrage doublement la nature, et par le traitement que reçoivent ceux qui la souffrent, et par l'usage auquel ils sont destinés*. Que serait-ce si j'entreprenais de montrer l'espèce humaine attaquée dans sa source même, et jusque dans le plus saint de tous les liens, où l'on n'ose plus écouter la nature qu'après avoir consulté la fortune et où, le désordre civil confondant les vertus et les vices, la continence devient une précaution criminelle, et le refus

* Mais n'est-il pas mille cas plus fréquents et plus dangereux encore, où les droits paternels offensent ouvertement l'humanité ? Combien de talents enfouis et d'inclinaisons forcées par l'imprudente contrainte des pères ! Combien d'hommes se seraient distingués dans un état sortable, qui meurent malheureux et déshonorés dans un autre état pour lequel ils n'avaient aucun goût ! Combien de mariages heureux, mais inégaux, ont été rompus ou troublés, et combien de chastes épouses déshonorées, par cet ordre des conditions toujours en contradiction avec celui de la nature ! Combien d'autres unions bizarres formées par l'intérêt et désavouées par l'amour et par la raison ! Combien même d'époux honnêtes et vertueux font mutuellement leur supplice pour avoir été mal assortis ! Combien de jeunes et malheureuses victimes de l'avarice de leurs parents se plongent dans le vice, ou passent leurs tristes jours dans les larmes, et gémissent dans des liens indissolubles que le cœur repousse et que l'or seul a formés ! Heureuses quelquefois celles que leur courage et leur vertu même arrachent à la vie, avant qu'une violence barbare les force à la passer dans le crime ou dans le désespoir ! Pardonnez-le-moi, père et mère à jamais déplorables : j'aigris à regret vos douleurs : mais puissent-elles servir d'exemple éternel et terrible à quiconque ose au nom même de la nature, violer le plus sacré de ses droits !
Si je n'ai parlé que de ces nœuds mal formés qui sont l'ouvrage de notre police, pense-t-on que ceux où l'amour et la sympathie ont présidé soient eux-mêmes exempts d'inconvénients ? (Édition 1782).

de donner la vie à son semblable, un acte d'humanité ? Mais sans déchirer le voile qui couvre tant d'horreurs, contentons-nous d'indiquer le mal auquel d'autres doivent apporter le remède.

Qu'on ajoute à tout cela cette quantité de métiers malsains qui abrègent les jours ou détruisent le tempérament ; tels que sont les travaux des mines, les diverses préparations des métaux, des minéraux, surtout du plomb, du cuivre, du mercure, du cobalt, de l'arsenic, du réalgar[1] ; ces autres métiers périlleux qui coûtent tous les jours la vie à quantité d'ouvriers, les uns couvreurs, d'autres charpentiers, d'autres maçons, d'autres travaillant aux carrières ; qu'on réunisse, dis-je, tous ces objets, et l'on pourra voir dans l'établissement et la perfection des sociétés les raisons de la diminution de l'espèce, observée par plus d'un philosophe.

Le luxe, impossible à prévenir chez des hommes avides de leurs propres commodités et de la considération des autres, achève bientôt le mal que les sociétés ont commencé, et sous prétexte de faire vivre les pauvres qu'il n'eût pas fallu faire, il appauvrit tout le reste et dépeuple l'État tôt ou tard[2].

Le luxe est un remède beaucoup pire que le mal qu'il prétend guérir ; ou plutôt, il est lui-même le pire de tous les maux, dans quelque État grand ou petit que ce puisse être, et qui, pour nourrir des foules de valets et de misérables qu'il a faits, accable et mine le laboureur et le citoyen. Semblable à ces vents brûlants du midi qui, couvrant l'herbe et la verdure d'insectes dévorants, ôtent la subsistance aux animaux utiles et portent la disette et la mort dans tous les lieux où ils se font sentir.

De la société et du luxe qu'elle engendre, naissent les arts libéraux et mécaniques, le commerce, les lettres ; et toutes ces inutilités, qui font fleurir l'industrie, enrichissent et perdent les États. La raison de ce dépérissement est très simple. Il est aisé de voir que par sa nature l'agriculture doit être le moins lucratif de tous les arts ; parce que son produit étant de l'usage le plus indispensable pour tous les hommes, le prix en doit être proportionné aux facultés des plus pauvres. Du même principe on peut tirer cette règle, qu'en général les arts sont lucratifs en raison inverse de leur utilité et que les plus nécessaires doivent enfin devenir les plus négligés. Par où l'on voit ce qu'il faut penser des vrais avantages de l'industrie et de l'effet réel qui résulte de ses progrès.

Telles sont les causes sensibles de toutes les misères où l'opulence précipite enfin les nations les plus admirées. À mesure que l'industrie et les arts s'étendent et fleurissent, le cultivateur, méprisé, chargé d'impôts nécessaires à l'entretien du luxe et condamné à passer sa vie entre le travail et la faim, abandonne ses champs, pour aller chercher dans les villes le pain qu'il y devrait porter. Plus les capitales frappent d'admiration les yeux stupides du peuple, plus il faudrait gémir de voir les campagnes abandonnées, les terres en friche, et les grands chemins inondés de malheureux citoyens devenus mendiants ou voleurs et destinés à finir

1. Réalgar : espèce d'arsenic rouge.

2. Rousseau a montré dans sa Réponse au roi Stanislas (*Œuvres complètes*, t. III, p. 49-50) que l'inégalité est à l'origine des richesses, qui elles-mêmes engendrent le luxe et l'oisiveté. Il réfute ici l'argument selon lequel le luxe serait utile au développement économique.

un jour leur misère sur la roue ou sur un fumier. C'est ainsi que l'État, s'enrichissant d'un côté, s'affaiblit et se dépeuple de l'autre, et que les plus puissantes monarchies, après bien des travaux pour se rendre opulentes et désertes, finissent par devenir la proie des nations pauvres qui succombent à la funeste tentation de les envahir, et qui s'enrichissent et s'affaiblissent à leur tour, jusqu'à ce qu'elles soient elles-mêmes envahies et détruites par d'autres.

Qu'on daigne nous expliquer une fois ce qui avait pu produire ces nuées de barbares qui durant tant de siècles ont inondé l'Europe, l'Asie et l'Afrique ? Était-ce à l'industrie de leurs arts, à la sagesse de leurs lois, à l'excellence de leur police, qu'ils devaient cette prodigieuse population ? Que nos savants veuillent bien nous dire pourquoi, loin de multiplier à ce point, ces hommes féroces et brutaux, sans lumières, sans frein, sans éducation, ne s'entr'égorgeaient pas tous à chaque instant, pour se disputer leur pâture ou leur chasse ? Qu'ils nous expliquent comment ces misérables ont eu seulement la hardiesse de regarder en face de si habiles gens que nous étions, avec une si belle discipline militaire, de si beaux codes, et de si sages lois ? Enfin, pourquoi, depuis que la société s'est perfectionnée dans les pays du Nord et qu'on y a tant pris de peine pour apprendre aux hommes leurs devoirs mutuels et l'art de vivre agréablement et paisiblement ensemble, on n'en voit plus rien sortir de semblable à ces multitudes d'hommes qu'il produisait autrefois ? J'ai bien peur que quelqu'un ne s'avise à la fin de me répondre que toutes ces grandes choses, savoir les arts, les sciences et les lois, ont été très sagement inventées par les hommes, comme une peste salutaire pour prévenir l'excessive multiplication de l'espèce, de peur que ce monde, qui nous est destiné, ne devînt à la fin trop petit pour ses habitants.

Quoi donc ? Faut-il détruire les sociétés, anéantir le tien et le mien, et retourner vivre dans les forêts avec les ours ? Conséquence à la manière de mes adversaires, que j'aime autant prévenir que de leur laisser la honte de la tirer[1]. Ô vous, à qui la voix céleste ne s'est point fait entendre et qui ne reconnaissez pour votre espèce d'autre destination que d'achever en paix cette courte vie, vous qui pouvez laisser au milieu des villes vos funestes acquisitions, vos esprits inquiets, vos cœurs corrompus et vos désirs effrénés, reprenez, puisqu'il dépend de vous, votre antique et première innocence ; allez dans les bois perdre la vue et la mémoire des crimes de vos contemporains et ne craignez point d'avilir votre espèce, en renonçant à ses lumières pour renoncer à ses vices. Quant aux hommes semblables à moi dont les passions ont détruit pour toujours l'originelle simplicité, qui ne peuvent plus se nourrir d'herbe et de gland, ni se passer de lois et de chefs, ceux qui furent honorés dans leur premier père de leçons surnaturelles, ceux qui verront dans l'intention de donner d'abord aux actions humaines une moralité qu'elles n'eussent de longtemps acquise, la raison d'un précepte indifférent

1. Voltaire tirera pourtant ce genre de conséquences de la lecture de Rousseau. Or pour Rousseau, toute rétrogradation, tout « retour à la nature » est impossible ; il s'agit seulement d'éviter de trop s'écarter de cette nature.

par lui-même et inexplicable dans tout autre système[1] ; ceux, en un mot, qui sont convaincus que la voix divine appela tout le genre humain aux lumières et au bonheur des célestes intelligences, tous ceux-là tâcheront, par l'exercice des vertus qu'ils s'obligent à pratiquer en apprenant à les connaître, à mériter le prix éternel qu'ils en doivent attendre ; ils respecteront les sacrés liens des sociétés dont ils sont membres ; ils aimeront leurs semblables et les serviront de tout leur pouvoir ; ils obéiront scrupuleusement aux lois et aux hommes qui en sont les auteurs et les ministres, ils honoreront surtout les bons et sages princes qui sauront prévenir, guérir ou pallier cette foule d'abus et de maux toujours prêts à nous accabler, ils animeront le zèle de ces dignes chefs, en leur montrant sans crainte et sans flatterie la grandeur de leur tâche et la rigueur de leur devoir ; mais ils n'en mépriseront pas moins une constitution qui ne peut se maintenir qu'à l'aide de tant de gens respectables qu'on désire plus souvent qu'on ne les obtient et de laquelle, malgré tous leurs soins, naissent toujours plus de calamités réelles que d'avantages apparents.

j - Parmi les hommes que nous connaissons, ou par nous-mêmes, ou par les historiens, ou par les voyageurs, les uns sont noirs, les autres blancs, les autres rouges, les uns portent de longs cheveux, les autres n'ont que de la laine frisée ; les uns sont presque tout velus, les autres n'ont pas même de barbe ; il y a eu et il y a peut-être encore des nations d'hommes d'une taille gigantesque, et laissant à part la fable des Pygmées qui peut bien n'être qu'une exagération, on sait que les Lapons et surtout les Groenlandais sont fort au-dessous de la taille moyenne de l'homme ; on prétend même qu'il y a des peuples entiers qui ont des queues comme les quadrupèdes, et sans ajouter une foi aveugle aux relations d'Hérodote et de Ctésias[2], on en peut du moins tirer cette opinion très vraisemblable, que si l'on avait pu faire de bonnes observations dans ces temps anciens où les peuples divers suivaient des manières de vivre plus différentes entre elles qu'ils ne font aujourd'hui, on y aurait aussi remarqué dans la figure et l'habitude du corps, des variétés beaucoup plus frappantes. Tous ces faits dont il est aisé de fournir des preuves incontestables, ne peuvent surprendre que ceux qui sont accoutumés à ne regarder que les objets qui les environnent et qui ignorent les puissants effets de la diversité des climats, de l'air, des aliments, de la manière de vivre, des habitudes en général, et surtout la force étonnante des mêmes causes, quand elles agissent continuellement sur des longues suites de générations. Aujourd'hui que le commerce, les voyages et les conquêtes réunissent davantage les peuples divers, et que leurs manières de vivre se rapprochent sans cesse par la fréquente communication, on s'aperçoit que certaines différences nationales ont diminué, et par exemple, chacun peut remarquer que les Français d'aujourd'hui ne sont plus ces grands corps blancs et blonds décrits par les historiens latins, quoique le

1. Ce précepte est l'interdiction de « manger de l'arbre de la connaissance du bien et du mal ».

2. Ctésias : médecin grec du Ve siècle avant J.-C., auteur de livres sur la Perse et sur l'Inde.

temps joint au mélange des Francs et des Normands, blancs et blonds eux-mêmes, eût dû rétablir ce que la fréquentation des Romains avait pu ôter à l'influence du climat, dans la constitution naturelle et le teint des habitants. Toutes ces observations sur les variétés que mille causes peuvent produire et ont produit en effet dans l'espèce humaine me font douter si divers animaux semblables aux hommes, pris par les voyageurs pour des bêtes sans beaucoup d'examen, ou à cause de quelques différences qu'ils remarquaient dans la conformation extérieure, ou seulement parce que ces animaux ne parlaient pas, ne seraient point en effet de véritables hommes sauvages, dont la race dispersée anciennement dans les bois n'avait eu occasion de développer aucune de ses facultés virtuelles, n'avait acquis aucun degré de perfection et se trouvait encore dans l'état primitif de nature. Donnons un exemple de ce que je veux dire.

« On trouve, dit le traducteur de l'*Histoire des voyages,* dans le royaume de Congo quantité de ces grands animaux qu'on nomme *Orang-Outang* aux Indes orientales, qui tiennent comme le milieu entre l'espèce humaine et les babouins. Battel[1] raconte que dans les forêts de Mayomba au royaume de Loango[2], on voit deux sortes de monstres dont les plus grands se nomment *Pongos* et les autres *Enjokos.* Les premiers ont une ressemblance exacte avec l'homme ; mais ils sont beaucoup plus gros, et de fort haute taille. Avec un visage humain, ils ont les yeux fort enfoncés. Leurs mains, leurs joues, leurs oreilles sont sans poil, à l'exception des sourcils qu'ils ont fort longs. Quoiqu'ils aient le reste du corps assez velu, le poil n'en est pas fort épais, et sa couleur est brune. Enfin, la seule partie qui les distingue des hommes est la jambe qu'ils ont sans mollet. Ils marchent droits en se tenant de la main le poil du cou, leur retraite est dans les bois ; ils dorment sur les arbres et s'y font une espèce de toit qui les met à couvert de la pluie. Leurs aliments sont des fruits ou des noix sauvages. Jamais ils ne mangent de chair. L'usage des Nègres qui traversent les forêts est d'y allumer des feux pendant la nuit. Ils remarquent que le matin à leur départ les pongos prennent leur place autour du feu et ne se retirent pas qu'il ne soit éteint : car avec beaucoup d'adresse, ils n'ont point assez de sens pour l'entretenir en y apportant du bois.

« Ils marchent quelquefois en troupes et tuent les Nègres qui traversent les forêts. Ils tombent même sur les éléphants qui viennent paître dans les lieux qu'ils habitent et les incommodent si fort à coup de poing ou de bâton qu'ils les forcent à prendre la fuite en poussant des cris. On ne prend jamais de pongos en vie ; parce qu'ils sont si robustes que dix hommes ne suffiraient pas pour les arrêter. Mais les Nègres en prennent quantité de jeunes après avoir tué la mère, au corps de laquelle le petit s'attache fortement : lorsqu'un de ces animaux meurt, les autres couvrent son corps d'un amas de branches ou de

1. Andrew Battel (1565-1640) : voyageur anglais. Son voyage en Angola est rapporté dans l'*Histoire générale des voyages.*

2. Loango : pays de la basse Éthiopie.

feuillages. Purchass[1] ajoute que dans les conversations qu'il avait eues avec Battel, il avait appris de lui-même qu'un pongo lui enleva un petit Nègre qui passa un mois entier dans la société de ces animaux, car ils ne font aucun mal aux hommes qu'ils surprennent, du moins lorsque ceux-ci ne les regardent point, comme le petit Nègre l'avait observé. Battel n'a point décrit la seconde espèce de monstre.

« Dapper[2] confirme que le royaume de Congo est plein de ces animaux qui portent aux Indes le nom d'orang-outang, c'est-à-dire habitant des bois, et que les Africains nomment Quojas-Morros. Cette bête, dit-il, est si semblable à l'homme qu'il est tombé dans l'esprit à quelques voyageurs qu'elle pouvait être sortie d'une femme et d'un singe : chimère que les Nègres mêmes rejettent. Un de ces animaux fut transporté de Congo en Hollande et présenté au prince d'Orange Frédéric-Henri. Il était de la hauteur d'un enfant de trois ans et d'un embonpoint médiocre, mais carré et bien proportionné, fort agile et fort vif ; les jambes charnues et robustes, tout le devant du corps nu, mais le derrière couvert de poils noirs. À la première vue, son visage ressemblait à celui d'un homme, mais il avait le nez plat et recourbé ; ses oreilles étaient aussi celles de l'espèce humaine ; son sein, car c'était une femelle, était potelé, son nombril enfoncé, ses épaules fort bien jointes, ses mains divisées en doigts et en pouces, ses mollets et ses talons gras et charnus. Il marchait souvent droit sur ses jambes, il était capable de lever et porter des fardeaux assez lourds. Lorsqu'il voulait boire, il prenait d'une main le couvercle du pot, et tenait le fond de l'autre. Ensuite il s'essuyait gracieusement les lèvres. Il se couchait pour dormir, la tête sur un coussin, se couvrant avec tant d'adresse qu'on l'aurait pris pour un homme au lit. Les Nègres font d'étranges récits de cet animal. Ils assurent non seulement qu'il force les femmes et les filles, mais qu'il ose attaquer des hommes armés. En un mot il y a beaucoup d'apparence que c'est le satyre des Anciens. Merolla[3] ne parle peut-être que de ces animaux lorsqu'il raconte que les Nègres prennent quelquefois dans leurs chasses des hommes et des femmes sauvages. »

Il est encore parlé de ces espèces d'animaux anthropoformes dans le troisième tome de la même *Histoire des voyages* sous le nom de *Beggos* et de *Mandrills ;* mais pour nous en tenir aux relations précédentes on trouve dans la description de ces prétendus monstres des conformités frappantes avec l'espèce humaine, et des différences moindres que celles qu'on pourrait assigner d'homme à homme. On ne voit point dans ces passages les raisons sur lesquelles les auteurs se fondent pour refuser aux animaux en question le nom d'hommes sauvages, mais il est aisé de conjecturer que c'est à cause de leur stupidité, et aussi parce qu'ils ne parlaient pas ; raisons faibles pour ceux qui savent que quoique l'organe de la parole soit naturel à l'homme, la parole

1. Samuel Purchass (1575?-1626) : éditeur de récits de voyages, en particulier de ceux de Battel.

2. Olfert Dapper (?-1690) : médecin hollandais, auteur de compilations de récits de voyages.

3. Jérôme Merolla (1650- ?) : missionnaire italien, auteur d'un voyage au Congo, paru dans l'*Histoire générale des voyages*, livre XII.

elle-même ne lui est pourtant pas naturelle, et qui connaissent jusqu'à quel point sa perfectibilité peut avoir élevé l'homme civil au-dessus de son état originel. Le petit nombre de lignes que contiennent ces descriptions nous peut faire juger combien ces animaux ont été mal observés et avec quels préjugés ils ont été vus. Par exemple, ils sont qualifiés de monstres, et cependant on convient qu'ils engendrent. Dans un endroit Battel dit que les pongos tuent les Nègres qui traversent les forêts, dans un autre Purchass ajoute qu'ils ne leur font aucun mal, même quand ils les surprennent ; du moins lorsque les Nègres ne s'attachent pas à les regarder. Les pongos s'assemblent autour des feux allumés par les Nègres, quand ceux-ci se retirent, et se retirent à leur tour quand le feu est éteint ; voilà le fait ; voici maintenant le commentaire de l'observateur : *Car avec beaucoup d'adresse, ils n'ont pas assez de sens pour l'entretenir en y apportant du bois.* Je voudrais deviner comment Battel ou Purchass son compilateur a pu savoir que la retraite des pongos était un effet de leur bêtise plutôt que de leur volonté. Dans un climat tel que Loango, le feu n'est pas une chose fort nécessaire aux animaux, et si les Nègres en allument, c'est moins contre le froid que pour effrayer les bêtes féroces ; il est donc très simple qu'après avoir été quelque temps réjouis par la flamme ou s'être bien réchauffés, les pongos s'ennuient de rester toujours à la même place et s'en aillent à leur pâture, qui demande plus de temps que s'ils mangeaient de la chair. D'ailleurs, on sait que la plupart des animaux, sans en excepter l'homme, sont naturellement paresseux, et qu'ils se refusent à toutes sortes de soins qui ne sont pas d'une absolue nécessité. Enfin il paraît fort étrange que les pongos dont on vante l'adresse et la force, les pongos qui savent enterrer leurs morts et se faire des toits de branchages, ne sachent pas pousser des tisons dans le feu. Je me souviens d'avoir vu un singe faire cette même manœuvre qu'on ne veut pas que les pongos puissent faire ; il est vrai que mes idées n'étant pas alors tournées de ce côté, je fis moi-même la faute que je reproche à nos voyageurs, et je négligeai d'examiner si l'intention du singe était en effet d'entretenir le feu, ou simplement, comme je crois, d'imiter l'action des hommes. Quoi qu'il en soit, il est bien démontré que le singe n'est pas une variété de l'homme, non seulement parce qu'il est privé de faculté de parler, mais surtout parce qu'on est sûr que son espèce n'a point celle de se perfectionner qui est le caractère spécifique de l'espèce humaine. Expériences qui ne paraissent pas avoir été faites sur le pongo et l'orang-outang avec assez de soin pour en tirer la même conclusion. Il y aurait pourtant un moyen par lequel, si l'orang-ourang ou d'autres étaient de l'espèce humaine, les observateurs les plus grossiers pourraient s'en assurer même avec démonstration ; mais outre qu'une seule génération ne suffirait pas pour cette expérience, elle doit passer pour impraticable, parce qu'il faudrait que ce qui n'est qu'une supposition fût démontré vrai, avant que l'épreuve qui devrait constater le fait pût être tentée innocemment[1].

Les jugements précipités, et qui ne sont point le fruit d'une raison éclairée, sont sujets à donner dans l'excès. Nos voyageurs font sans façon des bêtes sous les noms de *Pongos*, de *Mandrills*, d'*Orang-Outang*, de ces mêmes êtres dont sous le nom de *Satyres*, de *Faunes*, de *Sylvains*, les Anciens faisaient des divinités. Peut-être après des recherches plus exactes trouvera-t-on* que ce sont des hommes. En attendant, il me paraît qu'il y a bien autant de raison de s'en rapporter là-dessus à Merolla, religieux lettré, témoin oculaire, et qui avec toute sa naïveté ne laissait pas d'être homme d'esprit, qu'au marchand Battel, à Dapper, à Purchass, et aux autres compilateurs.

Quel jugement pense-t-on qu'eussent porté de pareils observateurs sur l'enfant trouvé en 1694 dont j'ai déjà parlé ci-devant[2], qui ne donnait aucune marque de raison, marchait sur ses pieds et sur ses mains, n'avait aucun langage et formait des sons qui ne ressemblaient en rien à ceux d'un homme ? Il fut longtemps, continue le même philosophe qui me fournit ce fait, avant de pouvoir proférer quelques paroles, encore le fit-il d'une manière barbare. Aussitôt qu'il put parler, on l'interrogea sur son premier état, mais il ne s'en souvint non plus que nous nous souvenons de ce qui nous est arrivé au berceau. Si malheureusement pour lui cet enfant fût tombé dans les mains de nos voyageurs, on ne peut douter qu'après avoir remarqué son silence et sa stupidité, ils n'eussent pris le parti de le renvoyer dans les bois ou de l'enfermer dans une ménagerie ; après quoi ils en auraient savamment parlé dans de belles relations, comme d'une bête fort curieuse qui ressemblait assez à l'homme.

Depuis trois ou quatre cents ans que les habitants de l'Europe inondent les autres parties du monde et publient sans cesse de nouveaux recueils de voyages et de relations, je suis persuadé que nous ne connaissons d'hommes que les seuls Européens, encore paraît-il aux préjugés ridicules qui ne sont pas éteints, même parmi les gens de lettres, que chacun ne fait guère sous le nom pompeux d'étude de l'homme que celle des hommes de son pays. Les particuliers ont beau aller et venir, il semble que la philosophie ne voyage point, aussi celle de chaque peuple est-elle peu propre pour un autre. La cause de ceci est manifeste, au moins pour les contrées éloignées : il n'y a guère que quatre sortes d'hommes qui fassent des voyages de long cours ; les marins, les marchands, les soldats et les missionnaires. Or, on ne doit guère s'attendre que les trois premières classes fournissent de bons observateurs et quant a ceux de la qua-

* Que ce ne sont ni des bêtes, ni des dieux, mais des hommes (édition 1782)

1. Deux animaux sont d'une même espèce, pour Buffon et pour Rousseau, si les individus produits par leur croisement sont féconds.

2. Voir note *c*, p. 112.

trième, occupés de la vocation sublime qui les appelle, quand ils ne seraient pas sujets à des préjugés d'état comme tous les autres, on doit croire qu'ils ne se livreraient pas volontiers à des recherches qui paraissent de pure curiosité et qui les détourneraient des travaux plus importants auxquels ils se destinent. D'ailleurs, pour prêcher utilement l'Évangile, il ne faut que du zèle et Dieu donne le reste, mais pour étudier les hommes il faut des talents que Dieu ne s'engage à donner à personne et qui ne sont pas toujours le partage des saints. On n'ouvre pas un livre de voyages où l'on ne trouve des descriptions de caractères et de mœurs ; mais on est tout étonné d'y voir que ces gens qui ont tant décrit de choses, n'ont dit que ce que chacun savait déjà, n'ont su apercevoir à l'autre bout du monde que ce qu'il n'eût tenu qu'à eux de remarquer sans sortir de leur rue, et que ces traits vrais qui distinguent les nations, et qui frappent les yeux faits pour voir ont presque toujours échappé aux leurs. De là est venu ce bel adage de morale, si rebattu par la tourbe philosophesque, que les hommes sont partout les mêmes, qu'ayant partout les mêmes passions et les mêmes vices, il est assez inutile de chercher à caractériser les différents peuples ; ce qui est à peu près aussi bien raisonné que si l'on disait qu'on ne saurait distinguer Pierre d'avec Jacques, parce qu'ils ont tous deux un nez, une bouche et des yeux.

Ne verra-t-on jamais renaître ces temps heureux où les peuples ne se mêlaient point de philosopher, mais où les Platon, les Thalès et les Pythagore épris d'un ardent désir de savoir, entreprenaient les plus grands voyages uniquement pour s'instruire, et allaient au loin secouer le joug des préjugés nationaux, apprendre à connaître les hommes par leurs conformités et par leurs différences et acquérir ces connaissances universelles qui ne sont point celles d'un siècle ou d'un pays exclusivement mais qui, étant de tous les temps et de tous les lieux, sont pour ainsi dire la science commune des sages ?

On admire la magnificence de quelques curieux qui ont fait ou fait faire à grand frais des voyages en Orient avec des savants et des peintres, pour y dessiner des masures et déchiffrer ou copier des inscriptions : mais j'ai peine à concevoir comment dans un siècle où l'on se pique de belles connaissances il ne se trouve pas deux hommes bien unis, riches, l'un en argent, l'autre en génie, tous deux aimant la gloire et aspirant à l'immortalité, dont l'un sacrifie vingt mille écus de son bien et l'autre dix ans de sa vie à un célèbre voyage autour du monde ; pour y étudier, non toujours des pierres et des plantes, mais une fois les hommes et les mœurs, et qui, après tant de siècles employés à mesurer et considérer la maison, s'avisent enfin d'en vouloir connaître les habitants.

Les académiciens qui ont parcouru les parties septentrionales de l'Europe et méridionales de l'Amérique avaient plus pour objet de les visiter en géomètres qu'en philosophes. Cependant, comme ils étaient à la fois l'un et l'autre, on ne peut pas regarder comme tout à fait inconnues les régions qui ont été vues et décrites par les La Condamine[1] et les Maupertuis[2]. Le joaillier Chardin[3], qui a voyagé comme Platon, n'a rien laissé à dire sur la Perse ; la Chine paraît avoir été bien observée par les Jésuites. Kempfer[4] donne une idée passable du peu qu'il a vu dans le Japon. À ces relations près, nous ne connaissons point les peuples des Indes orientales, fréquentées uniquement par des Européens plus curieux de remplir leurs bourses que leurs têtes. L'Afrique entière et ses nombreux habitants, aussi singuliers par leur caractère que par leur couleur, sont encore à examiner ; toute la terre est couverte de nations dont nous ne connaissons que les noms, et nous nous mêlons de juger le genre humain ! Supposons un Montesquieu, un Buffon, un Diderot, un Duclos, un d'Alembert, un Condillac, ou des hommes de cette trempe, voyageant pour instruire leurs compatriotes, observant et décrivant comme ils savent faire, la Turquie, l'Égypte, la Barbarie, l'empire de Maroc, la Guinée, le pays des Cafres, l'intérieur de l'Afrique et ses côtes orientales, les Malabares, le Mogol, les rives du Gange, les royaumes de Siam, de Pegu et d'Ava, la Chine, la Tartarie, et surtout le Japon ; puis dans l'autre hémisphère le Mexique, le Pérou, le Chili, les Terres magellaniques, sans oublier les Patagons vrais ou faux, le Tucaman, le Paraguay s'il était possible, le Brésil, enfin les Caraïbes, la Floride et toutes les contrées sauvages, voyage le plus important de tous et celui qu'il faudrait faire avec le plus de soin ; supposons que ces nouveaux Hercules, de retour de ces courses mémorables, fissent ensuite à loisir, l'histoire naturelle, morale et politique, de ce qu'ils auraient vu, nous verrions nous-mêmes sortir un monde nouveau de dessous leur plume, et nous apprendrions ainsi à connaître le nôtre. Je dis que quand de pareils observateurs affirmeront d'un tel animal que c'est un homme, et d'un autre que c'est une bête, il faudra les en croire ; mais ce serait une grande simplicité de s'en rapporter là-dessus à des voyageurs grossiers, sur lesquels on serait quelquefois tenté de faire la même question qu'ils se mêlent de résoudre sur d'autres animaux.

k - Cela me paraît de la dernière évidence, et je ne saurais concevoir d'où nos philosophes peuvent faire naître toutes les passions qu'ils prêtent à l'homme naturel. Excepté le seul nécessaire physique, que la nature même demande, tous nos autres besoins ne sont tels que par l'habitude avant laquelle ils n'étaient point des besoins, ou par nos désirs, et l'on ne désire point ce qu'on n'est pas en état de connaître. D'où il suit que l'homme sauvage ne désirant que les choses qu'il connaît et ne connaissant que celles dont la possession est en son pouvoir ou facile à acquérir, rien ne doit être si tranquille que son âme et rien si borné que son esprit.

1. La Condamine (1701-1774) : savant français ayant voyagé en Amérique du Sud où il fait partie de l'expédition chargée de mesurer un degré du méridien à l'équateur. Auteur d'une *Relation d'un voyage en Amérique méridionale* (1745).

2. Maupertuis (1698-1759) : philosophe et mathématicien français, chargé par l'Académie des sciences d'une mission en Laponie pour y mesurer un degré du méridien terrestre.

3. Chardin (1643-1713) : voyageur français, auteur d'un *Voyage en Perse et aux Indes orientales* (1686) très apprécié à l'époque.

4. Kempfer (1651-1716) : médecin et botaniste allemand qui séjourna au Japon de 1690 à 1692.

1 - Je trouve dans le *Gouvernement civil* de Locke une objection qui me paraît trop spécieuse pour qu'il me soit permis de la dissimuler[1]. « La fin de la société entre le mâle et la femelle, dit ce philosophe, n'étant pas simplement de procréer, mais de continuer l'espèce, cette société doit durer, même après la procréation, du moins aussi longtemps qu'il est nécessaire pour la nourriture et la conservation des procréés, c'est-à-dire jusqu'à ce qu'ils soient capables de pourvoir eux-mêmes à leurs besoins. Cette règle que la sagesse infinie du Créateur a établie sur les œuvres de ses mains, nous voyons que les créatures inférieures à l'homme l'observent constamment et avec exactitude. Dans ces animaux qui vivent d'herbe, la société entre le mâle et la femelle ne dure pas plus longtemps que chaque acte de copulation, parce que les mamelles de la mère étant suffisantes pour nourrir les petits jusqu'à ce qu'ils soient capables de paître l'herbe, le mâle se contente d'engendrer et il ne se mêle plus après cela de la femelle ni des petits, à la subsistance desquels il ne peut rien contribuer. Mais au regard des bêtes de proie, la société dure plus longtemps, à cause que la mère ne pouvant pas bien pourvoir à sa subsistance propre et nourrir en même temps ses petits par sa seule proie, qui est une voie de se nourrir et plus laborieuse et plus dangereuse que n'est celle de se nourrir d'herbe, l'assistance du mâle est tout à fait nécessaire pour le maintien de leur commune famille, si l'on peut user de ce terme ; laquelle jusqu'à ce qu'elle puisse aller chercher quelque proie ne saurait subsister que par les soins du mâle et de la femelle. On remarque de même dans tous les oiseaux, si l'on excepte quelques oiseaux domestiques qui se trouvent dans des lieux où la continuelle abondance de nourriture exempte le mâle du soin de nourrir les petits ; on voit que pendant que les petits dans leur nid ont besoin d'aliments, le mâle et la femelle y en portent, jusqu'à ce que ces petits-là puissent voler et pourvoir à leur subsistance.

« Et en cela, à mon avis, consiste la principale, si ce n'est la seule raison pourquoi le mâle et la femelle dans le genre humain sont obligés à une société plus longue que n'entretiennent les autres créatures. Cette raison est que la femme est capable de concevoir et est pour l'ordinaire derechef grosse et fait un nouvel enfant, longtemps avant que le précédent soit hors d'état de se passer du secours de ses parents et puisse lui-même pourvoir à ses besoins. Ainsi un père étant obligé de prendre soin de ceux qu'il a engendrés, et de prendre ce soin-là pendant longtemps, il est aussi dans l'obligation de continuer à vivre dans la société conjugale avec la même femme de qui il les a eus, et de demeurer dans cette société beaucoup plus longtemps que les autres créatures, dont les petits pouvant subsister d'eux-mêmes, avant que le temps d'une nouvelle procréation vienne, le lien du mâle et de la femelle se rompt de lui-même et

1. Chap. VII, § 79 et 80. Rousseau critique l'idée d'une famille naturelle. Pour lui, Locke cède à une illusion rétrospective.

l'un et l'autre se trouvent dans une pleine liberté, jusqu'à ce que cette saison qui a coutume de solliciter les animaux à se joindre ensemble les oblige à se choisir de nouvelles compagnes. Et ici l'on ne saurait admirer assez la sagesse du Créateur, qui, ayant donné à l'homme des qualités propres pour pourvoir à l'avenir aussi bien qu'au présent, a voulu et a fait en sorte que la société de l'homme durât beaucoup plus longtemps que celle du mâle et de la femelle parmi les autres créatures ; afin que par là l'industrie de l'homme et de la femme fût plus excitée, et que leurs intérêts fussent mieux unis, dans la vue de faire des provisions pour leurs enfants et de leur laisser du bien : rien ne pouvant être plus préjudiciable à des enfants qu'une conjonction incertaine et vague ou une dissolution facile et fréquente de la société conjugale. »

Le même amour de la vérité qui m'a fait exposer sincèrement cette objection m'excite à l'accompagner de quelques remarques, sinon pour la résoudre, au moins pour l'éclaircir.

a. J'observerai d'abord que les preuves morales n'ont pas une grande force en matière de physique et qu'elles servent plutôt à rendre raison des faits existants qu'à constater l'existence réelle de ces faits. Or tel est le genre de preuve que M. Locke emploie dans le passage que je viens de rapporter ; car quoiqu'il puisse être avantageux à l'espèce humaine que l'union de l'homme et de la femme soit permanente, il ne s'ensuit pas que cela ait été ainsi établi par la nature, autrement il faudrait dire qu'elle a aussi institué la société civile, les arts, le commerce et tout ce qu'on prétend être utile aux hommes.

b. J'ignore où M. Locke a trouvé qu'entre les animaux de proie la société du mâle et de la femelle dure plus longtemps que parmi ceux qui vivent d'herbe et que l'un aide à l'autre à nourrir les petits. Car on ne voit pas que le chien, le chat, l'ours, ni le loup reconnaissent leur femelle mieux que le cheval, le bélier, le taureau, le cerf ni tous les autres quadrupèdes ne reconnaissent la leur. Il semble au contraire que, si le secours du mâle était nécessaire à la femelle pour conserver ses petits, ce serait surtout dans les espèces qui ne vivent que d'herbe, parce qu'il faut fort longtemps à la mère pour paître, et que durant tout cet intervalle elle est forcée de négliger sa portée, au lieu que la proie d'une ourse ou d'une louve est dévorée en un instant et qu'elle a, sans souffrir la faim, plus de temps pour allaiter ses petits. Ce raisonnement est confirmé par une observation sur le nombre relatif de mamelles et de petits qui distingue les espèces carnassières des frugivores et dont j'ai parlé dans la note h de la page 117. Si cette observation est juste et générale, la femme n'ayant que deux mamelles et ne faisant guère qu'un enfant à la fois, voilà une forte raison de plus pour douter que l'espèce humaine soit naturellement carnassière, de sorte qu'il semble que pour tirer la conclusion de Locke, il faudrait retourner tout à fait son raisonnement. Il n'y a pas plus de solidité dans la même distinction appliquée aux oiseaux. Car qui pourra se persuader que l'union du mâle et de la femelle soit plus durable parmi les vautours et les corbeaux que parmi les tourterelles ? Nous avons deux espèces d'oiseaux domestiques, la cane et le pigeon, qui nous fournissent des exemples directement contraires au système de cet auteur. Le pigeon, qui ne vit que de grain, reste uni à sa femelle et ils nourrissent leurs petits en commun. Le canard, dont la voracité est connue, ne reconnaît ni sa femelle ni ses petits et n'aide en rien à leur subsistance, et parmi les poules, espèce qui n'est guère moins carnassière, on ne voit pas que le coq se mette aucunement en peine de la couvée. Que si dans d'autres espèces le mâle partage avec la femelle le soin de nourrir les petits, c'est que les oiseaux qui d'abord ne peuvent voler et que la mère ne peut allaiter sont beaucoup moins en état de se passer de l'assistance du père que les quadrupèdes à qui suffit la mamelle de la mère, au moins durant quelque temps.

c. Il y a bien de l'incertitude sur le fait principal qui sert de base à tout le raisonnement de M. Locke. Car, pour savoir si, comme il le prétend, dans le pur état de nature la femme est pour l'ordinaire derechef grosse et fait un nouvel enfant longtemps avant que le précédent puisse pourvoir lui-même à ses besoins, il faudrait les expériences qu'assurément Locke n'avait pas faites et que personne n'est à portée de faire. La cohabitation continuelle du mari et de la femme est une occasion si prochaine de s'exposer à une nouvelle grossesse qu'il est bien difficile de croire que la rencontre fortuite ou la seule impulsion du tempérament produisît des effets aussi fréquents dans le pur état de nature que dans celui de la société conjugale ; lenteur qui contribuerait peut-être à rendre les enfants plus robustes, et qui d'ailleurs pourrait être compensée par la faculté de concevoir, prolongée dans un plus grand âge chez les femmes qui en auraient moins abusé dans leur jeunesse. À l'égard des enfants, il y a bien des raisons de croire que leurs forces et leurs organes se développèrent plus tard parmi nous qu'ils ne faisaient dans l'état primitif dont je parle. La faiblesse originelle qu'ils tirent de la constitution des parents, les soins qu'on prend d'envelopper et gêner tous leurs membres, la mollesse dans laquelle ils sont élevés, peut-être l'usage d'un autre lait que celui de leur mère, tout contrarie et retarde en eux les premiers progrès de la nature. L'application qu'on les oblige de donner à mille choses sur lesquelles on fixe continuellement leur attention, tandis qu'on ne donne aucun exercice à leurs forces corporelles, peut encore faire une diversion considérable à leur accroissement ; de sorte que, si au lieu de surcharger et fatiguer d'abord leurs esprits de mille manières, on laissait exercer leurs corps aux mouvements continuels que la nature semble leur demander, il est à croire qu'ils seraient beaucoup plus tôt en état de marcher, d'agir et de pourvoir eux-mêmes à leurs besoins.

d. Enfin M. Locke prouve tout au plus qu'il pourrait bien y avoir dans l'homme un motif de demeurer attaché à la femme lorsqu'elle a un enfant ; mais il ne prouve nullement qu'il a dû s'y attacher avant l'accouchement et pendant les neuf mois de la grossesse. Si telle femme est indifférente à l'homme pendant ces neuf mois, si même elle lui devient inconnue, pourquoi la secourra-t-il après l'accouchement ? Pourquoi lui aidera-t-il à élever un enfant qu'il ne sait pas seulement lui appartenir, et dont il n'a résolu ni prévu la naissance ? M. Locke suppose évidemment ce qui est en question, car il ne s'agit pas de savoir pourquoi l'homme demeurera attaché à la femme après l'accouchement, mais pourquoi il s'attachera à elle après la conception. L'appétit satisfait, l'homme n'a plus besoin de telle femme, ni la femme de tel homme. Celui-ci n'a pas le moindre souci ni peut-être la moindre idée des suites de son action. L'un s'en va d'un côté, l'autre d'un autre, et il n'y a pas d'apparence qu'au bout de neuf mois ils aient la mémoire de s'être connus, car cette espèce de mémoire par laquelle un individu donne la préférence à un individu pour l'acte de la génération exige, comme je le prouve dans le texte, plus de progrès ou de corruption dans l'entendement humain qu'on ne peut lui en supposer dans l'état d'animalité dont il s'agit ici. Une autre femme peut donc contenter les nouveaux désirs de l'homme aussi commodément que celle qu'il a déjà connue, et un autre homme contenter de même la femme, supposé qu'elle soit pressée du même appétit pendant l'état de grossesse, de quoi l'on peut raisonnablement douter. Que si dans l'état de nature la femme ne ressent plus la passion de l'amour après la conception de l'enfant, l'obstacle à la société avec l'homme en devient encore beaucoup plus grand puisque alors elle n'a plus besoin ni de l'homme qui l'a fécondée ni d'aucun autre. Il n'y a donc dans l'homme aucune raison de rechercher la même femme, ni dans la femme aucune raison de rechercher le même homme. Le raisonnement de Locke tombe donc en ruine et toute la dialectique de ce philosophe ne l'a pas garanti de la faute que Hobbes et d'autres ont commise. Ils avaient à expliquer un fait de l'état de nature, c'est-à-dire d'un état où les hommes vivaient isolés et où tel homme n'avait aucun motif de demeurer à côté de tel homme, ni peut-être les hommes de demeurer à côté les uns des autres, ce qui est bien pis, et ils n'ont pas songé à se transporter au-delà des siècles de société, c'est-à-dire de ces temps où les hommes ont toujours une raison de demeurer près les uns des autres, et où tel homme a souvent une raison de demeurer à côte de tel homme ou de telle femme.

m - Je me garderai bien de m'embarquer dans les réflexions philosophiques qu'il y aurait à faire sur les avantages et les inconvénients de cette institution des langues ; ce n'est pas à moi qu'on permet d'attaquer les erreurs vulgaires et le peuple lettré respecte trop ses préjugés pour supporter patiemment mes prétendus paradoxes. Laissons donc parler les gens à qui l'on n'a point fait un crime d'oser prendre quelquefois le parti de la raison contre l'avis de la multitude. *Nec quidquam felicitati humani generis decederet, pulsâ tot linguarum peste et confusione, unam artem callerent mortales, et signis, motibus, gestibusque licitum foret quidvis explicare. Nunc vero ita comparatum est, ut animalium quae vulgó bruta creduntur, melior longè quàm nostra hâc in parte videatur conditio, ut pote quae promptiùs et forsan feliciùs, sensus et cogitationes suas sine interprete significent, quàm ulli queant mortales, praesertim si peregrino utantur sermone.* Is. Vossius, *de Poemat. Cant. et Viritbus Rythmi,* p. 66[1].

n - Platon montrant combien les idées de la quantité discrète[2] et de ses rapports sont nécessaires dans les moindres arts, se moque avec raison des auteurs de son temps qui prétendaient que Palamède avait inventé les nombres au siège de Troie, comme si, dit ce philosophe, Agamemnon eût pu ignorer jusque-là combien il avait de jambes ? En effet, on sent l'impossibilité que la société et les arts fussent parvenus où ils étaient déjà du temps du siège de Troie, sans que les hommes eussent l'usage des nombres et du calcul : mais la nécessité de connaître les nombres avant que d'acquérir d'autres connaissances n'en rend pas l'invention plus aisée à imaginer ; les noms des nombres une fois connus, il est aisé d'en expliquer le sens et d'exciter les idées que ces noms représentent, mais pour les inventer, il fallut, avant que de concevoir ces mêmes idées, s'être pour ainsi dire familiarisé avec les méditations philosophiques, s'être exercé à considérer les êtres par leur seule essence et indépendamment de toute autre perception, abstraction très pénible, très métaphysique, très peu naturelle et sans laquelle cependant ces idées n'eussent jamais pu se transporter d'une espèce ou d'un genre à un autre, ni les nombres devenir universels. Un sauvage pouvait considérer séparément sa jambe droite et sa jambe gauche, ou les regarder ensemble sous l'idée invisible d'un couple sans jamais penser qu'il en avait deux ; car autre chose est l'idée représentative qui nous peint un objet, et autre chose l'idée numérique qui le détermine. Moins encore pouvait-il calculer jusqu'à cinq, et quoique appliquant ses mains l'une sur l'autre, il eût pu remarquer que les doigts se répondaient exactement, il était bien loin de songer à leur égalité numérique. Il ne savait pas plus le compte de ses doigts que de ses cheveux et si, après lui avoir fait entendre ce que c'est que nombres, quelqu'un lui eût dit qu'il avait autant de doigts aux pieds qu'aux mains, il eût peut-être été fort surpris, en les comparant, de trouver que cela était vrai.

o - Il ne faut pas confondre l'amour-propre et l'amour de soi-même[3] ; deux passions très différentes par leur nature et

1. « Et il ne manquerait rien au bonheur du genre humain si, se débarrassant de la funeste et confuse multiplicité des langues, les hommes étaient rompus à la pratique d'un seul procédé, et s'ils pouvaient toujours s'expliquer sur toutes choses par le moyen de signes, de mouvements et de gestes. Mais en fait les choses se passent de telle sorte que la condition des animaux, que l'on considère communément comme stupides, est sur ce point bien meilleure que la nôtre, car ils font connaître leurs sensations et leurs pensées plus rapidement, et peut-être plus fidèlement, que ne peut le faire aucun homme, surtout s'il se sert d'une langue étrangère » (Vossius, *Sur le chant poétique et les propriétés du rythme,* 1673). Vossius (1618-1689) est un philosophe hollandais.

2. Discrète : discontinue. Quantité discontinue : nombre. Voir Platon, *République,* VII, 522 *c-e.*

3. Cette distinction sera reprise par Rousseau dans l'*Émile,* et précisée dans les *Dialogues* (*Œuvres complètes,* t. I, p. 669, 806). L'amour-propre est mauvais en ce qu'il est « comparatif ».

par leurs effets. L'amour de soi-même est un sentiment naturel qui porte tout animal à veiller à sa propre conservation et qui, dirigé dans l'homme par la raison et modifié par la pitié, produit l'humanité et la vertu. L'amour-propre n'est qu'un sentiment relatif, factice et né dans la société, qui porte chaque individu à faire plus de cas de soi que de tout autre, qui inspire aux hommes tous les maux qu'ils se font mutuellement et qui est la véritable source de l'honneur.

Ceci bien entendu, je dis que dans notre état primitif, dans le véritable état de nature, l'amour-propre n'existe pas. Car, chaque homme en particulier se regardant lui-même comme le seul spectateur qui l'observe, comme le seul être dans l'univers qui prenne intérêt à lui, comme le seul juge de son propre mérite, il n'est pas possible qu'un sentiment qui prend sa source dans des comparaisons qu'il n'est pas à portée de faire, puisse germer dans son âme ; par la même raison cet homme ne saurait avoir ni haine ni désir de vengeance, passions qui ne peuvent naître que de l'opinion de quelque offense reçue ; et comme c'est le mépris ou l'intention de nuire et non le mal qui constitue l'offense, des hommes qui ne savent ni s'apprécier ni se comparer peuvent se faire beaucoup de violences mutuelles quand il leur en revient quelque avantage, sans jamais s'offenser réciproquement. En un mot, chaque homme ne voyant guère ses semblables que comme il verrait des animaux d'une autre espèce, peut ravir la proie au plus faible ou céder la sienne au plus fort, sans envisager ces rapines que comme des événements naturels, sans le moindre mouvement d'insolence ou de répit, et sans autre passion que la douleur ou la joie d'un bon ou mauvais succès.

p - C'est une chose extrêmement remarquable que depuis tant d'années que les Européens se tourmentent pour amener les sauvages des diverses contrées du monde à leur manière de vivre, ils n'aient pas pu encore en gagner un seul, non pas même à la faveur du christianisme ; car nos missionnaires en font quelquefois des chrétiens, mais jamais des hommes civilisés. Rien ne peut surmonter l'invincible répugnance qu'ils ont à prendre nos mœurs et vivre à notre manière. Si ces pauvres sauvages sont aussi malheureux qu'on le prétend, par quelle inconcevable dépravation de jugement refusent-ils constamment de se policer à notre imitation ou d'apprendre à vivre heureux parmi nous ; tandis qu'on lit en mille endroits que des Français et d'autres Européens se sont réfugiés volontairement parmi ces nations, y ont passé leur vie entière, sans pouvoir plus quitter une si étrange manière de vivre, et qu'on voit même des missionnaires sensés regretter avec attendrissement les jours calmes et innocents qu'ils ont passés chez ces peuples si méprisés ? Si l'on répond qu'ils n'ont pas assez de lumières pour juger sainement de leur état et du nôtre, je répliquerai que l'estimation du bonheur est moins l'affaire de la raison que du sentiment. D'ailleurs cette réponse peut se rétorquer contre nous avec plus de force encore ; car il y a plus loin de nos idées à la disposition d'esprit où il faudrait être pour concevoir le goût que trouvent les sauvages à leur manière de vivre que des idées des sauvages à celles qui peuvent leur faire concevoir la nôtre. En effet, après quelques observations il leur est aisé de voir que tous nos travaux se dirigent sur deux seuls objets, savoir, pour soi les commodités de la vie, et la considération parmi les autres. Mais le moyen pour nous d'imaginer la sorte de plaisir qu'un sauvage prend à passer sa vie seul au milieu des bois ou à la pêche, ou à souffler dans une mauvaise flûte, sans jamais en tirer un seul ton et sans se soucier de l'apprendre ?

On a plusieurs fois amené des sauvages à Paris, à Londres et dans d'autres villes ; on s'est empressé de leur étaler notre luxe, nos richesses et tous nos arts les plus utiles et les plus curieux ; tout cela n'a jamais excité chez eux qu'une admiration stupide, sans le moindre mouvement de convoitise. Je me souviens entre autres de l'histoire d'un chef de quelques Américains septentrionaux qu'on mena à la cour d'Angleterre il y a une trentaine d'années. On lui fit passer mille choses devant les yeux pour chercher à lui faire quelque présent qui pût lui plaire, sans qu'on trouvât rien dont il parut se soucier. Nos armes lui semblaient lourdes et incommodes, nos souliers lui blessaient les pieds, nos habits le gênaient, il rebutait tout ; enfin on s'aperçut qu'ayant pris une couverture de laine, il semblait prendre plaisir à s'en envelopper les épaules ; vous conviendrez, au moins, lui dit-on aussitôt, de l'utilité de ce meuble ? Oui, répondit-il, cela me paraît presque aussi bon qu'une peau de bête. Encore n'eût-il pas dit cela s'il eût porté l'une et l'autre à la pluie.

Peut-être me dira-t-on que c'est l'habitude qui, attachant chacun à sa manière de vivre, empêche les sauvages de sentir ce qu'il y a de bon dans la nôtre. Et sur ce pied-là il doit paraître au moins fort extraordinaire que l'habitude ait plus de force pour maintenir les sauvages dans le goût de leur misère que les Européens dans la jouissance de leur félicité. Mais pour faire à cette dernière objection une réponse à laquelle il n'y ait pas un mot à répliquer, sans alléguer tous les jeunes sauvages qu'on s'est vainement efforcé de civiliser ; sans parler des Groenlandais et des habitants de l'Islande, qu'on a tenté d'élever et nourrir en Danemark, et que la tristesse et le désespoir ont tous fait périr, soit de langueur, soit dans la mer où ils avaient tenté de regagner leur pays à la nage ; je me contenterai de citer un seul exemple bien attesté, et que je donne à examiner aux admirateurs de la police européenne.

« Tous les efforts des missionnaires hollandais du cap de Bonne-Espérance n'ont jamais été capables de convertir un seul Hottentot. Van der Stel, gouverneur du Cap, en ayant pris un dès l'enfance, le fit élever dans les principes de la religion chrétienne et dans la pratique des usages de l'Europe. On le vêtit richement, on lui fit apprendre plusieurs langues et ses progrès répondirent fort bien aux soins qu'on prit pour son éducation. Le gouverneur, espérant beaucoup de son esprit, l'envoya aux Indes avec un commissaire général qui l'employa utilement aux affaires de la Compagnie. Il revint au Cap après la mort du commissaire. Peu de jours après son retour, dans une visite qu'il rendit à quelques Hottentots de ses parents, il prit le parti de se dépouiller de sa parure européenne pour se revêtir d'une peau de brebis. Il retourna au fort, dans ce nouvel ajustement, chargé d'un paquet qui contenait ses anciens habits, et les présentant au gouverneur il lui tint ce discours (voy. le frontispice). "*Ayez la bonté, monsieur, de faire attention que je renonce pour toujours à cet appareil. Je renonce aussi pour toute ma vie à la religion chrétienne, ma résolution est de vivre et mourir dans la religion, les manières et les usages de mes ancêtres. L'unique grâce que je vous demande est de me laisser le collier et le coutelas que je porte. Je les garderai pour l'amour de vous.*" Aussitôt, sans attendre la réponse de Van der Stel, il se déroba par la fuite et jamais on ne le revit au Cap. » *Histoire des voyages,* tome 5, p. 175.

q - On pourrait m'objecter que dans un pareil désordre les hommes au lieu de s'entr'égorger opiniâtrement se seraient dispersés, s'il n'y avait point eu de bornes à leur dispersion. Mais premièrement ces bornes eussent au moins été celles du monde, et si l'on pense à l'excessive population qui résulte de l'état de nature, on jugera que la terre dans cet état n'eût pas tardé à être couverte d'hommes ainsi forcés à se tenir rassemblés. D'ailleurs ils se seraient dispersés, si le mal avait été rapide et que c'eût été un changement fait du jour au lendemain ; mais ils naissaient sous le joug ; ils avaient l'habitude de le porter quand ils en sentaient la pesanteur, et ils se contentaient d'attendre l'occasion de le secouer[1]. Enfin, déjà accoutumés à mille commodités qui les forçaient à se tenir rassemblés, la dispersion n'était plus si facile que dans les premiers temps où nul n'ayant besoin que de soi-même, chacun prenait son parti sans attendre le consentement d'un autre.

r - Le maréchal de V***[2] contait que dans une de ses campagnes, les excessives friponneries d'un entrepreneur des vivres ayant fait souffrir et murmurer l'armée, il le tança vertement et le menaça de le faire pendre. Cette menace ne me regarde pas, lui répondit hardiment le fripon, et je suis bien aise de vous dire qu'on ne pend point un homme qui dispose de cent mille écus. Je ne sais comment cela se fit, ajoutait naïvement le maréchal, mais en effet il ne fut point pendu, quoiqu'il eût cent fois mérité de l'être.

s - La justice distributive s'opposerait même à cette égalité rigoureuse de l'état de nature, quand elle serait prati-

1. Cette instauration de la servitude s'est faite d'une manière lente et progressive. Voir p. 82.

2. Louis Hector, duc de Villars (1653-1734), maréchal de France. Anecdote tout à fait caractéristique de l'audace de la critique sociale de Rousseau.

cable dans la société civile ; et comme tous les membres de l'État lui doivent des services proportionnés à leurs talents et à leurs forces, les citoyens à leur tour doivent être distingués et favorisés à proportion de leurs services. C'est en ce sens qu'il faut entendre un passage d'Isocrate[1] dans lequel il loue les premiers Athéniens d'avoir bien su distinguer quelle était la plus avantageuse des deux sortes d'égalité, dont l'une consiste à faire part des mêmes avantages à tous les citoyens indifféremment, et l'autre à les distinguer selon le mérite de chacun. Ces habiles politiques, ajoute l'orateur, bannissant cette injuste égalité qui ne met aucune différence entre les méchants et les gens de bien, s'attachèrent inviolablement à celle qui récompense et punit chacun selon son mérite. Mais premièrement il n'a jamais existé de société, à quelque degré de corruption qu'elles aient pu parvenir, dans laquelle on ne fît aucune différence des méchants et des gens de bien ; et dans les matières de mœurs où la loi ne peut fixer de mesure assez exacte pour servir de règle au magistrat, c'est très sagement que, pour ne pas laisser le sort ou le rang des citoyens à sa discrétion, elle lui interdit le jugement des personnes pour ne lui laisser que celui des actions. Il n'y a que des mœurs aussi pures que celles des anciens Romains qui puissent supporter des censeurs, et de pareils tribunaux auraient bientôt tout bouleversé parmi nous. C'est à l'estime publique à mettre de la différence entre les méchants et les gens de bien ; le magistrat n'est juge que du droit rigoureux ; mais le peuple est le véritable juge des mœurs ; juge intègre et même éclairé sur ce point, qu'on abuse quelquefois, mais qu'on ne corrompt jamais. Les rangs des citoyens doivent donc être réglés, non sur leur mérite personnel, ce qui serait laisser au magistrat le moyen de faire une application presque arbitraire de la loi, mais sur les services réels qu'ils rendent à l'État et qui sont susceptibles d'une estimation plus exacte[2].

1. Isocrate, *Aréopagitique*, § 21, 22.

2. **Voir problématiques essentielles** : L'inégalité, p. 21.

Dossier

Concepts clés

la liberté

1. La liberté, une spécificité de l'homme

La liberté est présentée par Rousseau comme ce qui constitue la différence spécifique de l'homme par rapport à l'animal. Contrairement à l'opinion courante, ce n'est pas la raison qui distingue l'homme, mais la liberté entendue comme pouvoir de choix. Alors que l'animal est gouverné par son instinct, l'homme est un agent libre, « il se reconnaît libre d'acquiescer, ou de résister ; et c'est surtout dans la conscience de cette liberté que se montre la spiritualité de son âme[1] ». L'homme n'a pas à acquérir sa liberté, elle lui est naturelle : il la possède depuis toujours, dès sa naissance.

2. La liberté naturelle comme pouvoir d'indépendance

Cette liberté originelle a pour corollaire l'indépendance de l'homme. À l'état de nature, les hommes sont solitaires, dispersés, et leurs besoins sont modiques. Ils peuvent donc les satisfaire facilement, sans l'aide d'autrui. L'indépendance à l'égard d'autrui et l'indépendance à l'égard des besoins sont liées : parce que l'homme naturel a peu de besoins, il peut les assouvir seul.

La même liaison s'observe dans l'ordre de la dépendance : l'homme tombe dans la dépendance d'autrui dès qu'il n'est plus autosuffisant, et il perd ainsi sa liberté. « Il est impossible d'asservir un homme sans l'avoir mis auparavant dans le cas de ne pouvoir se passer d'un autre ; situation qui, n'existant pas dans l'état de nature, y laisse chacun libre du joug et rend vaine la loi du plus fort[2]. » Le passage de l'état de nature à l'état social a pour conséquence la perte de la liberté naturelle. La société, en instaurant des rapports de dépendances entre les hommes, en développant leurs besoins et donc leur souci de plaire, a partie liée avec l'esclavage (voir problématiques essentielles : La critique de la société, p. 19). Et la culture pervertit leur désir de liberté : « Les sciences, les lettres et les arts, [...], étendent des guirlandes de fleurs sur les chaînes de fer dont ils sont chargés, étouffent en eux le sentiment de cette liberté originelle pour laquelle ils semblaient être nés, leur font aimer leur esclavage[3]. »

1. *Discours*, p. 61.
2. *Op. cit.*, p. 80.
3. *Discours sur les sciences et les arts*, *Œuvres complètes*, t. III, p. 7 ; GF-Flammarion, p. 31.

3. Peut-on perdre sa liberté ?

Mais comment l'homme peut-il perdre sa liberté, alors qu'elle est présentée par Rousseau comme la marque caractéristique de la nature humaine ? La liberté est un don de la nature, aussi essentielle que la vie. Renoncer à sa liberté équivaut à renoncer à sa qualité d'homme, « à se mettre au niveau des bêtes esclaves de l'instinct[1] ». Ainsi, aucun acte volontaire ne peut justifier l'abandon de sa liberté : si l'homme a le droit de jouir de sa liberté, il n'a pas le droit de s'en défaire, ni pour lui-même, ni pour ses descendants. Cette idée permet à Rousseau de critiquer toutes les théories politiques qui fondent l'origine du gouvernement sur un pacte des peuples instaurant un pouvoir arbitraire. « En effet, pourquoi se sont-ils donné des supérieurs, si ce n'est pour les défendre contre l'oppression, et protéger leurs biens, leurs libertés, et leurs vies, qui sont, pour ainsi dire, les éléments constitutifs de leur être[2] ? »

4. Passage à une nouvelle liberté : la liberté civile

Toutefois, quelle que soit la nature du pacte fondateur, l'homme vivant en société ne peut plus jouir de la liberté naturelle, étant dans une situation de dépendance. Est-il alors condamné pour toujours à la servitude ? En passant de l'état de nature à l'état social, l'homme a changé de nature, il a perdu sa liberté naturelle ; mais il peut acquérir une nouvelle liberté. Rousseau présente cette liberté civile dans le *Contrat social.* « Ce que l'homme perd par le contrat social, c'est sa liberté naturelle [...] ; ce qu'il gagne, c'est la liberté civile [...]. Pour ne pas se tromper dans ces compensations, il faut bien distinguer la liberté naturelle qui n'a pour bornes que les forces de l'individu, de la liberté civile, qui est limitée par la volonté générale[3]. » Il faut remarquer que la liberté civile a pour condition de possibilité une société où la souveraineté appartient au peuple et où tous sont soumis aux lois, et qu'elle ne peut pas exister sous un gouvernement arbitraire. C'est pourquoi, dans le *Discours,* Rousseau évoque la liberté civile seulement dans la Dédicace où il rend hommage à la république de Genève.

la loi naturelle

1. Définition de la loi naturelle

Avant toute tentative de définition, il faut lever l'ambiguïté qui réside dans le terme de « loi naturelle ». On peut entendre par cette expression soit des lois physiques, soit des lois morales. Il convient donc de distin-

1. *Discours,* p. 100.
2. *Op. cit.,* p. 98.
3. *Du contrat social,* livre I, chap VIII, *Œuvres complètes,* t. III, p. 364 ; Nathan, p. 44.

guer les lois de la nature auxquelles on ne peut pas désobéir – par exemple la loi de la gravitation – des lois de la nature auxquelles il est possible de désobéir – par exemple le commandement « tu ne tueras pas ton semblable ». Les lois physiques sont des lois que « la nature s'impose à elle-même [1] », les lois morales sont des lois que la nature prescrit à l'homme. Le droit naturel correspond à l'ensemble de ces prescriptions, mais surtout pas aux lois physiques. En établissant cette distinction entre deux sens de la loi naturelle, Rousseau critique implicitement la formulation de la question de l'Académie de Dijon : cette question est ambiguë car elle ne précise pas quel sens de la loi naturelle il faut retenir.

2. La critique des conceptions antérieures

« Connaissant si peu la nature et s'accordant si mal sur le sens du mot *loi*, il serait bien difficile de convenir d'une bonne définition de la loi naturelle [2]. » Rousseau critique les définitions que ses prédécesseurs ont données de la loi naturelle. Leurs définitions sont établies de façon arbitraire, elles sont incompréhensibles et contradictoires entre elles.

La critique de Rousseau s'applique aux jurisconsultes romains et aux philosophes modernes. « Les jurisconsultes romains assujettissent indifféremment l'homme et tous les autres animaux à la même loi naturelle [3]. » Confondant loi physique et loi morale, leur définition méconnaît la spécificité des êtres. L'homme étant un agent libre, lui seul peut désobéir à une loi et avoir des devoirs. L'animal, quant à lui, est dominé par l'instinct. L'homme et les animaux sont tous soumis aux lois physiques de la nature, mais il n'y a que l'homme qui puisse obéir aux lois morales de la nature.

Les Modernes évitent ce défaut, car ils « ne reconnaissent sous le nom de loi qu'une règle prescrite à un être moral, c'est-à-dire intelligent, libre, et considéré dans ses rapports avec d'autres êtres [4] ». Mais leur définition tombe dans un autre travers : ils supposent en effet que l'homme naturel est déjà doué de raison et établissent la loi naturelle « sur des principes si métaphysiques qu'il y a, même parmi nous, bien peu de gens en état de comprendre ces principes [5] ». Leur loi naturelle est inintelligible pour l'homme à moins qu'il ne soit philosophe.

3. La conception rousseauiste de la loi naturelle

Définir la loi naturelle est donc une tâche qui reste à accomplir. Rousseau ne rejette pas l'idée de loi naturelle, mais il refuse qu'elle puisse être explicitée sans une étude préalable de la nature de l'homme, car c'est

1. *Discours*, p. 46.
2. *Op. cit.*, p. 47.
3. *Op. cit.*, p. 46.
4. *Ibid.*
5. *Ibid.*

de l'homme naturel que les principes du droit naturel doivent être déduits. Ainsi, « tant que nous ne connaîtrons point l'homme naturel, c'est en vain que nous voudrons déterminer la loi qu'il a reçue ou celle qui convient le mieux à sa constitution[1] ». Deux contraintes sont imposées *a priori* à la loi naturelle : elle doit pouvoir être connue et comprise par celui qu'elle oblige, et elle doit être simple, il faut « qu'elle parle immédiatement par la voix de la nature[2] ». Or la raison dans l'homme naturel est une virtualité. L'homme naturel ne sait encore ni penser ni raisonner. Il est sensible avant d'être raisonnable. La loi naturelle doit donc s'adresser à l'homme en tant qu'être libre et sensible, et non pas en tant qu'être libre et rationnel.

Rousseau va proposer une conception de la loi naturelle déduite de « deux principes antérieurs à la raison[3] » : l'amour de soi et la pitié. Pour l'homme social, en qui la pitié a été étouffée, le droit naturel sera établi sur la raison. Mais ce qui est naturel à l'homme d'une époque ne l'est pas à l'homme d'une autre époque. Le droit naturel, dans l'état de nature, est fondé sur la pitié, il n'est ni pensé ni raisonné. En revanche, dans l'état de société, le droit naturel est fondé sur la raison, devenue naturelle à l'homme, et qui remplace la pitié.

Le grand avantage du point de vue de Rousseau est qu'« on n'est pas obligé de faire de l'homme un philosophe avant que d'en faire un homme[4] ». La loi naturelle parle premièrement à la conscience de l'homme, à son cœur, et pas à sa raison.

La maxime de la loi naturelle est la suivante : « Fais ton bien avec le moindre mal d'autrui qu'il est possible[5]. » La loi naturelle n'est pas fondée sur la connaissance mais sur la sensibilité. Elle s'adresse à tout homme, et pas seulement à une élite intellectuelle. « Si je suis obligé de ne faire aucun mal à mon semblable, c'est moins parce qu'il est un être raisonnable que parce qu'il est un être sensible[6]. » L'homme ne doit pas faire violence à autrui, car c'est le faire souffrir physiquement. L'homme ne doit pas non plus faire souffrir les animaux, qui sont aussi des êtres sensibles, quand sa propre conservation ne l'exige pas.

Si on prend l'exemple d'un petit enfant, on remarquera la pertinence de la réflexion de Rousseau. Ayant lui-même l'expérience de la douleur physique, un enfant peut comprendre facilement qu'il ne faut pas faire de mal à quelqu'un, car c'est le faire souffrir dans son corps. En revanche, n'ayant pas encore l'usage de sa raison, il ne comprendra rien si on lui dit qu'il ne doit pas faire de mal à autrui car il doit le respecter, en tant qu'être libre et raisonnable.

1. *Discours*, p. 47.
2. *Ibid.*
3. *Ibid.*
4. *Op. cit.*, p. 48.
5. *Op. cit.*, p. 75.
6. *Op. cit.*, p. 48.

Une dernière distinction doit être établie pour éviter des confusions : le droit naturel doit être bien distingué du droit positif. Si le droit naturel est prescrit par la nature, le droit positif est établi par la société. Toute loi positive est humaine, sociale, et donc peut être soumise à la critique et réformée. Rousseau refuse de faire de la loi naturelle le fondement métaphysique des lois positives, car elles sont de deux ordres bien distincts : l'une est immuable, non discutable, les autres sont variables en fonction de l'évolution de la société. En revanche, si le droit positif ne s'appuyait pas sur le droit naturel, il reposerait seulement sur la contrainte extérieure. Seul le droit naturel peut transformer l'obéissance en devoir. S'ils doivent donc être nettement distingués, ces deux droits sont complémentaires.

les passions : amour de soi, pitié, amour-propre

Les passions ne sont pas toutes qualifiées négativement par Rousseau, certaines sont naturelles et bonnes. Rousseau distingue deux types de passions, celles qui appartiennent à l'homme naturel et celles qui appartiennent à l'homme social. Les premières, dues à une impulsion de la nature, sont peu nombreuses, bénéfiques et antérieures à la raison. Elles sont communes à l'homme et à l'animal. Les secondes, dues au développement de notre connaissance et à la vie en société, sont nombreuses, violentes et impérieuses.

Dans le *Discours,* Rousseau présente trois passions fondamentales : l'amour de soi et la pitié appartiennent au premier type, l'amour-propre au second.

1. L'amour de soi

« L'amour de soi-même est un sentiment naturel qui porte tout animal à veiller à sa propre conservation[1]. » Il nous pousse à nous intéresser à notre bien-être, mais il ne concerne que nos besoins vitaux qui sont en nombre limité. C'est une passion modérée qui n'incite pas l'homme à l'excès. « L'homme sauvage, quand il a dîné, est en paix avec toute la nature, et l'ami de tous ses semblables[2]. » C'est un amour tourné vers nous-mêmes, indifférent aux autres et qui est satisfait quand nos besoins sont assurés. « L'amour de soi-même est toujours bon, et toujours conforme à l'ordre[3]. » Se conserver en vie est le devoir primordial de l'être sensible ; afin qu'il y porte la plus grande attention, il faut qu'il s'aime plus

1. *Discours*, p. 135, note *o*.
2. *Op. cit.*, p. 119, note *i*.
3. *Émile*, livre IV, *Œuvres complètes*, t. IV, p. 491 ; GF-Flammarion, p. 275.

que toute autre chose. L'amour de soi est ainsi présenté par Rousseau comme la passion fondamentale, « la seule qui naît avec l'homme et ne le quitte jamais tant qu'il vit[1] ».

2. La pitié

La pitié, seconde passion naturelle de l'homme, « nous inspire une répugnance naturelle à voir périr ou souffrir tout être sensible et principalement nos semblables[2] ». Afin de prouver la naturalité de la pitié, Rousseau l'attribue aussi aux animaux. La pitié est antérieure à la raison, c'est en tant qu'être sensible que l'homme l'éprouve. Elle est un frein à l'amour de soi de l'homme, elle « tempère l'ardeur qu'il a pour son bien-être[3] ». De la combinaison de la pitié et de l'amour de soi dérivent « toutes les règles du droit naturel[4] ». La pitié constitue la bonté naturelle de l'homme, sur elle se bâtit la moralité. Ce n'est pas une force contraignante ; elle n'agit que quand elle ne s'oppose pas à l'amour de soi. « C'est elle qui, dans l'état de nature, tient lieu de lois, de mœurs, et de vertu[5]. »

On comprend donc que Rousseau fasse de la pitié la source de toutes les vertus sociales. « En effet, qu'est ce que la générosité, la clémence, l'humanité, sinon la pitié appliquée aux faibles, aux coupables, ou à l'espèce humaine en général[6] ? » L'homme naturel ressent de la pitié pour son semblable car il s'identifie spontanément à sa souffrance. La pitié ne nécessite aucune réflexion ; au contraire, le développement de la raison « replie l'homme sur lui-même[7] » et freine le mouvement naturel de la pitié. Ainsi, à mesure que l'amour-propre va se développer, la pitié va s'affaiblir : dans la société, elle est quasi étouffée.

3. L'amour-propre

L'amour-propre, troisième passion fondamentale présentée par Rousseau dans le *Discours*, est une passion née de la société. Il convient de ne pas le confondre avec l'amour de soi. L'amour-propre désigne lui aussi l'amour que l'individu se porte à lui-même, mais c'est « un sentiment relatif, factice et né dans la société, qui porte chaque individu à faire plus de cas de soi que de tout autre, qui inspire aux hommes tous les maux qu'ils se font mutuellement[8] ». L'amour-propre est une dégénérescence de l'amour de soi, c'est un amour exclusif. Au contraire, l'amour de soi ne rend pas l'individu égoïste, mais le laisse accessible à la pitié tant que sa propre vie n'est

1. *Émile*, livre IV, *Œuvres complètes*, t. IV, p. 491 ; GF-Flammarion, p. 275.
2. *Discours*, p. 47.
3. *Op. cit.*, p. 72.
4. *Op. cit.*, p. 47.
5. *Op. cit.*, p. 75.
6. *Op. cit.*, p. 74.
7. *Ibid.*
8. *Op. cit.*, p. 135, note o.

pas en danger. L'amour-propre est un sentiment relatif car il dépend des relations entre individus. Avec le développement de sa réflexion et la vie en société, l'homme apprend à se comparer à ses semblables ; ainsi naissent l'envie et le désir d'être le premier. Cette passion ne peut que rendre l'homme malheureux : « En nous préférant aux autres, [il] exige aussi que les autres nous préfèrent à eux ; ce qui est impossible[1]. » L'homme ne peut jamais satisfaire son amour-propre, qui est insatiable et le tient ainsi en esclavage. C'est un sentiment factice qui n'appartient pas à la vraie nature de l'homme. C'est un principe de méchanceté, car il ne se satisfait pas par son propre bonheur mais par le malheur d'autrui.

L'amour-propre est pour Rousseau le principe qui régit la vie des hommes en société. Il lui accorde la même place que d'autres penseurs donnent à l'intérêt. La pitié, étouffée par l'amour-propre, ne peut pas le tempérer ; l'établissement de règles de justice s'avère donc nécessaire pour le juguler. Il faut toutefois noter que l'amour de soi ne disparaît pas complètement dans la société. Chaque homme commence par l'amour de soi, et c'est seulement quand il se compare, quand il veut la première place, que cet amour se transforme en amour-propre.

Watteau, *L'Indifférent*,
musée du Louvre.
« L'amour-propre n'est qu'un sentiment relatif, factice et né dans la société, qui porte chaque individu à faire plus de cas de soi que de tout autre. »
Rousseau, *Discours*, p. 135, note *o*.

1. *Émile*, livre IV, *Œuvres complètes*, t. IV, p. 493 ; GF-Flammarion, p. 277.

le contrat, fondement légitime

1. La critique des faux contrats

En décrivant le passage de l'état de nature à l'état social, Rousseau est conduit à présenter le pacte d'association par lequel la société a été instituée. Ce pacte a été fait au bénéfice des riches. Mais Rousseau ne se contente pas de cette description ; conformément à sa méthode – examiner les faits par le droit –, il va étudier la légitimité de ce pacte. Selon ce pacte, le peuple promet d'obéir à un pouvoir suprême. Ainsi, « ils coururent au-devant de leurs fers, croyant assurer leur liberté[1] ». Pour Rousseau, un tel contrat est une mystification, car l'une des parties perd toute sa liberté tandis que l'autre la conserve tout entière. Ce contrat n'obligeant qu'une des parties, il est sans validité. C'est un contrat de servitude, qui aliène le plus grand nombre au bénéfice de quelques-uns.

Rousseau complète sa critique par un examen des théories de ses prédécesseurs sur l'origine des sociétés politiques. Il dénonce leur caractère idéologique et le fait qu'elles défendent le pouvoir dominant au lieu de cher cher quel gouvernement peut être légitime. Ces théories visent toutes, selon Rousseau, à légitimer le despotisme. Il récuse la théorie de Pufendorf, qui voit l'origine de la souveraineté dans le droit de conquête, la théorie de Hobbes, qui fonde la souveraineté sur un contrat d'assujettissement, et la théorie de Ramsay basée sur l'autorité paternelle. Ces auteurs cèdent tous à une illusion rétrospective (comme c'était déjà le cas dans leurs descriptions de l'état de nature). Partant de l'homme social, qui est devenu esclave, ils ne se rendent pas compte que la liberté est aussi essentielle à l'homme que sa vie. Et pas plus que l'individu ne peut aliéner sa liberté, le peuple ne peut aliéner sa souveraineté.

2. La conception rousseauiste du contrat social

À tous ces contrats de servitude, Rousseau oppose le vrai contrat qui seul peut rendre légitime l'institution de la société. Ce contrat annonce le projet du *Contrat social*, même si la doctrine de Rousseau n'est pas complètement élaborée dans le *Discours*. Le vrai contrat n'est pas un pacte avec le gouvernement mais c'est un contrat des membres entre eux. Le pouvoir politique réside dans le peuple et celui-ci doit exercer directement sa souveraineté. La hardiesse du *Discours* réside donc dans l'affirmation que le souverain et le peuple doivent être « une même personne[2] ». Dans la Dédicace[3], Rousseau dresse un portrait de l'État idéal et fournit ainsi des éléments sur le

1. *Discours*, p. 95.
2. *Op. cit.*, p. 35.
3. *Op. cit.*, pp. 35-38.

contrat légitime. Par ce contrat, tous sont soumis aux lois – le peuple comme le gouvernement – et le droit de législation est « commun à tous les citoyens ; car qui peut mieux savoir qu'eux sous quelles conditions il leur convient de vivre ensemble dans une même société ?[1] ».

3. Bilan : une théorie du contrat inachevée dans le *Discours*

Rousseau en reste cependant à la théorie traditionnelle du double contrat : le peuple se constitue en tant que tel par un pacte d'association, puis il délègue une partie de ses pouvoirs à un individu ou à un groupe, auquel il se lie par un pacte de soumission sous certaines conditions. Le souverain doit assurer le bien du peuple et respecter les lois fondamentales. La difficulté est que, s'il n'existe pas un pouvoir supérieur pour le garantir, ce contrat est révocable par le peuple ou les chefs, et que cette situation risque d'entraîner des litiges sans fin. Conscient de ce problème, Rousseau a recours à la religion, qui donne un caractère sacré au pouvoir. Mais l'autorité politique est alors sous la dépendance du pouvoir religieux.

Au terme du *Discours,* l'innovation de Rousseau concernant la théorie du contrat est limitée. Ses caractéristiques positives ne sont pas clairement précisées, et il reste pris dans une perspective encore traditionnelle. Mais surtout ce contrat n'est réalisable que sous certaines conditions : il ne concerne que des États de petite taille, telle la Genève de la Dédicace. Enfin, Rousseau n'envisage pas les moyens de la réalisation du contrat légitime et de l'établissement d'un ordre social juste. Il refuse l'ordre social existant, mais il n'indique jamais comment y échapper et établir une société fondée sur le vrai contrat. Le *Discours* se termine donc dans une atmosphère pessimiste : les seules possibilités d'amélioration résident au sein même de l'état social, établi de manière irréversible, mais nulle part il ne nous est dit comment les réaliser.

Il faudra attendre le *Contrat social* pour que la solution de Rousseau au problème politique soit achevée, mais elle restera théorique, aucun passage entre le droit et le fait n'étant établi.

la perfectibilité

1. Qu'est-ce qui différencie l'homme de l'animal ?

Du point de vue physique, l'homme ne se distingue quasiment pas de l'animal, ce n'est qu'une espèce parmi d'autres. « [C'est] un animal moins fort que les uns, moins agile que les autres, mais, à tout prendre, organisé le

1. *Discours*, p. 36.

plus avantageusement de tous[1]. » Hommes et animaux ont les mêmes besoins, et les satisfont de la même façon, instinctivement ; la seule différence est que l'homme, n'ayant pas d'instinct propre, peut s'approprier celui de chaque espèce.

Cependant, même si l'homme « commencera donc par les fonctions purement animales[2] » (apercevoir et sentir), on ne peut pas l'assimiler à un animal. Du point de vue métaphysique, une différence essentielle marque la différence entre l'homme et l'animal : l'homme est un agent libre, l'animal est gouverné par son instinct.

Mais si la liberté est la qualité spécifique de l'homme, elle ne suffit pas à le distinguer de l'animal à cause des disputes philosophiques qu'elle soulève. Rousseau propose donc un second critère de différence : la perfectibilité*. Cette faculté est l'argument décisif pour refuser toute continuité ontologique entre l'homme et l'animal. L'essence de l'homme est d'une autre nature que celle de l'animal, car l'homme peut changer sa nature tandis que l'animal reste indéfiniment le même.

2. La perfectibilité, faculté spécifique de l'homme

La perfectibilité est la « faculté qui, à l'aide des circonstances, développe successivement toutes les autres[3] ». Cette faculté naturelle est une simple virtualité indéterminée, sa fonction est de permettre le développement d'autres facultés qui sont virtuelles à l'état de nature, par exemple la raison, le langage, la sociabilité. C'est une faculté d'adaptation. L'homme n'est pas achevé quand il sort des mains de la nature, contrairement à l'animal. La nature humaine est susceptible d'une évolution – au niveau individuel comme au niveau de l'espèce – dont l'homme est responsable.

Mais la faculté de se perfectionner n'est pas opérante par elle-même, des circonstances extérieures sont nécessaires pour lui donner sa première impulsion. Dans l'état de nature, la perfectibilité est endormie, elle reste virtuelle. L'homme se gouverne par l'instinct, sa raison n'est pas encore en activité car il n'en a pas besoin. A l'état de nature, il existe une harmonie entre l'homme et son milieu ; en raison de la fertilité de la terre et du nombre restreint de ses besoins, l'homme a peu d'effort à faire pour les assouvir, l'instinct et la force physique lui suffisent.

Rousseau avance un second argument pour expliquer l'absence de développement de la perfectibilité à l'état de nature : les hommes étant dispersés et privés de langage, si l'un d'entre eux faisait une découverte, il ne pouvait pas la communiquer : « L'art périssait avec l'inventeur ; il n'y avait ni éducation ni progrès, les générations se multipliaient inutilement[4]. »

1. *Discours*, p. 54.
2. *Op. cit.*, p. 62.
3. *Op. cit.*, p. 61.
4. *Op. cit.*, p. 78.

3. Nécessité des circonstances pour mettre en œuvre la perfectibilité

Les hommes auraient pu rester éternellement à l'état de nature sans jamais développer leurs facultés. Ce sont des circonstances étrangères, des hasards qui ont rompu l'harmonie entre l'homme et la nature, faisant de la conservation un problème et contraignant l'homme à sortir de son indolence. « Il se présenta bientôt des difficultés, il fallut apprendre à les vaincre[1]. » Rousseau donne quelques exemples de ces difficultés : la hauteur des arbres, la concurrence des animaux, leur férocité, l'augmentation de la population, la sécheresse. Ces circonstances font passer l'homme du stade de l'instinct au stade de l'intelligence. Il apprend à fabriquer des outils, il s'associe avec ses semblables pour mieux se défendre... Si la satisfaction de ses besoins n'était pas devenue un problème, l'homme serait demeuré un enfant. « Chez toutes les nations du monde, les progrès de l'esprit se sont précisément proportionnés aux besoins que les peuples avaient reçus de la nature, ou auxquels les circonstances les avaient assujettis[2]. » Par exemple, si les Égyptiens ont inventé des systèmes d'irrigation, de digues, c'est à cause des crues du Nil.

4. Neutralité morale de la perfectibilité

Il faut bien remarquer que si la perfectibilité marque la spécificité de l'homme, Rousseau ne qualifie pas pour autant positivement cette faculté. La perfectibilité relève de l'ordre psychologique, pas de l'ordre moral. C'est une faculté de progrès, mais ce progrès n'est pas nécessairement bon. Bien au contraire, « cette faculté distinctive, et presque illimitée, est la source de tous les malheurs de l'homme[3] ». La perfectibilité a une contrepartie : on perd « d'un côté tout autant qu'on gagne de l'autre[4] ». Si la perfectibilité permet le développement de l'intelligence de l'homme, elle entraîne aussi le développement de son amour-propre, de ses vices. Elle extirpe l'homme de la tranquillité et de l'innocence dont il jouissait dans l'état de nature.

La perfectibilité peut soit rendre l'individu pleinement homme, soit le faire tomber plus bas que l'animal. Tout dépend de l'usage qui en est fait. En effet, la perfectibilité offre à l'homme la possibilité de se donner une nature autre que celle qu'il a reçue. En développant des facultés virtuelles, telles que la raison, l'homme se transforme et transforme son rapport au monde, monde qu'il devient capable de dominer. La perfectibilité est ainsi l'expression de la liberté de l'homme et de sa différence radicale avec l'animal.

1. *Discours*, p. 82.
2. *Op. cit.*, p. 63.
3. *Op. cit.*, pp. 61-62.
4. *Lettre à Mirabeau, Œuvres complètes*, t. IV, p. 689.

Grandes thèses

Le rapport entre nature et culture

1. La nécessité d'une science de l'homme

« C'est de l'homme que j'ai à parler[1]. » Le Discours est présenté par Rousseau comme une réflexion anthropologique qui s'adresse à tout homme, quelle que soit sa culture, car elle concerne le genre humain. Cette étude est nécessaire pour élucider le problème de l'origine de l'inégalité parmi les hommes, car la conception de l'homme sous-tend la définition que l'on peut donner du droit naturel. L'objectif de Rousseau est de présenter une histoire de l'humanité, donc de distinguer dans l'homme ce qui relève de la nature – l'inné – et ce qui relève de la culture – l'acquis.

« Ô homme, de quelque contrée que tu sois, quelles que soient tes opinions, écoute. Voici ton histoire telle que j'ai cru la lire, non dans les livres de tes semblables qui sont menteurs, mais dans la nature qui ne ment jamais[2]. » Rousseau est conscient de la difficulté de cette entreprise. L'homme vit en société depuis des siècles, et il est très difficile, sinon impossible, de distinguer en lui ce qui relève exclusivement de la nature de ce qui relève de son éducation, de la société dans laquelle il vit. « Comment l'homme viendra-t-il à bout de se voir tel que l'a formé la nature, à travers tous les changements que la succession des temps et des choses a dû produire dans sa constitution originelle, et de démêler ce qu'il tient de son propre fonds d'avec ce que les circonstances et ses progrès ont ajouté ou changé à son état primitif[3]. » La nature humaine est plastique, malléable ; elle est perméable à son environnement culturel. L'être humain se constitue par accumulation d'éléments culturels. Même des comportements aussi vitaux que manger ou dormir varient d'une culture à une autre, car l'homme n'a pas d'instinct propre. L'homme est un être essentiellement historique, ce qu'il est résulte de transformations progressives, mais non nécessaires.

2. Quelle méthode utiliser pour cette nouvelle science ?

Comment sera-t-il possible de distinguer le naturel du culturel dans l'homme ? Quelle méthode employer ? « Quelles expériences seraient nécessaires pour parvenir à connaître l'homme naturel ; et quels sont les moyens de faire ces expériences au sein de la société[4] ? » Rousseau ne va pas s'ap-

1. *Discours*, p. 51.
2. *Op. cit.*, p. 53.
3. *Op. cit.*, p. 44.
4. *Op. cit.*, p. 45.

puyer sur des expérimentations pratiques pour distinguer l'inné de l'acquis dans l'homme (par exemple en étudiant des « enfants sauvages »). Mais il va bâtir une hypothèse, un prototype de l'homme naturel et le comparer à l'homme social, tel qu'il peut l'observer dans la société dans laquelle il vit. Il va également comparer cet homme social aux hommes d'autres sociétés, d'autres cultures, les récits de voyages lui ayant permis de les connaître.

3. Reconnaissance des diversités culturelles

Rousseau pose une séparation radicale entre nature et culture. La culture ne peut rien nous dire sur la nature, car la culture est évolutive tandis que ce qui relève de la nature ne l'est pas. C'est faute de faire cette distinction que nous nous trompons sur ce qu'est l'homme et que nous portons un jugement faux sur lui. Cette ignorance est dangereuse car elle peut nous conduire à confondre certains hommes avec des animaux, à méconnaître leur humanité. Dans la note *j* p. 123, Rousseau cite plusieurs récits de voyages où certains peuples sont pris pour des animaux ou pour des croisements de l'homme et du singe. Au contraire pour Rousseau, « il est aisé de voir qu'entre les différences qui distinguent les hommes, plusieurs passent pour naturelles qui sont uniquement l'ouvrage de l'habitude et des divers genres de vie que les hommes adoptent dans la société[1] ».

La diversité culturelle est une caractéristique de l'humanité, il ne faut pas s'en étonner puisque l'homme est perfectible. L'homme peut s'adapter à différents milieux naturels, et sa culture variera selon qu'il vit, par exemple, dans un pays froid ou un pays chaud. Les différences culturelles expriment les multiples possibilités qu'a l'homme pour s'adapter à des milieux divers. Les différences physiques et morales que consignent les voyageurs entre leur pays et ceux qu'ils ont visités sont essentiellement le résultat d'une adaptation de l'homme.

Il faut remarquer que Rousseau refuse de penser le rapport entre l'homme et son milieu comme un rapport nécessaire. Il n'y a pas de déterminisme entre l'homme et sa culture, l'homme peut s'adapter à tous les milieux, à toutes les cultures.

Les différences culturelles sont dues en partie à des différences géographiques : aux « puissants effets de la diversité des climats, de l'air, des aliments, de la manière de vivre, des habitudes en général, et surtout de la force étonnante des mêmes causes, quand elles agissent continuellement sur des longues suites de générations[2] ». Il est donc impossible d'établir une échelle de valeurs entre les différentes cultures, car ce serait établir des différences de valeurs entre des climats ! La distance qui sépare les cultures n'est pas verticale, elle est horizontale. Il n'y a pas de supériorité ou d'infériorité de telle ou telle culture : les peuples « primitifs » ne sont pas moins avancés que la civilisation occidentale. Rousseau refuse tout modèle d'évolution

1. *Discours*, p. 78.
2. *Op. cit.*, p. 123.

culturelle unilinéaire selon lequel chaque civilisation devrait passer par différents stades, les mêmes pour toutes les civilisations.

Dans sa réflexion sur les rapports entre nature et culture, Rousseau présente la culture comme la source de nos malheurs, mais il ne propose pas un modèle culturel comme étant supérieur à d'autres. De plus, l'homme social n'est pas condamné à subir sa culture ; grâce à sa faculté de se perfectionner, il peut passer d'un monde à un autre, il peut appartenir à plusieurs cultures et les faire communiquer. Le marquage culturel laisse une marge de manœuvre à la liberté de l'homme : il peut s'adapter à un milieu différent du sien.

« La plus utile et la moins avancée de toutes les connaissances humaines me paraît être celle de l'homme[1]. » Dans le *Discours*, Rousseau a franchi une étape capitale pour le développement de l'anthropologie, et Levi-Strauss le salue comme le fondateur de l'ethnologie (voir Documents : texte de Levi-Strauss, p. 183).

Mariage hottentot, gravure extraite de l'*Abrégé de l'Histoire générale des voyages de M. de la Harpe*. Collection particulière.

« Ne verra-t-on jamais renaître ces temps heureux où les peuples ne se mêlaient point de philosopher, mais où les Platon, les Thalès et les Pythagore épris d'un ardent désir de savoir, entreprenaient les plus grands voyages uniquement pour s'instruire, et allaient au loin secouer le joug des préjugés nationaux, apprendre à connaître les hommes par leurs conformités et par leurs différences ? »
Rousseau, *Discours*, p. 128, note *j*.

1. *Discours*, p. 44.

L'opposition entre être et paraître comme obstacle au bonheur

« On n'ose plus paraître ce qu'on est[1]. » L'opposition entre l'être et le paraître est le risque de toute vie en société. En société, les hommes sont rassemblés, ils vivent sans cesse sous le regard les uns des autres. L'existence sous le regard d'autrui est un élément constitutif de l'homme social : cette existence est aliénante car l'homme va plus se soucier de son apparence, de l'opinion des autres, que de ce qu'il est vraiment. Réunis en société, les hommes sont forcés de se comparer ; ils peuvent difficilement s'ignorer les uns les autres, et ne pas percevoir leurs différences.

1. Danger de se comparer

Dès le premier état de société décrit dans le *Discours* p. 85 à 89 – que Rousseau présente cependant comme l'époque la plus heureuse de l'humanité –, le souci de paraître surgit : « On s'accoutume à considérer différents objets et à faire des comparaisons ; on acquiert insensiblement des idées de mérite et de beauté qui produisent des sentiments de préférence[2]. » L'homme naturel étant solitaire, il est tout pour lui et ne peut ni se comparer aux autres, ni se soucier de leur opinion. En revanche, dès que les hommes vivent ensemble, chacun devient un miroir pour les autres. L'homme apprend sa valeur par la présence et le regard d'autrui : « Chacun commença à regarder les autres et à vouloir être regardé soi-même, et l'estime publique eut un prix[3]. » En regardant autrui, je peux constater qu'il est plus beau que moi, et qu'il se juge plus beau que moi, ce qui me rend jaloux de lui. Dès que l'homme se compare, il veut que la comparaison soit à son avantage, il veut être préféré.

Rousseau prend l'exemple du chant et de la danse pour illustrer la naissance du souci de paraître : « Celui qui chantait ou dansait le mieux ; [...] devint le plus considéré, et ce fut là le premier pas vers l'inégalité, et vers le vice en même temps[4]. » Comme il est impossible que tous chantent et dansent aussi bien, ceux qui sont moins bons vont tenter de tromper les autres. Ils vont plus se soucier de ce qu'ils paraissent que de ce qu'ils sont vraiment. Ainsi commence le règne du factice, de l'artificiel. Par exemple, un homme chauve va porter une perruque pour cacher sa disgrâce, les femmes vont se maquiller pour paraître plus belles. L'apparence devient la chose la plus importante car c'est elle qui permet d'obtenir la préférence. L'homme cherche à séduire pour avoir l'avantage : il se fabrique un masque.

1. *Discours sur les sciences et les arts, Œuvres complètes,* t. IV, p. 8 ; GF-Flammarion, p. 32.
2. *Discours*, p. 87.
3. *Ibid.*, p. 87.
4. *Ibid.*

2. La vie en société contraint l'homme à porter un masque

Dans la société où existent la propriété et la division du travail, les hommes deviennent dépendants matériellement les uns des autres, et le souci de paraître acquiert une importance encore plus grande. Dans le premier état de société, c'est seulement le désir de l'estime publique qui pousse les hommes à se soucier de leur apparence, mais dans ce second état, c'est une nécessité pour survivre. L'homme ne se suffit plus à lui-même pour satisfaire ses besoins, il dépend de l'assistance des autres : « riche, il a besoin de leurs services ; pauvre, il a besoin de leurs secours, et la médiocrité ne le met pas en état de se passer d'eux. Il faut donc qu'il cherche sans cesse à les intéresser à son sort [1] ». Chacun est contraint d'apprendre à porter un masque. S'il ne possède pas les qualités qui procurent l'estime publique, il fait semblant de les avoir afin d'attirer sur lui l'attention des autres. Le désir de possession, l'augmentation des besoins conduisent l'homme à se soucier plus de l'opinion d'autrui que de la sienne. Il ruse afin de séduire : « tout se réduisant aux apparences, tout devient factice et joué ; honneur, amitié, vertu, et souvent jusqu'aux vices mêmes [2] ».

3. Le souci de paraître fait le malheur de l'homme

Cette séparation de l'être et du paraître est pour Rousseau l'une des sources du malheur des hommes, car le sentiment de bonheur devient relatif à l'opinion d'autrui. Il faut regarder les autres pour savoir si on est heureux. Or, chacun se préférant toujours aux autres, le bonheur devient inaccessible. L'homme social est hors de lui-même, il se tourmente pour plaire à autrui, mais son désir reste inassouvissable. Il est impossible qu'il trouve ainsi son bonheur.

C'est en vivant en soi-même que l'homme peut atteindre le véritable bonheur, ne désirant rien de plus que ce qu'il est. Rousseau préconise un repli sur soi-même afin que être et paraître coïncident à nouveau. Vivre dans la dépendance d'autrui est un obstacle infranchissable au bonheur ; il convient donc de retrouver une indépendance à l'égard de l'opinion d'autrui. Rousseau ne propose pas de retrouver la solitude et l'indépendance matérielle de l'homme naturel, mais d'apprendre à bien vivre dans la société. Le bonheur n'est pas incompatible avec la vie en société, mais l'homme social doit réapprendre à vivre pour pouvoir être heureux. « Qu'il serait doux de vivre parmi nous, si la contenance extérieure était toujours à l'image des dispositions du cœur [3]. »

1. *Discours*, p. 92.
2. *Op. cit.*, p. 109.
3. *Discours sur les sciences et les arts*, *Œuvres complètes*, t. IV, p. 7 ; GF-Flammarion, p. 32.

Morale et politique sont indissociables

1. Il faut étudier ensemble morale et politique

« Il faut étudier la société par les hommes, et les hommes par la société : ceux qui voudront traiter séparément la politique et la morale n'entendront jamais rien à aucune des deux [1]. »

Il y a une interaction entre la morale et la politique. Pour comprendre et juger l'homme social, il faut étudier la société dans laquelle il vit ; et pour étudier et juger une société politique, il faut savoir comment sont les hommes qui la composent. Afin de comprendre cette idée, il convient de ne pas oublier que Rousseau entend par morale l'orientation des passions des hommes, et par société les relations de dépendance entre les hommes, les distinctions de droits, de places, de pouvoirs.

Rousseau propose comme principe méthodologique un va-et-vient entre la morale et la politique. Il critique tous ceux qui ne respectent pas ce principe. Ainsi, pour Rousseau, Hobbes prend les effets pour les causes, faute d'une étude simultanée de la morale et de la politique. Hobbes décrit comme cause de la société des passions qui en sont l'effet. Il fait « entrer mal à propos dans le soin de la conservation de l'homme sauvage le besoin de satisfaire une multitude de passions qui sont l'ouvrage de la société, et qui ont rendu les lois nécessaires [2] ». Hobbes confond le physique et le moral, il confond ce qui définit l'homme naturel – l'amour de soi et la pitié – et ce qui est créé artificiellement par la société – l'amour-propre. Or les besoins strictement physiques, qui concernent la conservation de soi, ne créent pas de dépendance, ils ne peuvent donc pas être la cause de la société. En revanche, nos désirs artificiels, tels que le désir d'être riche ou puissant, ne peuvent exister qu'en société, et ils exigent des lois pour les réfréner.

Ainsi, il convient de distinguer clairement le naturel de l'artificiel, le physique du moral dans l'homme pour être capable de faire une bonne politique. Parce que les hommes sont liés entre eux par leurs passions, il ne faut pas séparer la morale de la politique.

2. Justification de ce principe

• Absence de moralité à l'état de nature

L'homme naturel a pour seul besoin la conservation de son être ; il n'est tourmenté par aucune passion puisqu'il est solitaire et que sa raison n'est pas encore développée : « Il paraît d'abord que les hommes dans cet état n'ayant entre eux aucune sorte de relation morale, ni de devoirs connus,

1. *Émile*, livre IV, *Œuvres complètes*, t. IV, p. 524 ; GF-Flammarion, p. 306.
2. *Discours*, p. 72.

ne pouvaient être ni bons ni méchants, et n'avaient ni vices ni vertus [1]. » À l'état de nature les hommes sont indépendants les uns des autres, ils n'attendent rien de leurs semblables, et ils n'ont aucun devoir envers eux. Des règles de conduites leur seraient inutiles, l'instinct et la pitié suffisant à les gouverner. C'est parce qu'il n'existe pas encore de société que les hommes n'ont pas de passions et que la morale est superflue.

• Naissance de la morale avec l'apparition de la société

La morale ne naît qu'avec le développement des passions et la création de la société. La seconde partie du *Discours* décrit en parallèle la dégradation morale de l'homme, le développement de ses vices, et l'évolution de la société vers le despotisme. Ces deux progrès sont intimement liés, « car les vices qui rendent nécessaires les institutions sociales sont les mêmes qui en rendent l'abus inévitable [2] ». Le fait d'être rassemblés incite les hommes à se comparer, ce qui développe leur amour-propre et toutes les passions mauvaises, violentes. À cause du désordre créé par ces passions, l'institution de lois est indispensable. Mais « les lois en général moins fortes que les passions contiennent les hommes sans les changer [3] ». La dégradation des mœurs s'accompagne d'une dégradation politique, et vice versa, jusqu'à ce qu'il n'y ait plus ni vertu ni liberté politique. Si les citoyens acceptent des gouvernants corrompus, un pouvoir autoritaire, c'est parce qu'ils sont eux-mêmes déjà avilis : « l'inégalité s'étend sans peine parmi des âmes ambitieuses et lâches [4] ». La société est en partie responsable des mœurs des individus qui la composent, et les individus choisissent ou acceptent tel ou tel gouvernement selon leur degré de vertu.

C'est pourquoi, dans la Dédicace, Rousseau engage ses concitoyens, les Genevois, à conserver leur sévérité de mœurs, condition de leur liberté politique et d'un gouvernement démocratique. Cependant, on peut se demander si le fait de mêler morale et politique n'aurait pas précisément pour conséquence l'institution d'un pouvoir autoritaire, les gouvernants s'arrogeant un droit de regard sur les mœurs des citoyens.

1. *Discours*, p. 71.
2. *Op. cit.*, p. 104.
3. *Ibid.*
4. *Op. cit.*, p. 105.

Sujets de dissertation

Sujet 1 :

L'indépendance est-elle une condition du bonheur ?

Analyse du sujet

• L'indépendance est le contraire, la négation de la dépendance (in-dépendance). C'est le fait de ne pas être lié à, de ne pas être soumis à.
– L'indépendance ayant seulement de prime abord un contenu négatif, il faudra chercher quel contenu positif peut lui être attribué et à quelle notion positive elle fait référence.
– À l'égard de quoi s'exerce l'indépendance ? Il faudra définir à quoi s'applique l'indépendance, et à quoi elle ne doit pas s'appliquer, pour pouvoir être une condition du bonheur.

• Il est demandé dans le sujet si l'indépendance est une condition du bonheur, ce qui sous-entend qu'elle n'est pas la seule et unique condition.
– Définir quel type de condition pourra être l'indépendance (une condition nécessaire et/ou suffisante, une condition de possibilité et/ou de réalisation).
– Chercher quelles autres conditions sont nécessaires au bonheur, par quoi doit être complétée l'indépendance.

• Pour déterminer si l'indépendance est une condition du bonheur, il faut examiner ce qu'est le bonheur.

Problématique

Le sujet englobe deux questions auxquelles il faudra répondre :
• La première question concerne le problème du bonheur et de ses conditions : Est-il nécessaire d'être indépendant pour pouvoir être heureux ?
• La seconde question concerne le domaine d'application de l'indépendance : Vis-à-vis de quoi s'agit-il d'être indépendant ?

On pourra donc se demander comment doit s'exercer l'indépendance pour être une condition du bonheur.

Plan détaillé

I - L'indépendance comme condition négative du bonheur

1. *L'indépendance délimite le champ du bonheur*

Avant d'examiner si l'indépendance est une condition du bonheur, il faut préalablement distinguer le plaisir du bonheur.

On peut proposer une règle générale concernant le bonheur : moins on a d'exigences à satisfaire et plus on peut être heureux facilement. Celui qui se satisfait de peu, et est indifférent à l'égard de tout le reste, a plus de chance d'atteindre le bonheur que celui qui a des exigences multiples et difficiles à réaliser.

L'indépendance est une condition du bonheur parce qu'elle restreint le domaine du bonheur. Elle pose des bornes. On peut penser à la différence exposée par Rousseau dans le *Discours* entre l'homme naturel et l'homme social.

Mais à l'égard de quoi doit s'exercer l'indépendance ? Deux domaines sont à considérer : l'indépendance matérielle et l'indépendance à l'égard d'autrui.

2. *L'indépendance matérielle*

Elle concerne nos besoins physiques et nos désirs de possession de biens matériels. Limiter nos besoins à ceux qui sont vitaux (faim, soif, sommeil) et les satisfaire le plus simplement possible libère notre esprit d'une dépendance. De même, si nous ne possédons aucun bien matériel, nous ne pouvons pas être préoccupés à ce sujet.

3. *L'indépendance vis-à-vis d'autrui*

Elle a deux aspects : le premier concerne l'importance que nous accordons à l'opinion des autres, le second concerne notre situation politique et sociale.

- Être indifférent à l'égard de ce que les autres pensent de nous, de nos actions, interdit que notre bonheur soit entre les mains d'autrui.
- L'indépendance politique et sociale fait référence aux trois degrés d'inégalité distingués par Rousseau : l'état de riche et de pauvre, l'état de puissant et de faible, l'état de maître et d'esclave. Le pauvre, le faible, l'esclave ont leur bonheur entre les mains d'autrui, car ils dépendent des décisions du riche, du puissant, du maître.

L'indépendance consisterait-elle à ne dépendre que de soi, et à être indifférent à l'égard de tout ce qui ne dépend pas de soi ? Mais cette indépendance n'équivaudrait-elle pas à un repli sur soi, à se couper du monde et des autres ? Est-ce ainsi que l'homme peut être heureux ? Nous avons défini jusqu'à présent l'indépendance de façon exclusivement négative ; ne faut-il pas limiter cet aspect et lui donner un contenu pour qu'elle puisse être réellement une condition du bonheur ?

II - Indépendance absolue ou indépendance relative ?

1. *La dépendance affective est une source de bonheur*

Toute dépendance n'est pas néfaste. On peut penser à l'amour filial et parental ; le jeune enfant qui dépend totalement de sa mère est heureux ainsi.

2. *L'indépendance absolue vide le bonheur de tout contenu*

Si on pousse la logique de l'indépendance à l'extrême, elle devient un obstacle au bonheur. Il est impossible que l'homme soit parfaitement autosuffisant car il n'est pas un être parfait, complet (il est homme, et non pas dieu). L'individu a besoin d'un rapport avec l'extérieur pour se réaliser.

3. *Distinguer la dépendance passive de la dépendance active*

La dépendance passive est une aliénation, car elle n'est pas reconnue comme telle. L'enfant n'a pas conscience qu'il dépend de sa mère pour son bonheur ; c'est normal quand il est petit, mais s'il n'évolue pas, il ne peut pas accéder à un bonheur d'adulte.

La dépendance active consiste à prendre conscience de ce dont on dépend. Ainsi, une femme amoureuse peut savoir que son bonheur dépend de celui qu'elle aime. Cet amour étant la source de son bonheur, il serait absurde qu'elle cherche à s'en dégager pour trouver le bonheur.

La dépendance n'est donc pas nécessairement un obstacle au bonheur. Il faut distinguer quelle dépendance est aliénante et quelle dépendance est source de bonheur. C'est donc une indépendance relative, limitée, qui est une condition du bonheur. Mais comment s'exprime cette indépendance ?

III - L'indépendance est une condition nécessaire mais insuffisante au bonheur

1. *L'indépendance est une condition de possibilité*

Elle est insuffisante pour nous procurer le bonheur, car elle est vide de tout contenu. C'est seulement une condition formelle. L'indépendance permet de distinguer l'essentiel du superflu, mais elle ne donne pas de contenu au bonheur. Ce n'est pas une condition de réalisation du bonheur : il ne suffit pas d'être indépendant pour être heureux. Il reste encore à définir ce qui fait notre bonheur.

2. *L'indépendance définit la liberté de l'individu*

L'indépendance libère l'homme de sa servitude envers ses désirs, envers autrui. Elle permet à l'individu d'être autonome et libre de définir ce qui le rend heureux. Il faut donc distinguer l'autonomie de l'autosuffisance.

3. *L'indépendance augmente notre puissance d'agir*

L'homme indépendant n'est plus paralysé par des contraintes extérieures. Il peut utiliser toutes ses facultés librement pour réaliser son bonheur. C'est en agissant, en réalisant un projet que l'être humain peut être satisfait de soi.

Conclusion

C'est l'indépendance d'esprit qui est une condition essentielle du bonheur. Quelle que soit sa situation matérielle et sociale, celui qui se décide par lui-même est prêt pour trouver ce qui fera son bonheur.

Sujet 2 :

Peut-on justifier l'inégalité sociale ?

Analyse du sujet

• Distinguer les deux sens possibles de la question. « Peut-on » signifie :
– soit : est-il possible ? La question devient alors : a-t-on les moyens de justifier... ? ;
– soit : est-il permis ? La question devient alors : a-t-on le droit de justifier... ?

Se demander s'il faut retenir les deux sens ou bien un seul.

• Repérer l'ambiguïté du terme « justifier ». Ce verbe a été formé à partir de l'adjectif « juste ». On peut dégager deux sens :
– faire reconnaître comme équitable, légitime. Il y a une référence à la notion de justice ;
– démontrer comme vrai, réel. Il y a une référence à la notion de vérité.

• Le sujet invite à s'intéresser au problème de l'inégalité sociale. Il conviendra donc de :
– d'une part de se demander si il faudra faire référence à l'inégalité physique ;
– et d'autre part de préciser ce que l'on entend par inégalité sociale. Que concerne-t-elle : Le pouvoir, la richesse, le droit ?

• Remarquer que l'inégalité est une notion relative : elle fait toujours référence à une relation. Il n'y a pas d'égalité ou d'inégalité dans l'absolu : il faut toujours au moins deux termes pour pouvoir les comparer et les juger égaux ou inégaux.

• L'inégalité est la négation de l'égalité. Définir l'inégalité par référence à l'égalité.

Problématique

L'inégalité sociale est un fait. Elle existe dans toutes les sociétés. Il ne s'agira donc pas de se demander si on peut démontrer la vérité de l'inégalité sociale

En revanche, est-il juste que cette inégalité existe ? Est-il possible de lui donner un fondement ? Et si oui, de quelle nature est ce fondement : scientifique, moral, juridique ou économique ?

Plan détaillé

I - L'inégalité sociale est un fait explicable mais sans légitimité

1. *C'est une conséquence inévitable de la vie en société*

En société, les hommes vivent en commun et chacun dépend des autres. Il y a une rareté relative des ressources, et certaines activités sont plus valorisées que d'autres, car moins de gens sont qualifiés pour les réaliser par exemple. De plus, les inégalités de talents développent l'inégalité sociale.

Penser à la seconde partie du *Discours* où Rousseau explique que la division du travail a pour conséquence l'apparition de l'inégalité sociale.

2. *Reconnaître l'existence de l'inégalité sociale n'implique pas qu'il faut la fonder*

Il est impossible de fonder moralement l'inégalité sociale, car cela reviendrait à légitimer une injustice due au hasard. L'inégalité sociale est l'effet de l'inégalité physique, mais il n'y a aucun mérite à être plus beau ou plus intelligent qu'un autre.

3. *Seule l'égalité est justifiable*

Les inégalités sociales ne changent pas la nature des hommes. Celui qui est plus puissant n'est pas pour autant plus humain. Seule la reconnaissance de l'égalité intrinsèque des hommes est légitime et peut être justifiée. Quant aux inégalités de puissance et de richesse, il convient d'éviter qu'elles ne deviennent trop importantes.

Problème : si seule l'égalité est justifiable, cela signifie-t-il qu'il faut s'efforcer de rendre les hommes égaux matériellement ? Et une égalité absolue n'aurait-elle pas pour conséquence de rendre les individus interchangeables, sans plus aucune spécificité personnelle ? N'est-ce pas se limiter au plus petit dénominateur commun entre les hommes, et donc produire un nivellement des individus par le bas ?

Il va donc falloir rechercher en quoi les hommes doivent être égaux et en quoi ils peuvent être inégaux de façon équitable.

II - Justification biologique ou justification économique de l'inégalité sociale ?

1. *Refus d'un fondement scientifique*

Justifier l'inégalité sociale par l'inégalité physique revient à accepter toute inégalité existante de richesse, de pouvoir, de droit. Penser à Rousseau : une telle justification est seulement digne d'esclaves discutant devant leur maître. Toute supériorité sociale n'est pas nécessairement due au mérite de l'individu. Il n'y a pas de correspondance exacte entre inégalité sociale et inégalité physique.

2. *La reconnaissance de sa valeur personnelle est une attente légitime des individus*

Celui qui rend des services réels à la société est en droit d'espérer une reconnaissance de la part de la société. Plus ses services exigent d'effort de sa part et plus ils doivent être récompensés : il s'agit à la fois de le remercier et de le motiver. Ce n'est pas en fonction du mérite personnel que les distinctions sociales sont distribuées mais en fonction de ce qui est réellement produit par chacun.

3. *Prise en compte d'un principe de réalité : l'économie*

Afin d'éviter une faillite de la société, il est indispensable de prendre en compte les contraintes économiques. Cela revient à adopter un principe d'efficacité. En revanche, l'économie ne peut pas justifier n'importe quelle inégalité sociale.

Se demander quelle inégalité sociale peut être considérée comme légitime et selon quelle application.

III - Une égalité juridique et une inégalité de richesse et de pouvoir ouverte

1. *Défense de l'égalité de droit*

Aucune contrainte économique ne peut justifier une inégalité de droit entre les membres d'une société, c'est-à-dire que les lois ne soient pas les mêmes pour tous et que tous n'aient pas les mêmes droits. Les distinctions d'ordres (noblesse, clergé, tiers état) et les privilèges qui existaient sous l'Ancien Régime en France ont été renversés par la Déclaration des droits de l'homme et du citoyen en 1789. L'article premier de cette Déclaration, « les hommes naissent et demeurent libres et égaux en droits », reconnaît la valeur intrinsèque de tout individu. Chacun mérite d'être traité juridiquement comme un homme et comme tous les autres hommes.

2. *Une inégalité de richesse et de pouvoir qui profite à tous*

L'inégalité sociale est justifiable si elle permet la bonne marche de la société, et donc profite finalement à tous ses membres. Une inégalité sociale entraînant l'exclusion de certains de ses membres n'est en revanche acceptable sous aucun prétexte, car c'est rejeter certains de la société alors même qu'ils n'ont commis aucun crime.

3. *Une inégalité sociale ouverte*

L'inégalité de richesse et de pouvoir n'étant pas fondée sur une inégalité juridique, elle n'est pas institutionnalisée. C'est un état de fait qui peut et doit être régulé par les possibilités de promotion sociale. L'inégalité sociale n'est donc pas une injustice, car tous ont la possibilité (au moins théoriquement) d'accéder à des fonctions différentes de celles qu'ils occupent. C'est ce que l'on appelle l'égalité des chances, par opposition à un système de privilèges ou de castes.

Conclusion

L'inégalité sociale étant créée par les hommes, elle peut être modifiée par eux. Ce n'est pas une fatalité que nous devons subir passivement ; mais il est toujours possible de changer les rapports sociaux.

La Fermière en corvée, gravure du XVIIIe siècle. Caricature sociale représentant l'inégalité des trois ordres sous l'Ancien Régime : le peuple porte sur son dos la noblesse et le clergé (gravure de 1789).

« De l'extrême inégalité des conditions et des fortunes [...] sortiraient des foules de préjugés, également contraires à la raison, au bonheur et à la vertu. On verrait fomenter par les chefs tout ce qui peut affaiblir des hommes rassemblés en les désunissant ; tout ce qui peut donner à la société un air de concorde apparente et y semer un germe de division réelle ; tout ce qui peut inspirer aux différents ordres une défiance et une haine mutuelle par l'opposition de leurs droits et de leurs intérêts. »
Rousseau, *Discours*, p. 107

À l'époque de l'apartheid, à Johannesburg (Afrique du Sud), banc de jardin public portant l'inscription « réservé aux blancs ».

Commentaire d'extraits

Texte 1 :
La pitié

Il est donc certain que la pitié est un sentiment naturel, qui, modérant dans chaque individu l'activité de l'amour de soi-même, concourt à la conservation mutuelle de toute l'espèce. C'est elle qui nous porte sans réflexion au secours de ceux que nous voyons souffrir : c'est elle qui, dans l'état de nature, tient lieu de lois, de mœurs, et de vertu, avec cet avantage que nul n'est tenté de désobéir à sa douce voix : c'est elle qui détournera tout sauvage robuste d'enlever à un faible enfant, ou à un vieillard infirme, sa subsistance acquise avec peine, si lui-même espère pouvoir trouver la sienne ailleurs ; c'est elle qui, au lieu de cette maxime sublime de justice raisonnée : *Fais à autrui comme tu veux qu'on te fasse,* inspire à tous les hommes cette autre maxime de bonté naturelle bien moins parfaite, mais plus utile peut être que la précédente : *Fais ton bien avec le moindre mal d'autrui qu'il est possible.* C'est, en un mot, dans ce sentiment naturel, plutôt que dans ces arguments subtils, qu'il faut chercher la cause de la répugnance que tout homme éprouverait à mal faire, même indépendamment des maximes de l'éducation. Quoiqu'il puisse appartenir à Socrate, et aux esprits de sa trempe, d'acquérir de la vertu par raison, il y a longtemps que le genre humain ne serait plus, si sa conservation n'eût dépendu que des raisonnements de ceux qui le composent.

Rousseau, *Discours sur l'origine et les fondements de l'inégalité parmi les hommes*, pp. 71 75.

problème

Pourquoi l'homme a-t-il des devoirs envers autrui ?

thèse

La pitié, sentiment naturel, place en l'homme une répugnance innée à faire souffrir son semblable.

plan de l'extrait

I - Description de la pitié et de ses caractéristiques

1. *Définition*

– la pitié, sentiment naturel, modère l'amour de soi
– elle est la forme de l'instinct de conservation au niveau de l'espèce

2. Fonction : *la pitié comme loi morale*
- elle nous pousse à porter assistance à quiconque souffre
- elle s'oppose à la loi du plus fort
- elle nous donne une maxime de conduite

II - Conséquence : la morale est fondée sur la sensibilité, pas sur la raison
- la pitié suffit à expliquer notre répugnance à faire souffrir autrui
- argument *a contrario* : si la morale était fondée sur le raisonnement, disparition du genre humain

développement

1. La pitié, un sentiment naturel

La pitié est un principe antérieur à la raison, elle s'adresse à l'homme en tant qu'être sensible et non en tant qu'être rationnel. La pitié n'est pas réfléchie, elle est de l'ordre de l'instinct. Parce que l'homme naturel ressent de la pitié pour ses semblables, il n'est pas méchant comme le suppose Hobbes, mais il est naturellement bon. L'erreur de Hobbes consiste à limiter sa réflexion à l'aspect égoïste de l'homme. Il a bien vu que l'homme, comme tout animal, a pour premier souci la conservation de soi. Mais ce besoin naturel – activité de l'amour de soi – ne le rend pas pour autant cruel, car il est tempéré par un autre principe, la pitié.

Tandis que l'amour de soi définit l'instinct de conservation au niveau individuel, la pitié définit l'instinct de conservation au niveau de l'espèce. Cela signifie que la pitié incite l'homme, quand sa propre conservation est assurée, à se préoccuper également de la conservation d'autrui.

2. Les fonctions de la pitié

Pour montrer l'importance de la pitié, Rousseau énumère ses différentes fonctions. Il utilise dans ce but un procédé rhétorique, l'anaphore, en répétant quatre fois « *c'est elle qui* » en tête de phrase afin d'obtenir un effet de renforcement.

La pitié, dans l'état de nature, tient lieu de loi morale, ce qui s'exprime de deux façons : d'une part elle incite à aider celui qui souffre, et d'autre part elle empêche de faire du mal à autrui. L'être humain ne peut pas rester indifférent devant le spectacle de la douleur d'autrui, instinctivement il va lui porter assistance dans la mesure de ses possibilités. S'il réagit ainsi, c'est parce qu'il peut s'identifier à sa douleur. Étant un être sensible, l'individu a une expérience de la douleur physique, il peut ainsi instinctivement comprendre celle d'autrui. Par exemple, il peut comprendre qu'autrui souffre du froid, de la faim…

Le principe qui gouverne les relations interpersonnelles dans l'état de nature n'est donc pas la loi du plus fort, mais la pitié. Le principe de la sélection naturelle au profit des plus forts, des plus robustes, est insuffisant pour expliquer les relations entre les hommes. Le fait d'être le plus fort physiquement ne donne aucun droit sur les plus faibles. À partir du moment où la conservation de soi n'est pas en danger, la pitié devient active. Ainsi, un homme dans la force de l'âge ne se saisira pas de la nourriture d'un enfant ou d'un vieillard s'il peut trouver ailleurs à manger. L'homme n'est pas un loup pour l'homme.

3. Obéissance spontanée de l'homme à la loi de la pitié

L'avantage de la pitié sur la loi positive est que « nul n'est tenté de désobéir à sa douce voix ». La pitié correspond à la voix de la conscience. Personne ne nous contraint à secourir autrui, c'est spontanément que nous suivons les injonctions de la pitié. Comme c'est un sentiment naturel, l'individu ne ressent pas ses directives comme des ordres, des obligations ; bien au contraire, la pitié lui inspire une répulsion instinctive, physique, à faire du mal à son semblable. C'est dans son corps que l'individu réagit à la pitié par des réaction physiques telles que le dégoût, le tremblement.

Pour illustrer la différence entre la pitié et la loi positive, prenons l'exemple de l'assistance envers quelqu'un qui est en danger. La pitié incite naturellement l'individu à secourir quiconque souffre tant que cela ne met pas en péril sa propre vie. Aujourd'hui, la loi punit celui qui ne porte pas assistance à personne en danger. On peut facilement constater la différence entre un mouvement d'humanité que nous suivons volontairement et une obligation imposée par la loi, et punie si elle n'est pas respectée. L'impact n'est pas du tout le même sur l'individu.

4. La loi de la pitié est claire et simple

Un autre avantage de la pitié est que sa maxime est compréhensible par tous, il est inutile d'être savant pour la comprendre. Rousseau compare deux maximes morales,

- l'une est raisonnée : « Fais à autrui comme tu veux qu'on te fasse » ;
- l'autre est instinctive : « Fais ton bien avec le moindre mal d'autrui qu'il est possible. »

La première maxime exige que l'individu traite autrui comme il se traite lui-même, qu'il accorde autant d'importance à autrui qu'à lui-même. Une telle attitude nécessite une abnégation envers son bien-être qui n'est ni naturelle ni facile.

La seconde maxime, qui est celle de la pitié, intègre l'amour de soi. Il s'agit de se soucier de sa propre conservation tout en évitant le plus possible de nuire à autrui ; l'objectif étant la coexistence de tous les individus. Chacun peut et doit satisfaire ses besoins naturels sans causer de tort à personne. Cette seconde maxime est ainsi plus facile à comprendre et à appliquer que la première car elle s'adresse en même temps à l'amour de soi de l'individu.

5. La morale est fondée sur la sensibilité

La morale n'est donc pas fondée sur la connaissance mais sur la sensibilité. « Si je suis obligé de ne faire aucun mal à mon semblable, c'est moins parce qu'il est un être raisonnable que parce qu'il est un être sensible [1]. » La

1. *Discours*, p. 48.

pitié est le sentiment instinctif sur lequel se bâtit la moralité. La raison ne deviendra le fondement de la morale que lorsque la pitié aura été presque tout entière étouffée dans l'homme en raison du développement de son amour-propre. L'homme n'a pas besoin d'être éduqué à la pitié : secourir autrui est en lui un mouvement naturel. Rousseau prouve par un argument *a contrario* que l'origine de la morale est un sentiment naturel et non pas un raisonnement : s'il avait fallu attendre que les hommes réfléchissent pour qu'ils ne s'entre-tuent pas, ils auraient depuis longtemps disparu. Le moyen le plus sûr d'assurer la conservation de l'espèce est de la confier à un instinct, pas à un raisonnement.

Prolongements

1. On pourrait comparer la maxime de la pitié que donne ici Rousseau avec l'impératif moral de Kant sous ses deux formes :
– « *Agis uniquement d'après la maxime qui fait que tu peux vouloir en même tant qu'elle devienne une loi universelle*[1]. »
– « *Agis de telle sorte que tu traites l'humanité aussi bien dans ta personne que dans la personne de tout autre toujours en même temps comme une fin, et jamais simplement comme un moyen*[2]. »

2. Qu'est-ce que cela implique de fonder la morale sur la sensibilité et non sur la raison, en particulier pour les individus qui n'ont pas le plein usage de leur faculté de raisonner (l'enfant, l'handicapé mental, l'aliéné mental) ?

La charité, gravure du XIXᵉ siècle.
« C'est elle qui nous porte sans réflexion au secours de ceux que nous voyons soufrir. » Rousseau, *Discours,* p. 74.

1. *Fondements de la métaphysique des mœurs,* Nathan, p. 59.
2. *Op. cit.*, p. 67.

Texte 2 :

Le despotisme

C'est ici le dernier terme de l'inégalité, et le point extrême qui ferme le cercle et touche au point d'où nous sommes partis. C'est ici que tous les particuliers redeviennent égaux parce qu'ils ne sont rien, et que les sujets n'ayant plus d'autre loi que la volonté du maître, ni le maître d'autre règle que ses passions, les notions du bien et les principes de la justice s'évanouissent derechef. C'est ici que tout se ramène à la seule loi du plus fort et par conséquent à un nouvel état de nature différent de celui par lequel nous avons commencé, en ce que l'un était l'état de nature dans sa pureté, et que ce dernier est le fruit d'un excès de corruption. Il y a si peu de différence d'ailleurs entre ces deux états et le contrat de gouvernement est tellement dissous par le despotisme que le despote n'est le maître qu'aussi longtemps qu'il est le plus fort et que, sitôt qu'on peut l'expulser, il n'a point à réclamer contre la violence. L'émeute qui finit par étrangler ou détrôner un sultan est un acte aussi juridique que ceux par lesquels il disposait la veille des vies et des biens de ses sujets. La seule force le maintenait, la seule force le renverse ; toutes choses se passent ainsi selon l'ordre naturel, et quel que puisse être l'événement de ces courtes et fréquentes révolutions, nul ne peut se plaindre de l'injustice d'autrui, mais seulement de sa propre imprudence, ou de son malheur.

Rousseau, *Discours sur l'origine et les fondements de l'inégalité parmi les hommes*, pp. 107-108.

problème

Le despotisme peut-il être un gouvernement légitime ?

thèse

Ayant pour seul fondement la loi du plus fort, le despotisme n'a aucune légitimité juridique. Quiconque en a la force est en droit de le renverser.

plan de l'extrait

I - Le despotisme comme nouvel état de nature

1. C'est le terme extrême de l'inégalité
2. Disparition de toute morale et de toute justice
3. La loi du despotisme est la loi du plus fort

II - Légitimité de la révolte contre le despote
1. Disparition du contrat de gouvernement
2. Le rapport entre le despote et le peuple est un rapport de forces
3. Impossibilité d'un recours au droit

développement

1. Le despotisme est le dernier terme du progrès de l'inégalité

Le despotisme est la dernière forme de gouvernement décrite par Rousseau, c'est la conséquence inévitable du progrès de l'inégalité. Il correspond au dernier degré de l'inégalité, celui de maître et d'esclave (les deux premiers degrés sont celui de riche et de pauvre et celui de puissant et de faible). La spécificité de ce dernier degré est qu'il concerne la liberté. Ceux qui sont esclaves ne se gouvernent plus eux-mêmes mais sont gouvernés par la volonté d'autrui : « La plus aveugle obéissance est la seule vertu qui reste aux esclaves [1]. » C'est la plus grande aliénation que puisse subir un homme, puisque Rousseau a défini la qualité d'agent libre comme la différence spécifique de l'homme avec l'animal. On peut donc dire que sous le despotisme, les hommes deviennent semblables à des animaux.

Le cycle des gouvernements est bouclé avec l'apparition du despotisme. Rousseau présente la succession nécessaire des diverses formes de gouvernement sous la figure d'un cercle, ce qui évoque l'idée d'un temps cyclique, d'une répétition éternelle. Alors que l'évolution de l'homme est présentée comme une dégradation progressive et irréversible, la succession des gouvernements est cyclique, ce qui implique qu'après le despotisme, un retour à un gouvernement légitime, la démocratie, est possible.

« C'est ici que tous les particuliers redeviennent égaux parce qu'ils ne sont rien. » Le terme ultime de l'inégalité équivaut à un état d'égalité pour les sujets. Les différences de richesses, de statut social n'ont plus aucune importance car tous sont réduits au même état, celui d'esclave du despote. C'est une égalité négative, à la différence de l'égalité naturelle qui concernait la liberté de chacun à se conduire soi-même. On peut noter le fait que Rousseau emploie le terme de « particuliers » et non de citoyens pour désigner le peuple : en effet comme ils ne participent pas au gouvernement, même pour le choisir, leur sphère d'activité se limite à la vie privée ; ce ne sont que des personnes privées, et non plus aussi des concitoyens.

2. Despotisme et morale sont antithétiques

Avec l'apparition du despotisme, « les notions du bien et les principes de la justice s'évanouissent derechef ». Le despote se met au-dessus des lois, il les « foule aux pieds ». Sa volonté particulière est souveraine et n'est pas limitée par les lois, puisque c'est elle qui fait office de loi. Le despote « ne souffre aucun autre maître [2] ». N'étant pas soumis aux lois, tous les autres lui

1. *Discours*, p. 107.
2. *Ibid.*,

sont soumis et subissent sa volonté. La vertu et la justice disparaissent donc car elles ne peuvent plus s'exercer. Les sujets ont pour seul devoir d'obéir aux ordres du despote, et ce dernier ne suit que ses caprices, car il n'est tenu de respecter ni les préceptes moraux ni le droit. Il n'a pas le devoir de justifier ses décisions et peut les modifier à son gré. Ainsi, pour le même crime, il peut punir un coupable par la peine de mort et acquitter un autre coupable ; le premier ne peut pas réclamer justice car c'est la volonté du despote qui fait loi.

3. La loi du despotisme est la loi de la jungle

Cela signifie que la seule loi qui subsiste dans le despotisme est la loi du plus fort : si c'est la volonté du despote qui fait office de loi, c'est parce qu'il possède le pouvoir suprême. Mais pour Rousseau la loi du plus fort n'est pas une loi au sens juridique. Le plus fort impose sa loi aux faibles, mais il n'a aucun droit naturel à agir ainsi, il ne fait que profiter de sa supériorité. À moins que ceux qui subissent son joug l'acceptent librement, c'est-à-dire à moins que la loi du plus fort soit établie par convention, ce n'est pas une loi positive, c'est un simple état de fait. Par conséquent, le despotisme n'est pas un gouvernement légitime car il n'a pas pour fondement un contrat entre les membres de la société.

Le despotisme désigne donc un retour à un état de nature. Mais il faut à tout prix éviter de confondre ce nouvel état de nature avec l'état de nature décrit dans la première partie du *Discours* : « l'un était l'état de nature dans sa pureté, [...] ce dernier est le fruit d'un excès de corruption. » Dans l'état de nature, les hommes étaient solitaires et indépendants, personne n'était soumis à la volonté d'un autre. Le despotisme en revanche est issu de la société, où les hommes dépendent les uns des autres. Il est la conséquence nécessaire du développement des passions. Le pouvoir politique devient de plus en plus autoritaire car les gouvernants sont imbus de leur puissance. Au lieu de respecter fidèlement les lois établies par le contrat de gouvernement, ils profitent de leur position pour en tirer des avantages personnels. Afin d'affermir leur pouvoir, « on verrait fomenter par les chefs tout ce qui peut affaiblir des hommes rassemblés en les désunissant [1] ». Les gouvernements précédents, par leur corruption, préparent l'arrivée du despotisme. Au lieu d'inciter les citoyens à cultiver les vertus civiles, ils les poussent à ne se préoccuper que d'eux-mêmes. Chacun se soucie de son intérêt personnel au détriment de l'intérêt général. Le peuple n'est plus uni car les intérêts de chacun s'opposent, et c'est précisément ce qui fortifie le pouvoir, car il n'y a plus aucune force en face de lui capable de lui résister. La stratégie qui consiste à désunir pour mieux pouvoir régner a pour conséquence le despotisme.

4. L'usage de la violence contre le despote est légitime

En un sens, on peut affirmer que le despotisme est plus proche de l'état de nature que de la société civile, car il n'est pas fondé sur un contrat

1. *Discours*, p. 107.

de gouvernement. Il ne peut pas y avoir de contrat s'agissant du despotisme, car il n'y a pas de réciprocité d'engagements. L'une des parties s'engage à sacrifier son bien le plus précieux, sa liberté, tandis que l'autre s'engage seulement à agir selon son bon plaisir. Au contraire, le pacte social légitime est un contrat car le peuple se défait d'une partie de sa liberté, mais les gouvernants s'engagent à respecter les lois et à assurer la paix et la sécurité des individus.

Tout le pouvoir du despote est donc dans sa force. Mais si un individu ou le peuple devient plus fort que lui, l'autorité du despote disparaît et il ne peut pas se référer à la loi pour intimer à ses sujets l'ordre de la respecter. Son autorité n'a aucun caractère sacré ou inviolable. Comme il n'y a pas eu de contrat entre le despote et le peuple, ce dernier n'agit pas de façon illégitime quand il le renverse. Le peuple n'est pas contraint de subir le despotisme passivement. Il n'a pas pour seul recours de s'en remettre à Dieu ou au hasard, il peut se révolter. La révolte et le despotisme sont deux attitudes qui n'appartiennent pas à la sphère du droit. C'est par la force que le despote impose son pouvoir, c'est par la force que son pouvoir est renversé, la violence répondant à la violence. Rousseau prend l'exemple du sultan, mais on pourrait prendre aussi celui de la monarchie absolue avec le système des lettres de cachet. Le roi pouvait mettre quelqu'un en prison, disposer de ses propriétés par simple décret.

Le despote ne peut pas accuser les émeutiers, les révolutionnaires d'être des traîtres, des troubleurs de l'ordre public, car il utilise le même procédé qu'eux. Le rapport peuple et despote étant un simple rapport de forces, c'est le plus fort qui a le pouvoir. Mais ce pouvoir n'ayant pas d'autre fondement, il est par essence instable. Dès qu'un autre devient plus fort, le pouvoir passe entre ses mains. Le second inconvénient du despotisme est donc d'introduire une instabilité permanente. Chacun attend l'occasion propice pour changer le rapport de forces à son profit, et les révolutions se succèdent. Alors que l'instauration de la société devait procurer la paix et la sécurité, le despotisme entraîne une guerre permanente et l'instabilité politique. Seul le contrat social peut donner une assise stable au pouvoir car il est accepté par les deux parties.

Prolongements

1. Comparer ces deux attitudes opposées devant un gouvernement arbitraire : soit la guerre civile, soit la résistance passive. Laquelle vous semble la plus efficace à long terme ?

2. Pensez-vous que la seule réponse à la violence soit la violence ? D'autres réponses ne sont-elles pas possibles ?

3. Comparer la description du despotisme faite ici par Rousseau avec celle de Tocqueville dans *La Démocratie en Amérique,* t. II, GF-Flammarion, pp. 385-386.

Autour de l'œuvre

1. Homme naturel, homme sauvage

BUFFON – voir *Discours*, p. 76.

À l'époque de la rédaction du *Discours*, Rousseau a pu lire les quatre premiers tomes de l'*Histoire naturelle* de Buffon (1707-1788), parus entre 1749 et 1758. Ces quatre tomes contiennent les développements les plus théoriques : le Discours préliminaire sur « la manière d'étudier et de traiter l'Histoire naturelle », « l'Histoire de la terre », « l'Histoire naturelle de l'homme » avec le développement sur « les variétés dans l'espèce humaine », le « Discours sur la nature des animaux ».

Cette lecture est d'une grande importance pour Rousseau dans l'élaboration du *Discours*. En effet l'*Histoire naturelle* est la source principale de la documentation scientifique qu'il utilise pour confirmer *a posteriori* sa réflexion. Dans la première partie du *Discours* et dans les notes, Buffon est souvent cité élogieusement. Il faut toutefois noter une différence essentielle entre Buffon et Rousseau : Rousseau applique à l'homme primitif les traits que Buffon attribue à l'animal. Dans le texte ci-dessous, Buffon distingue les caractéristiques de l'homme de celles des animaux. Il prend l'exemple de l'amour et désigne le moral de l'amour, qui ne concerne que l'homme, par la vanité. En revanche Rousseau, dans le *Discours* p. 76, désigne le moral de l'amour par la préférence exclusive.

Comme ce n'est qu'en comparant que nous pouvons juger que nos connaissances roulent même entièrement sur les rapports que les choses ont avec celles qui leur ressemblent ou qui en diffèrent, et que s'il n'existait point d'animaux, la nature de l'homme serait encore plus incompréhensible ; après avoir considéré l'homme en lui-même, ne devons-nous pas nous servir de cette voie de comparaison ? [...]

Mais comme l'homme n'est pas un simple animal, comme sa nature est supérieure à celle des animaux, nous devons nous attacher à démontrer la cause de cette supériorité, et établir, par des preuves claires et solides, le degré précis de cette infériorité de la nature des animaux, afin de distinguer ce qui n'appartient qu'à l'homme, de ce qui lui appartient en commun avec l'animal. [...]

Les animaux ont les sens excellents, cependant ils ne les ont pas généralement tous aussi bons que l'homme, et il faut observer que les degrés d'excellence des sens suivent dans l'animal un autre ordre que dans l'homme. Le sens le plus relatif à la pensée et à la connaissance est le toucher ; l'homme, comme nous l'avons prouvé, a ce sens plus parfait que les animaux. L'odorat est le sens le plus relatif à l'instinct, à l'appétit ; l'animal a ce sens infiniment meilleur que l'homme : aussi l'homme doit plus connaître qu'appéter, et l'animal doit plus appéter que connaître. [...]

Amour ! Pourquoi fais-tu l'état heureux de tous les êtres et le malheur de l'homme ? C'est qu'il n'y a que le physique de cette passion qui soit bon, c'est que, malgré ce que peuvent dire les gens épris, le moral n'en vaut rien. Qu'est-ce en effet que le moral de l'amour ? La vanité : vanité dans le plaisir de la conquête, erreur qui vient de ce qu'on en fait trop de cas ; vanité dans le désir de la conserver exclusivement, état malheureux qu'accompagne toujours la jalousie, petite passion si basse qu'on voudrait la cacher. [...] Les animaux ne sont point sujets à toutes ces misères, ils ne cherchent pas des plaisirs où il ne peut y en avoir ; guidés par le sentiment seul, ils ne se trompent jamais dans leur choix, leurs désirs sont toujours proportionnés à la puissance de jouir, ils sentent autant qu'ils jouissent, et ne jouissent qu'autant qu'ils sentent ; l'homme, au contraire, en voulant inventer des plaisirs, n'a fait que gâter la Nature. [...]

Il est vrai que tout a concouru à rendre l'homme sociable ; car quoique les grandes sociétés, les sociétés policées, dépendent certainement de l'usage et quelquefois de l'abus qu'il a fait de sa raison, elles ont sans doute été précédées par de petites sociétés, qui ne dépendaient, pour ainsi dire, que de la Nature. Une famille est une société naturelle d'autant plus stable, d'autant mieux fondée, qu'il n'y a plus de besoins, plus de causes d'attachement. [...]

Il n'est pas étonnant que l'homme, qui se connaît si peu lui-même, qui confond si souvent ses sensations et ses idées, qui distingue si peu le produit de son âme de celui de son cerveau, se compare aux animaux, et n'admette entre eux et lui qu'une nuance, dépendante d'un peu plus ou d'un peu moins de perfection dans les organes. [...] Mais que l'homme s'examine, s'analyse et s'approfondisse, il reconnaîtra bientôt la noblesse de son être, il sentira l'existence de son âme, il cessera de s'avilir, et verra d'un coup d'œil la distance infinie que l'Être suprême a mise entre les bêtes et lui.

Buffon, « Discours sur la nature des animaux »,
Histoire naturelle, t. IV (1753).

2. L'état de nature chez les théoriciens du contrat

HOBBES – voir *Discours* pp. 71, 84 et 93.

Hobbes (1588-1675) a recours dans le *Léviathan* à l'hypothèse de l'état de nature pour justifier l'absolutisme. Il décrit l'état de nature comme un état de guerre car l'homme, dans cet état, n'est ni sociable ni raisonnable mais est gouverné par ses passions, en particulier l'avidité et l'orgueil. Rousseau, comme Hobbes, ne pense pas que le premier mobile des actions humaines soit la raison. En revanche l'erreur de Hobbes, à ses yeux, consiste à confondre l'homme naturel et l'homme civil. Hobbes attribue à l'homme naturel de multiples passions qui ne se sont en réalité développées qu'avec la société.

Rousseau décrit l'état de nature comme un état de paix. Mais il rejoint Hobbes dans la seconde partie du *Discours* (p. 93). La société commencée se transforme en un état de guerre, qui va rendre nécessaire la conclusion d'un contrat. Pour Rousseau cependant, cet état de guerre n'est que le dernier stade de l'état de nature, il est la conséquence de l'apparition de la propriété, et n'est donc pas propre à l'homme primitif, contrairement à la thèse de Hobbes.

La nature a fait les hommes si égaux quant aux facultés du corps et de l'esprit, que bien que l'on puisse parfois trouver un homme manifestement plus fort, corporellement, ou d'un esprit plus prompt qu'un autre, néanmoins, tout bien considéré, la différence d'un homme à un autre n'est pas si considérable qu'un homme puisse de ce chef réclamer pour lui-même un avantage auquel un autre ne puisse prétendre aussi bien que lui [...].

De cette égalité des aptitudes découle une égalité dans l'espoir d'atteindre nos fins. C'est pourquoi, si deux hommes désirent la même chose alors qu'il n'est pas possible qu'ils en jouissent tous les deux, ils deviennent ennemis : et dans la poursuite de cette fin (qui est principalement leur propre conservation, mais parfois seulement leur agrément) chacun s'efforce de détruire ou de dominer l'autre. [...]

De la sorte, nous pouvons trouver dans la nature humaine trois causes principales de querelle : premièrement, la rivalité ; deuxièmement, la méfiance ; troisièmement, la fierté. La première de ces choses fait prendre l'offensive aux hommes en vue de leur profit. La seconde, en vue de leur sécurité. La troisième, en vue de leur réputation. [...]

Il apparaît clairement par là qu'aussi longtemps que les hommes vivent sans un pouvoir commun qui les tienne tous en respect, ils sont dans cette condition qui se nomme guerre, et cette guerre est guerre de chacun contre chacun. [...]

Il peut sembler étrange, à celui qui n'a pas bien pesé ces choses, que la nature puisse ainsi dissocier les hommes et les rendre enclins à s'attaquer et à se détruire les uns les autres : c'est pourquoi peut-être, incrédule à l'égard de cette inférence tirée des passions, cet homme désirera la voir confirmée par l'expérience. Aussi, faisant un retour sur lui-même, alors que partant en voyage, il s'arme et cherche à être bien accompagné, qu'allant se coucher, il verrouille ses portes ; que dans sa maison même, il ferme ses coffres à clef ; et tout cela sachant qu'il existe des lois, et des fonctionnaires publics armés, pour venger tous les torts qui peuvent lui être faits : qu'il se demande quelle opinion il a de ses compatriotes, quand il voyage armé ; de ses concitoyens, quand il verrouille ses portes ; de ses enfants et de ses domestiques, quand il ferme ses coffres à clef. N'incrimine-t-il pas l'humanité par ses actes autant que je le fais par mes paroles ? Mais ni lui ni moi n'incriminons la nature humaine en cela. Les désirs et les autres passions de l'homme ne sont pas en eux-mêmes des péchés. Pas davantage ne le sont les actions qui procèdent de ces passions, tant que les hommes ne connaissent pas de loi qui les interdise ; et ils ne peuvent pas connaître de lois tant qu'il n'en a pas été fait ; or, aucune loi ne peut être faite tant que les hommes ne se sont pas entendus sur la personne qui doit la faire. [...]

Les passions qui inclinent les hommes à la paix sont la crainte de la mort, le désir des choses nécessaires à une vie agréable, l'espoir de les obtenir par leur industrie. Et la raison suggère des clauses appropriées d'accord pacifique, sur lesquelles on peut amener les hommes à s'entendre. Ces clauses sont ce qu'on appelle en d'autres termes les lois naturelles.

Hobbes, *Leviathan*, I, 13, (1651).

PUFENDORF – voir *Discours* pp. 52 et 70.

Pufendorf (1632-1694) est un philosophe allemand qui appartient à l'école du droit naturel. Dans son livre *Droit de la nature et des gens*, il reprend à son compte l'hypothèse de l'état de nature pour ruiner la doctrine du droit divin qui faisait émaner l'autorité politique de Dieu. La conception de l'état de nature de Pufendorf s'oppose à celle de Hobbes (voir texte précédent). Pour Pufendorf, les hommes à l'état de nature sont doués de raison et sociables. Ils sont donc soumis à la loi naturelle, assimilée aux maximes de la raison. Cette idée permet à Pufendorf de réfuter Hobbes et sa théorie de la guerre générale de chacun contre chacun.

Dans le *Discours*, Rousseau critique cette conception de l'état de nature. Pufendorf, comme Hobbes, attribue à l'homme naturel des caractéristiques qui ne sont apparues qu'avec la société. À l'état de nature, l'homme naturel n'est pour Rousseau ni rationnel ni sociable. Dans la première partie du *Discours*, Rousseau va donc insister sur le fossé qui existe entre l'homme naturel et l'homme social.

Une autre chose à quoi il faut bien faire attention, c'est qu'il ne s'agit point ici [dans l'état de nature] de l'état d'un animal qui ne se conduise que par un mouvement aveugle et par les impressions des sens ; mais d'un animal dont la partie principale et celle qui dirige toutes les autres facultés, c'est la raison, laquelle même dans l'état naturel, a une règle générale, sûre et uniforme, savoir la nature des choses, qui fournit aisément et d'une manière évidente à tout esprit attentif, du moins les préceptes généraux de la vie humaine, et les maximes fondamentales de la loi naturelle. De sorte que pour donner une juste idée de l'état naturel des hommes, il ne faut nullement en exclure l'usage de la droite raison, mais plutôt le joindre inséparablement à l'opération des autres facultés. Les hommes ayant donc le pouvoir de ne pas écouter la seule voix de leurs passions, mais de suivre encore, s'ils le veulent les conseils de leur raison, qui certainement ne leur conseillera jamais de prendre leur intérêt particulier pour unique règle de conduite : si quelque passion déréglée les sollicite à une guerre comme celle qu'on suppose de chacun contre tous, la raison peut les en détourner en leur représentant, entre autres choses, qu'une guerre entreprise sans avoir été attaqué, est déshonnête et pernicieuse. En effet les hommes peuvent aisément se convaincre qu'ils n'existent point par eux-mêmes, mais qu'ils tiennent l'être et la vie d'un Supérieur, qui par conséquent a autorité sur eux. Cela posé, comme ils sentent en eux-mêmes deux principes de leurs actions, dont l'un ne s'attache qu'au présent, et l'autre porte ses vues sur l'avenir même et sur ce qui est absent ; et comme ils se voient poussés par le premier de ces principes à des choses périlleuses, incertaines et déshonnêtes ; par l'autre à des choses sûres et honnêtes, ils peuvent conclure de là évidemment que le Créateur veut qu'ils suivent le mouvement de ce dernier principe, et non pas ceux du premier. De plus, la paix à laquelle la raison nous appelle ayant une utilité manifeste, on ne peut qu'y être porté naturellement ; surtout lorsqu'après avoir méprisé les conseils de la raison, pour obéir à quelque passion déréglée, on trouve par une triste expérience qu'on a pris le mauvais parti ; ce qui fait ordinairement souhaiter que les actions contraires aux lumières de la raison n'eussent jamais été produites.

De tout cela je conclus que l'état naturel de ceux mêmes qui vivent hors de toute société civile n'est point la guerre, mais la paix, dont les lois principales se réduisent à ceci : de ne faire aucun mal à ceux qui ne nous en font point ; de laisser chacun dans une paisible jouissance de ses biens ; de tenir ponctuellement ce à quoi l'on s'est engagé ; enfin d'être porté à rendre service à notre prochain, autant que des obligations plus étroites et plus indispensables nous le permettent. En effet l'usage de la raison étant inséparable de l'état naturel, on ne peut ni on ne doit non plus en détacher les obligations que la raison vient de temps en temps nous mettre devant les yeux. Et chacun pouvant se convaincre par sa propre expérience qu'il lui est avantageux de se conduire de telle manière qu'il s'attire la bienveillance des autres plutôt que leur inimitié, la conformité d'une même nature peut aisément lui faire présumer que les autres sont dans de pareils sentiments. Ainsi c'est supposer faux que de prétendre que dans l'état naturel, les hommes, du moins la plupart, foulent aux pieds sans scrupule les maximes de la raison, cette noble faculté que la nature a établie pour souveraine directrice des actions humaines. Par conséquent on a grand tort de donner le nom d'état naturel à ce que produit le mépris ou l'abus du plus naturel de tous les principes.

Pufendorf, « De l'état naturel »,
Droit de la nature et des gens, II, II, 9 (1672).

3. La pitié, une passion naturelle

MANDEVILLE – voir *Discours* p. 73.

Mandeville (1670-1788) est un médecin hollandais établi en Angleterre. Il est l'auteur de la *Fable des abeilles, ou les vices privés font le bien public.* Rousseau fait explicitement référence à Mandeville dans la première partie du *Discours* (pp. 73 et 74), passage où il critique la thèse de Hobbes selon laquelle l'homme est naturellement méchant, en lui opposant la pitié, passion naturelle. Toutefois, Mandeville et Rousseau ne qualifient pas la pitié de la même manière. Pour Mandeville, c'est une faiblesse, qui produit indifféremment le bien et le mal. Nous agissons par pitié pour notre propre plaisir et non par humanité. En revanche, Rousseau qualifie positivement la pitié : c'est l'un des principes sur lequel est fondée la loi naturelle, et c'est d'elle que découlent toutes nos vertus sociales.

La pitié à beau être la plus douce et la moins nocive de toutes nos passions, elle n'en est pas moins un défaut de notre nature tout autant que la colère, l'orgueil ou la peur. Les esprits les plus faibles en sont généralement les mieux pourvus, et c'est pour cela que personne n'est plus compatissant que les femmes et les enfants. Il faut avouer que, de toutes nos faiblesses, c'est la plus aimable et celle qui a le plus de ressemblance à la vertu. Et même, sans une proportion considérable de pitié, la société aurait peine à subsister. Mais puisque c'est un mouvement de la nature, qui ne consulte ni l'intérêt public ni notre raison, elle peut produire le mal tout comme le bien. Elle a contribué à perdre l'honneur des filles et à corrompre l'intégrité des juges. Quiconque agit en la prenant pour principe, quelque bien qu'il fasse à la société, ne peut se vanter que d'avoir donné libre cours à une passion qui s'est trouvée être utile au public. Il n'y a point de mérite à sauver un petit enfant innocent sur le point de tomber dans le feu. Cette action n'est ni bonne ni mauvaise et, si utile qu'elle ait été à l'enfant, nous ne l'avons faite que pour nous faire plaisir à nous-mêmes ; car de le voir tomber sans essayer de l'arrêter nous aurait causé une douleur que l'instinct de conservation nous a obligé à éviter. Il n'y a pas davantage de vertu dans la conduite d'un riche prodigue, que son tempérament se trouve porter à la commisération, et qui aime à satisfaire sa passion, quand il consacre au soulagement d'un malheureux, objet de sa pitié, ce qui pour lui n'est qu'une bagatelle.

Mandeville, « Fable des abeilles », *De la vertu morale* (1714).

4. Le pacte social sous sa forme définitive

ROUSSEAU – voir *Discours* pp. 101-102.

Rousseau a écrit *Du contrat social* sept ans après le *Discours*. Dans le *Discours*, il critique les théories du contrat de ses prédécesseurs, Hobbes, Pufendorf et Locke, mais sa propre doctrine n'est pas encore parfaitement élaborée. Toutefois, la clé de voûte de sa théorie est déjà présente dans le *Discours* : la liberté est aussi essentielle à l'homme que sa vie. Par conséquent, de même que l'individu ne peut pas aliéner sa liberté, de même le peuple ne peut pas aliéner sa souveraineté.

Dans le *Contrat social*, Rousseau va donc expliquer comment l'homme peut rester libre tout en vivant en société. Il lui faut déposer sa liberté naturelle, définie comme indépendance, et acquérir une nouvelle liberté, la liberté civile, définie comme participation à l'élaboration de la loi. Le concept de volonté générale que Rousseau introduit dans le texte ci-dessous expose ainsi quel doit être le contrat légitime, c'est-à-dire respectueux de la liberté de chacun. Chaque citoyen aliène son indépendance au profit de la volonté générale et devient un membre actif de cette volonté générale.

Je suppose les hommes parvenus à ce point où les obstacles qui nuisent à leur conservation dans l'état de nature l'emportent, par leur résistance, sur les forces que chaque individu peut employer pour se maintenir dans cet état. Alors cet état primitif ne peut plus subsister ; et le genre humain périrait s'il ne changeait sa manière d'être.

Or, comme les hommes ne peuvent engendrer de nouvelles forces, mais seulement unir et diriger celles qui existent, ils n'ont plus d'autre moyen, pour se conserver, que de former par agrégation une somme de forces qui puisse l'emporter sur la résistance, de les mettre en jeu par un seul mobile et de les faire agir de concert.

Cette somme de forces ne peut naître que du concours de plusieurs ; mais la force et la liberté de chaque homme étant les premiers instruments de sa conservation, comment les engagera-t-il sans se nuire et sans négliger les soins qu'il se doit ? Cette difficulté ramenée à son sujet peut s'énoncer en ces termes :

« Trouver une forme d'association qui défende et protège de toute la force commune la personne et les biens de chaque associé, et par laquelle chacun, s'unissant à tous, n'obéisse pourtant qu'à lui-même, et reste aussi libre qu'auparavant. » Tel est le problème fondamental dont le Contrat social donne la solution.

Les clauses de ce contrat sont tellement déterminées par la nature de l'acte, que la moindre modification les rendrait vaines et de nul effet ; en sorte que, bien qu'elles n'aient peut-être jamais été formellement énoncées, elles sont partout les mêmes, partout tacitement admises et reconnues, jusqu'à ce que, le pacte social étant violé, chacun rentre alors dans ses premiers droits, et reprenne sa liberté naturelle, en perdant la liberté conventionnelle pour laquelle il y renonça.

Les clauses, bien entendues, se réduisent toutes à une seule : savoir l'aliénation totale de chaque associé avec tous ses droits à toute la communauté : car, premièrement, chacun se donnant tout entier, la condition est égale pour tous : et la condition étant égale pour tous, nul n'a intérêt de la rendre onéreuse aux autres.

De plus, l'aliénation se faisant sans réserve, l'union est aussi parfaite qu'elle peut l'être, et nul associé n'a plus rien à réclamer : car, s'il restait quelques droits aux particuliers, comme il n'y aurait aucun supérieur commun qui pût prononcer entre eux et le public, chacun étant en quelque point son propre juge, prétendrait bientôt l'être en tous ; l'état de nature subsisterait, et l'association deviendrait nécessairement tyrannique ou vaine.

Enfin, chacun se donnant à tous ne se donne à personne ; et comme il n'y a pas un associé sur lequel on n'acquière le même droit qu'on lui cède sur soi, on gagne l'équivalent de tout ce qu'on perd, et plus de force pour conserver ce qu'on a.

Si donc on écarte du pacte social ce qui n'est pas de son essence, on trouvera qu'il se réduit aux termes suivants : *Chacun de nous met en commun sa personne et toute sa puissance sous la suprême direction de la volonté générale : et nous recevons en corps chaque membre comme partie indivisible du tout.*

À l'instant, au lieu de la personne particulière de chaque contractant, cet acte d'association produit un corps moral et collectif, composé d'autant de membres que l'assemblée a de voix, lequel reçoit de ce même acte son unité, son *moi* commun, sa vie et sa volonté. Cette personne publique qui se forme ainsi par l'union de toutes les autres, prenait autrefois le nom de *cité,* et prend maintenant celui de *république* ou de *corps politique,* lequel est appelé par ses membres *État* quand il est passif, *souverain* quand il est actif, *puissance* en le comparant à ses semblables. À l'égard des associés, ils prennent collectivement le nom de *peuple,* et s'appellent en particulier *citoyens,* comme participants à l'autorité souveraine, et *sujets,* comme soumis aux lois de l'État. Mais ces termes se confondent souvent et se prennent l'un pour l'autre : il suffit de les savoir distinguer quand ils sont employés dans toute leur précision.

Rousseau, *Du contrat social,* livre I, chapitre VI.

Accueil et postérité

1. Le refus de rétrograder vers l'état de nature

DURKHEIM

Durkheim (1858-1917) est un sociologue français. Dans le texte ci-dessous, il explicite le projet de Rousseau dans le *Discours*. Si Rousseau critique l'état civil, il ne prône pas un retour à l'état de nature, retour qui est impossible puisque l'homme est perfectible. L'évolution individuelle et l'évolution de la société sont donc inévitables. En revanche, il s'agit d'éviter une évolution anormale, trop éloignée de la nature. Le mérite de Rousseau est d'avoir essayé de déterminer les modalités du passage de l'état de nature à l'état civil ; c'est une première tentative de sociologie historique.

Assurément, entre l'état civil qu'il a sous les yeux et l'état de nature, Rousseau n'hésite pas et préfère le second ; car c'est un état de perfection en son genre. Que, parfois même, il ait pu se laisser entraîner à des expressions violentes à propos desquelles on peut se demander si elles visent seulement les sociétés présentes ou toute société en général, c'est possible. Étant donné les difficultés de l'entreprise sociale, on conçoit qu'il se soit laissé aller à regretter les circonstances qui ont rendu impossible l'isolement primitif. Mais rien n'autorise à supposer qu'à ses yeux cet état de perfection soit le seul possible, qu'un autre, d'un genre différent, mais de valeur au moins égale, ne puisse être défini et institué par rapport à la vie en société. Une première raison qui ne permet pas d'attribuer à Rousseau le pessimisme radical qu'on lui a attribué, c'est que le germe de la vie sociale est donné dans l'état de nature. Pour que l'équilibre originel pût se maintenir indéfiniment, il faudrait que l'homme fût réfractaire à tout changement, qu'il ne fût pas perfectible. Or ce qui le distingue le plus de l'animal, « c'est la faculté de se perfectionner, faculté qui, *à l'aide des circonstances,* développe successivement toutes les autres et réside parmi nous tant dans l'espèce que dans l'individu ».

Il est vrai que cette perfectiblité sommeille dans l'homme naturel tant que les circonstances ne viennent pas la solliciter. Il reste pourtant qu'elle est latente dès ce moment ; et par conséquent la série des événements qui en résultent ne saurait être regardée comme nécessairement contre nature, puisqu'elle est dans la nature. Ils peuvent suivre un cours anormal, mais ils n'y sont pas prédéterminés par leurs causes. De même la raison, qui est au milieu social ce que l'instinct est au milieu physique, a été suscitée en l'homme par la Providence (2e *Discours)* ; c'est donc que la vie sociale n'est pas contraire à l'ordre providentiel.

Durkheim, *Le « Contrat social » de Rousseau,*
Édition Rivière, 1918.

2. Le rapport entre nature et culture

LÉVI-STRAUSS – voir *Discours,* p. 123, note *j.*

Levi-Strauss (né en 1908), ethnologue français, salue Rousseau comme un précurseur de l'ethnologie. D'une part Rousseau a pressenti l'importance majeure du problème des rapports entre nature et culture. Sa comparaison de l'homme naturel et de l'homme social invite à réfléchir sur ce qui dans l'homme relève de l'inné et sur ce qui relève de l'acquis. De plus, la méthode utilisée par Rousseau dans le *Discours* annonce la méthode de l'ethnologie comme science. Rousseau propose des hypothèses et il les confirme par des références à des récits de voyages. Il s'intéresse à la fois à l'homme en général et aux diverses cultures humaines.

Rousseau ne fut pas seulement un observateur pénétrant de la vie paysanne, un lecteur passionné de livres de voyages, un analyste averti des coutumes et des croyances exotiques : sans crainte d'être démenti, on peut affirmer que cette ethnologie qui n'existait pas encore, il l'avait, un plein siècle avant qu'elle ne fît son apparition, conçue, voulue et annoncée, la mettant d'emblée à son rang parmi les sciences naturelles et humaines déjà constituées ; et qu'il avait même deviné sous quelle forme pratique – grâce au mécénat individuel ou collectif – il lui serait donné de faire ses premiers pas. Cette prophétie, qui est en même temps un plaidoyer, occupe une longue note du *Discours sur l'origine de l'inégalité* (n. j) [...].

Rousseau ne s'est pas borné à prévoir l'ethnologie : il l'a fondée. D'abord de façon pratique, en écrivant ce *Discours sur l'origine et les fondements de l'inégalité parmi les hommes* qui pose le problème des rapports entre la nature et la culture, et où l'on peut voir le premier traité d'ethnologie générale ; et ensuite, sur le plan théorique, en distinguant, avec une clarté et une concision admirables, l'objet propre de l'ethnologue de celui du moraliste et de l'historien : « Quand on veut étudier les hommes, il faut regarder près de soi ; mais pour étudier l'homme, il faut apprendre à porter sa vue au loin ; il faut d'abord observer les différences pour découvrir les propriétés. » *(Essai sur l'origine des langues,* chap. VIII.)

Cette règle de méthode que Rousseau fixe à l'ethnologie et dont elle marque l'avènement, permet aussi de surmonter ce qu'à première vue, on prendrait pour un double paradoxe : que Rousseau ait pu, simultanément, préconiser l'étude des hommes les plus lointains, mais qu'il se soit surtout adonné à celle de cet homme particulier qui semble le plus proche, c'est-à-dire lui-même ; et que, dans toute son œuvre, la volonté systématique d'identification à l'autre aille de pair avec un refus obstiné d'identification à soi. Car ces deux contradictions réciproques, qui se résolvent en une seule et réciproque implication, toute carrière d'ethnologue doit, un moment ou l'autre, les surmonter.

Claude Lévi-Strauss,
« Jean-Jacques Rousseau,
fondateur des sciences de l'homme »,
Anthropologie structurale II, Plon, 1962.

3. Le problème de l'inégalité

John Rawls – voir *Discours* pp. 110 et 137, note *s*.

John Rawls (né en 1921), philosophe américain, a cherché à définir dans son livre *Théorie de la justice,* publié en 1971, des principes de justice qui soient adéquats à un gouvernement démocratique. Comme Rousseau, dont il reconnaît l'influence sur sa propre réflexion, Rawls s'interroge sur le problème de l'inégalité et cherche à déterminer quelles inégalités sociales peuvent être acceptables et justes. Dans le texte ci-dessous sont présentés les deux principes de justice présentés par Rawls. Ces deux principes sont une tentative d'articulation de la liberté et de l'égalité, les deux piliers de la démocratie.

Il serait intéressant de comparer la solution apportée par Rawls au problème de l'inégalité avec celle de Rousseau à la fin du *Discours,* p. 110, et dans la note *s*, p. 137.

Je voudrais à présent donner l'énoncé définitif des deux principes de la justice pour les institutions. Pour être complet, je donnerai une formulation globale de mes énoncés précédents.

PREMIER PRINCIPE

Chaque personne doit avoir un droit égal au système total le plus étendu de libertés de base égales pour tous, compatible avec un même système pour tous.

SECOND PRINCIPE

Les inégalités économiques et sociales doivent être telles qu'elles soient :

a) au plus grand bénéfice des plus désavantagés, dans la limite d'un juste principe d'épargne, et

b) attachées à des fonctions et à des positions ouvertes à tous, conformément au principe de la juste égalité des chances.

PREMIÈRE RÈGLE DE PRIORITÉ (PRIORITÉ DE LA LIBERTÉ)

Les principes de la justice doivent être classés en ordre lexical, c'est pourquoi les libertés de base ne peuvent être limitées qu'au nom de la liberté. Il y a deux cas :

a) une réduction de la liberté doit renforcer le système global des libertés partagées par tous ;

b) une inégalité des libertés doit être acceptable pour ceux qui ont une liberté moindre.

SECONDE RÈGLE DE PRIORITÉ (PRIORITÉ DE LA JUSTICE SUR L'EFFICACITÉ ET LE BIEN-ÊTRE)

Le second principe de la justice est antérieur au principe d'efficacité et à celui de la maximisation de la somme totale d'avantages ; et la juste égalité des chances est antérieure au principe de différence. Il y a deux cas :

a) une inégalité des chances doit améliorer les chances de ceux qui en ont le moins ;

b) un taux d'épargne particulièrement élevé doit, au total, alléger la charge de ceux qui ont à le supporter.

Rawls, *Théorie de la justice*, traduction C. Audard, Seuil, 1987.

◀ *Photo d'une 2CV.*
Les sciences et l'industrie ont produit le meilleur et le pire. On perd d'un côté ce que l'on gagne de l'autre. Ce que les hommes ont gagné, ce sont de multiples inventions ingénieuses ; ce qu'ils ont perdu, c'est leur indépendance. Le développement de l'industrie a pour corollaire la division du travail… le travail à la chaîne.

« Les sciences, les lettres et les arts, moins despotiques et plus puissants peut-être, étendent des guirlandes de fleurs sur les chaînes de fer dont ils [les peuples] sont chargés, étouffent en eux le sentiment de cette liberté originelle pour laquelle ils semblaient être nés, leur font aimer leur esclavage. »
Rousseau, *Discours sur les sciences et les arts.*

◀ Dans le film *Les Temps modernes*, Chaplin critique ce que l'on croyait être un progrès : le travail à la chaîne. On obtient certes ainsi une plus grande productivité, mais le travail se transforme en activité abrutissante.

Glossaire

amour-propre

« *Sentiment relatif, factice et né dans la société, qui porte chaque individu à faire plus de cas de soi que de tout autre.* » (note *o*, p. 135)
L'amour-propre est un sentiment égoïste qui se substitue à l'amour de soi. Il naît de la comparaison avec les autres et incite l'individu à exiger la première place pour lui-même. Il ne peut jamais être satisfait, chacun se préférant toujours aux autres. C'est la source de nos vices et de nos malheurs.

amour de soi

« *Sentiment naturel qui porte tout animal à veiller à sa propre conservation.* » (note *o*, p. 135)
L'amour de soi équivaut à l'instinct de conservation, il nous incite à veiller à notre vie et à notre bien-être. Il ne concerne que les besoins vitaux : manger, dormir, être en sécurité. L'amour de soi est antérieur à l'usage de la raison, c'est un instinct que l'homme partage avec les animaux. Veiller à sa conservation est le premier devoir de l'homme, dicté par la nature. Il faut qu'il y porte un grand intérêt : « *Il faut donc que nous nous aimions pour nous conserver, il faut que nous nous aimions plus que toute autre chose* » (*Émile*, livre IV). Ainsi s'explique le choix de Rousseau en faveur de l'expression « amour de soi » pour désigner l'instinct de conservation.

contrat social

« *Contrat par lequel les deux parties* [le peuple et les chefs] *s'obligent à l'observation des lois qui y sont stipulées et qui forment les liens de leur union.* » (p. 101)
Le contrat social institue la société civile, une fois les hommes sortis de l'état de nature. Il légitime le pouvoir politique en lui donnant un fondement juridique. Rousseau oppose le contrat légitime, dans lequel le peuple et les gouvernants sont liés par des obligations, au contrat d'esclaves où seul le peuple aliène sa liberté.

démocratie

De *démo*, « peuple », et *kratos*, « pouvoir », en grec. La démocratie signifie littéralement le pouvoir du peuple ou de la plus grande partie du peuple.
« *J'aurais voulu naître dans un pays où le souverain et le peuple ne pussent avoir qu'un seul et même intérêt* [...] *; ce qui ne pouvant se faire à*

moins que le peuple et le souverain ne soient une même personne, il s'ensuit que j'aurais voulu naître sous un gouvernement démocratique » (p. 35)
La démocratie est un régime politique où l'origine et l'exercice de la souveraineté résident dans le peuple. Pour Rousseau, la démocratie est le seul gouvernement légitime et avantageux aux hommes.

despotisme

« *Le contrat de gouvernement est tellement dissous par le despotisme que le despote n'est le maître qu'aussi longtemps qu'il est le plus fort.* » (p. 108)
Le despotisme est décrit par Rousseau comme le dernier terme de l'inégalité, et comme le dernier degré possible de corruption du gouvernement. C'est un régime politique où la souveraineté est entre les seules mains du despote et où la volonté du despote fait office de loi. Le despote n'étant pas soumis aux lois, le contrat est rompu et le despotisme équivaut à un retour à l'état de nature, c'est-à-dire à la loi du plus fort.

droit naturel

« *L'idée du droit [...], et plus encore celle du droit naturel, sont manifestement des idées relatives à la nature de l'homme. C'est donc de cette nature de l'homme, [...] de sa constitution et de son état qu'il faut déduire les principes de cette science.* » (p. 46)
Le droit naturel désigne l'ensemble des lois auxquelles tous les hommes sont soumis du fait de leur nature et de leurs relations mutuelles, indépendamment de la société dans laquelle ils vivent.

droit positif

Par contraste avec le droit naturel, le droit positif désigne l'ensemble des lois qu'une société s'est données à une époque précise. Alors que le droit naturel est par essence immuable, le droit positif est créé par les hommes ; ils peuvent donc le modifier autant qu'ils le souhaitent.

état de guerre

« *Les plus puissants ou les plus misérables, se faisant de leur force ou de leurs besoins une sorte de droit au bien d'autrui, équivalent, selon eux, à celui de propriété, l'égalité rompue fut suivie du plus affreux désordre.* » (p. 93)
L'état de guerre ne désigne pas, pour Rousseau, l'état de nature, qui est un état de paix, mais seulement le dernier stade de l'état de nature, à partir de l'apparition de la propriété. L'état de guerre survient du fait que la propriété existe, mais qu'il n'existe

pas encore de lois pour la réguler : l'équilibre est donc rompu. Chacun cherche son avantage personnel et essaye de s'approprier les biens d'autrui. La loi qui régit l'état de guerre est la loi du plus fort.

état de nature

« Un état qui n'existe plus, qui n'a peut-être point existé, qui probablement n'existera jamais, et dont il est pourtant nécessaire d'avoir des notions justes pour bien juger de notre état présent. » (p. 45)
L'état de nature désigne la situation de l'homme avant l'entrée en société. C'est une hypothèse de travail. Il permet de juger l'état actuel, il a donc valeur de norme. Mais il ne s'agit en aucun cas d'un moment historique.

inégalité

« Deux sortes d'inégalité ; l'une que j'appelle naturelle ou physique, parce qu'elle est établie par la nature, et qui consiste dans la différence des âges, de la santé, des forces du corps, et des qualités de l'esprit, ou de l'âme, l'autre qu'on peut appeler inégalité morale, ou politique, parce qu'elle dépend d'une sorte de convention, et qu'elle est établie, ou du moins autorisée par le consentement des hommes. » (p. 51)
L'inégalité définit une relation entre les hommes, c'est un terme comparatif. Rousseau distingue trois degrés dans l'inégalité morale : l'état de riche et de pauvre, l'état de puissant et de faible et l'état de maître et d'esclave. C'est la société qui produit l'inégalité morale, en créant entre les hommes des relations de domination et de servitude.

loi naturelle

« Il faut que la volonté de celui qu'elle oblige puisse s'y soumettre avec connaissance, mais [...] il faut encore pour qu'elle soit naturelle qu'elle parle immédiatement par la voix de la nature. » (p. 47)
La loi naturelle est la règle qui régit les relations humaines, même en dehors de la société. Elle est relative à la nature de l'homme. Rousseau établit la loi naturelle sur l'amour-propre et la pitié, donc indépendamment de la raison. La loi naturelle est fondée sur la sensibilité de l'homme. Sa maxime est : *« Fais ton bien avec le moindre mal d'autrui qu'il est possible. »* (p. 75)

loi positive

« Joug salutaire et doux, que les têtes les plus fières portent d'autant plus facilement, qu'elles sont faites pour n'en porter aucun autre. » (p. 35)
La loi positive définit les règles de la coopération sociale. Pour Rousseau, la loi légitime est l'expression de la volonté du peuple

réuni en corps. Elle permet donc d'éviter l'arbitraire de la décision individuelle. De plus, s'appliquant à tous les membres de la société, elle permet d'éviter les régimes de faveur.

morale

« *Les hommes dans cet état* [l'état de nature] *n'ayant entre eux aucune sorte de relation morale, ni de devoirs connus, ne pouvaient être ni bons ni méchants.* » (p. 71)
La morale désigne la connaissance du bien et du mal, connaissance qui suppose relation à autrui et réflexion. L'homme naturel, étant solitaire et n'ayant pas l'usage de sa raison, est dans un état d'innocence prémorale. Rousseau oppose la sphère physique à la sphère morale : la sphère physique se limite à une appréhension matérielle de la réalité, tandis que la sphère morale est normative.

perfectibilité

« *Faculté de se perfectionner ; faculté qui, à l'aide des circonstances, développe successivement toutes les autres, et réside parmi nous tant dans l'espèce que dans l'individu.* » (p. 61)
Le mot de « perfectibilité » est un néologisme créé par Rousseau. C'est une faculté propre à l'homme qui lui permet de développer ses autres facultés. La perfectibilité désigne une simple virtualité indéterminée qui est mise en activité par des circonstances extérieures et contingentes, par le hasard.

pitié

« *Nous inspire une répugnance naturelle à voir périr ou souffrir tout être sensible et principalement nos semblables.* » (p. 47)
La pitié désigne l'instinct de conservation au niveau de l'espèce ; elle tempère l'amour de soi. C'est un sentiment instinctif, antérieur à la réflexion, qui consiste à s'identifier à quiconque souffre. La pitié tient lieu de morale à l'état de nature, c'est sur elle qu'est fondée la loi naturelle.

souveraineté

C'est l'autorité suprême de l'État, l'instance qui détient légitimement le pouvoir politique, en particulier le pouvoir législatif.
« *J'aurais cherché un pays où le droit de législation fût commun à tous les citoyens ; car qui peut mieux savoir qu'eux sous quelles conditions il leur convient de vivre en société ?* » (p. 36)
Pour Rousseau, la source et l'exercice de la souveraineté résident dans le peuple.

Bibliographie commentée

Œuvres de Rousseau

Œuvres complètes, Paris, Bibliothèque de la Pléiade, 1959-1969 ; 4 volumes parus (cités *Œuvres complètes*). *Le Discours sur l'origine de l'inégalité* est dans le tome III ; les notes, très documentées et érudites, sont de Jean Starobinski.

Œuvres en collection de poche :

Du contrat social, coll. « Les Intégrales de Philo », Nathan, 1998.

Émile ou de l'éducation, GF-Flammarion, 1966.

Discours sur les sciences et les arts, GF-Flammarion, 1971.

Lettre à d'Alembert sur son article « Genève », GF-Flammarion, 1967.

Essai sur l'origine des langues, Nizet, 1976.

Études critiques

Pour une introduction à la pensée de Rousseau

Article « Rousseau » de l'*Encyclopaedia Universalis*, présentation générale de Rousseau et de ses grandes œuvres philosophiques.

Bréhier E., *Histoire de la philosophie*, t. II, PUF, 1981 (p. 414 à 428). Introduction très brève et générale. Bréhier expose succinctement les thèmes principaux du *Discours sur l'origine de l'inégalité* et du *Contrat social*. D'un niveau accessible.

Article « Rousseau » de l'*Histoire de la philosophie*, Bibliothèque de la Pléiade, t. II, 1973 (p. 697 à 716). Cette introduction, très générale, a été rédigée par Jean Starobinski, spécialiste de Rousseau. Les thèses philosophiques de Rousseau sont exposées en référence avec quelques éléments majeurs de sa vie. Cette introduction donne quelques clés pour aborder le système philosophique de Rousseau.

Pour aller plus loin

- **Sur la philosophie politique de Rousseau**

Derathé R., *J. J. Rousseau et la science politique de son temps*, Paris, Vrin, 1988. Ouvrage fondamental qui situe Rousseau par rapport à ses prédécesseurs : Hobbes, Locke, l'école de droit naturel.

GOLDSCHMIDT V., *Les Principes du système de Rousseau*, Vrin, 1983. Somme imposante qui étudie les principes de la philosophie politique de Rousseau, essentiellement à partir du *Discours sur l'origine de l'inégalité.* Goldschmidt suit le plan du *Discours* pour étudier l'un après l'autre les différents concepts mis en place par Rousseau.

- **Sur l'ensemble de la pensée de Rousseau**

GOUHIER H., *Les Méditations méthaphysiques de Rousseau*, Vrin, 1984. Ce livre analyse en profondeur les grandes thèses de la philosophie de Rousseau et étudie les influences sur sa pensée des philosophes antérieurs : Platon, Descartes, Condillac.

STAROBINSKI J., *La Transparence et l'Obstacle*, Paris, Gallimard, 1976. Dans ce livre, Starobinski étudie des aspects originaux de la pensée de Rousseau, en particulier le thème de l'opposition entre être et paraître.

CRÉDIT PHOTOGRAPHIQUE

Arch. Nathan. p. 186 : Arch. Nathan/milieu : © Léo Kouper et Roy Export Company Establishment; bas : © Roy Export Company Establishment; Couverture : © Archives Larbor, bis/Ph. Jean Tarascon.

Édition : Anne-Maty NIANG.
Conception graphique intérieur : Thierry MÉLÉARD.
Couverture : Denis HOCH.
Correction : Solange KORNBERG.
Iconographie : Michèle VIAL.
Fabrication : Jacques LANNOY.

N° de projet : 10193038
Imprimé en France par SEPEC - N°06601121012
Dépôt légal : Novembre 2012